I0751209

UN DRAME.

2.

PARIS. — IMPRIMERIE D'AD. MOESSARD,
RUE DE FURSTEMBERG, N° 8 BIS.

UN DRAME,

AU PALAIS DES TUILERIES,

1800 — 1832.

PAR THALARIS DUFOURQUET.

TOME DEUXIÈME.

PARIS.

AU DÉPOT DE L'ATLAS GÉOGRAPHIQUE,
RUE DE VALOIS-PALAIS-ROYAL, N° 10;

A LA LIBRAIRIE CENTRALE, cour des Fontaines, n° 1.

LEROUGE-WOLFF, LIBRAIRE, rue de l'Odéon, n° 23.

1833.

UN DRAME,

AU PALAIS DES TUILERIES.

1800 — 1832.

CHAPITRE PREMIER.

Le Rendez-vous.

J'AI toujours pensé, dit M. de Verneuil, en hésitant pourtant un peu, que la confiance devait être entière; et que c'était trahir l'amitié que d'altérer la vérité pour cacher ses fautes. D'ailleurs, mes amis, ce ne sont point ici les aventures imaginaires d'un héros de roman, qu'on peint trop parfait pour appartenir à l'espèce humaine, mais les détails d'une vie agitée et heurtée par les malheurs, communs peut-être à plusieurs hommes de mon âge, mais qui semblaient pourtant se réunir sur moi comme à plaisir pour me punir d'avoir reçu du ciel une âme trop sensible et d'impétueuses passions.

Essaierai-je de vous dépeindre cette vie de jeune homme et surtout de jeune officier, vers la fin d'un règne où ne se trouvaient plus ni retenue, ni décence, où les mœurs honnêtes et pures étaient tournées en ridicule.

D'un siècle en un mot où une fille déhontée tenait les reines de l'État, gouvernait un vieux roi en l'avilissant, faisait des ministres, nommait les chefs des armées.

D'un siècle où les princes, les prélats, se glorifiaient de se mettre aux pieds d'une courtisane.

D'un siècle où un roi qui devait être le père de son peuple, et qui en avait reçu le nom de Bien-Aimé, ne rougissait pas de se placer à la tête des accapareurs de grains, de livrer la France à la famine et à la misère, tandis qu'il cherchait du délassement dans les orgies les plus dégoutantes.

Qui n'a appris que pour être admis aux soupers du Grand-Trianon, il suffisait de savoir accommoder avec perfection une pièce de venaison, ou d'avoir inventé une sauce nouvelle. Le monarque lui-même ceignait le tablier de cuisinier et luttait de gourmandise avec ses courtisans.

Enfin c'était devenu une mode à la cour que de se vanter de son immoralité, et ce n'était pas les officiers des gardes qui auraient affiché une retenue qu'ils auraient vainement cherché chez celui qui devait en donner l'exemple. Je dois même avouer que je me distinguai parmi les plus débauchés.

Soit que quelque circonstance de mon entrevue avec le roi, et des raisons qui l'avaient décidé à me protéger eussent transpiré ; soit que ma seule ressemblance avec le monarque eût fait naître des soupçons, j'étais très protégé dans ma compagnie, et l'on me passait beaucoup de folies qu'on eût puni sévèrement chez un autre. Me targuant de cette indulgence, me persuadant surtout que jamais le roi ne me retirerait sa protection, je devins ce qu'on peut appeler le plus mauvais sujet du régiment. Bientôt il ne fut plus question que de mes débordemens, de mes excès, de mes dettes de jeu, et surtout de mes extravagances avec les femmes.

J'en vins même, moi qui avais éprouvé de l'émotion en revoyant Henriette, j'en vins à ne plus rougir de disputer le partage de ses faveurs. Mais je ne me contentai point d'être joueur, libertin, je devins querelleur et duelliste; enfin, je m'enfonçai tellement dans le vice que le roi, si vicieux lui-même, se décida à me punir.

J'allais être arrêté pour être conduit au fort l'Évêque, et un de mes camarades, fort bien avec la femme de chambre de la maîtresse de M. la Vrillère, avait reçu d'elle la confidence que déjà deux fois cet ordre avait été demandé, et que pourtant le roi hésitait encore, quand il vint me donner l'assurance que ce serait pour le lendemain même; au même instant on me remit une lettre fort mal écrite, encore plus mal orthographiée, dans laquelle on m'engageait à me trouver le soir même à dix heures, près de la grande pièce d'eau de Neptune dans le parc de Marly.

Le genre de femme dans la société de laquelle je m'étais jeté, ne mettait guère de mystère dans ses rendez-vous, et surtout ne les choisissait ni si champêtres, ni si extraordinaires: celui-ci m'intrigua beaucoup. Comme on m'ordonnait le plus grand secret au nom de l'honneur militaire, je ne consultai personne. J'avoue même qu'un instant j'hésitai à m'y rendre; mais emporté par mon goût pour les intrigues amoureuses, car je ne doutais point que ce ne fût une femme qui m'attendît, je me trouvai fort exactement au lieu désigné.

L'heure indiquée venait de sonner. Un vent d'automne assez fort agitait avec violence les grands arbres du parc, et donnait à ce moment une réelle mélancolie. Aussi dois-je avouer que mes idées de galanterie s'affaiblirent promptement, et que je commençai à regretter d'être venu à ce rendez-vous; l'heure passa je me disposai à quitter la pièce d'eau sans beaucoup de regret, quand je vis venir à moi deux hommes soigneusement enveloppés de larges manteaux.

Etait-ce pour s'assurer de mon obéissance qu'ils les ouvrirent de manière que je pus remarquer les armes qu'ils portaient; fut-ce par cette même raison qu'ils se placèrent à mes côtés en m'ordonnant de marcher avec eux? Je ne sais, mais l'attente, l'heure, le lieu, m'avaient rendu assez triste, et j'avoue que le ton d'autorité que l'on prit démonta entièrement mon imagination. J'allais refuser de suivre ces deux inconnus, quand je vins à penser que c'était sans doute une épreuve et qu'on voulait voir si j'aurais peur; je n'hésitai plus.

Après être sorti du parc de Marly, nous longeâmes un mur qui paraissait entourer un très beau jardin. A l'un des angles nous trouvâmes une petite grille que l'un de mes guides ouvrit avec beaucoup de précaution, nous traversâmes un très beau parterre, ensuite une allée sombre que je trouvai très longue, du moins mon impatience me le fit juger ainsi ; au bout était un élégant pavillon dont la porte fut ouverte, je ne sais par qui, et je me trouvai dans un élégant boudoir, dont les murs en stuc blanc incrustés de dorure, étaient éclairés par plusieurs lustres chargés de bougies roses et parfumées, une grande profusion de fleurs contribuait à embellir ce séjour et à enivrer les sens. Au milieu, une élégante collation dressée sur une table ne pouvait plus me laisser aucun doute sur le but du rendez-vous.

Mes deux guides m'avaient quitté, et après m'être un peu rassuré, car j'avoue qu'un moment j'avais craint que le dénoûment de ma soirée ne fût pas aussi heureux que je l'avais d'abord pensé, je me mis à examiner, en attendant la divinité, le lieu charmant dont elle faisait son temple.

Des gravures très belles, mais très licencieuses, m'apprirent que j'avais affaire à une beauté plus voluptueuse que sévère, j'avais trop d'usage des femmes et du monde galant pour n'être pas disposé à tout ce qu'on attendait de moi, et j'étais depuis peu de momens dans ce charmant séjour, que mon imagination était parfaitement d'accord avec tout ce qui devait s'y passer.

Cependant je commençais à trouver qu'on différait beaucoup mon bonheur, quand un des hommes qui m'avait conduit se présenta.

— On vous engage à souper seul, me dit-il respectueusement, attendu que la personne qui espérait vous faire les honneurs de ce repas ne sera peut-être pas libre encore de long-temps.

Demeuré seul, je pensai que ce que j'avais de mieux à faire était de céder à l'invitation;

mais je trouvai que ce repas ainsi solitaire était loin d'avoir les charmes que je m'en étais promis. Cependant par distraction j'entamais la seconde bouteille de Champagne quand une odeur délicieuse de roses et de fleur d'oranger pénétra dans le boudoir.

Un des panneaux s'abattit doucement, et au travers d'une gaze légère j'aperçus une très belle femme couchée sur un sopha.

Je me crus transporté dans un palais de fées et réservé à de merveilleuses aventures; dans cette persuasion j'allais m'approcher pour déchirer cette gaze malencontreuse quand une voix douce m'arrêta.

— Jurez-vous respect et discrétion, prononça-t-elle.

— Discrétion, répétai-je avec empressement, je la jure sur mon épée. Respect, si l'on me demandait de l'amour je n'hésiterais pas, mais....

— Allons, allons, reprit la douce voix, on se contentera de la première clause.

— Alors la gaze ne mit plus d'obstacle à ma réunion avec la jolie femme du sopha; mais quelle que charmante qu'elle fût, j'étais loin de l'attendre, même de la désirer là; un sentiment d'effroi m'arrêta même un instant. Mais qu'un homme de mon âge accoutumé à céder à ses passions, à se laisser dominer par elles, me dise franchement s'il ne se fût pas laissé entraîner comme je le fis, quand même cette femme eût été la favorite de son roi, de son bienfaiteur... la comtesse Dubarry enfin.

CHAPITRE II.

La mort de Louis XV.

Oui, mes amis, cette femme qui m'avait fait conduire si mystérieusement chez elle, était la favorite ; c'était la comtesse Dubarry.

— Eh bien! beau comte, me dit-elle, après avoir reçu des preuves multipliées de ma reconnaissance pour son accueil hospitalier ; eh bien ! n'est-on pas mieux ici qu'au fort l'Évêque ?

— Quoi ! vous saviez, aimable comtesse....

— Sans doute, et mieux que cela, car j'ai déjà empêché deux fois le roi de signer l'ordre de vous arrêter ; il me quitte à l'instant, et vient même de me promettre qu'il payerait encore une fois vos dettes ; moi j'ai promis que vous n'en feriez plus, et qu'il ne serait non plus question de vos extravagances avec les femmes.

— Ai-je trop promis, ajouta-t-elle en minaudant.

— Je l'assurai que non, en lui continuant les preuves de ma reconnaissance.

— Mais ne craignez-vous pas, prononcais-je avec un peu d'inquiétude, que le roi ne sache...

— Bah ! me répondit-elle, je donne à mes gens plus d'argent pour se taire qu'il ne leur en donnerait pour parler : et puis il ne s'inquiète guère de tout cela ; je le distrais, c'est l'essentiel et pour lui et pour moi. Ah ! je ne suis pas une Agnès Sorel, une Maintenon moi ; je veux m'amuser, prendre un peu de plaisir. C'est une chose si fatigante qu'un vieil amant.

On se plaint de moi pourtant, et on a tort,

continua-t-elle, car assurément jamais femme ne fut moins tracassière. Que j'aie de l'argent, c'est tout ce qu'il me faut; je ne désirerais nullement me mêler des affaires de l'État, mais c'est le roi, les ministres, le duc d'Aiguillon surtout, qui font de moi une femme importante. On me demande des faveurs, j'ai du plaisir à les accorder.

La comtesse en effet n'en était pas avare, et je puis dire que dans cette nuit de volupté, elle justifia à mes yeux la préférence que lui accordait Louis XV. Il était impossible d'être au physique plus réellement séduisante que la comtesse.

Sa beauté, alors dans tout son éclat, méritait sa célébrité; son esprit était celui d'une femme mal élevée, mais qui se savait jolie; il n'avait ni étendue ni élévation, son âme était à peu près à l'avenant, je crois. En un mot, c'était une maîtresse fort attrayante pour un homme pour qui la beauté est tout.

— Nous nous reverrons dans huit jours, trouvez-vous à la même heure à la même place, me dit la comtesse, et je la quittai, bien convaincu du moins pour le moment, que je n'irais pas au fort l'Évêque.

Je trouvai, en sortant du boudoir un des

hommes qui m'y avaient conduit, il me fit passer la même petite grille par laquelle j'étais entré. Une fois hors des murs, je me vis sur une hauteur d'où je découvris la Seine et la machine de Marly à mes pieds; en un mot, je sortais du pavillon de Luciennes que Louis XV venait de faire bâtir pour sa favorite.

Il me serait impossible de vous exprimer, mes amis, continua le vieux Verneuil, l'espèce de sentiment qui m'agitait. Certainement je n'étais pas sans que ma vanité fût satisfaite d'être l'objet du caprice d'une femme enviée de toute la France : et pourtant j'étais mécontent et soucieux. Sans doute tout autre homme à ma place se fut conduit comme je l'avais fait, pourtant j'aurais voulu rompre à l'instant; mais ce n'est pas une chose facile quand le goût qu'on inspire à une femme est dans toute sa violence.

Pourtant je me flattai que la comtesse éprouvait, si ce n'est des regrets, du moins de la crainte, car le jour même fixé pour notre second rendez-vous, il me parvint un contre-ordre. J'étais presque heureux de cette circonstance, et je pensais que là se borneraient mes relations avec la favorite. Mais bientôt je reçus un nouveau message qui m'assignait un nouveau rendez-vous. Cette fois c'était aux Tuileries, dans l'ancien appartement de la reine que le roi avait permis à sa favorite d'occuper.

Elle s'y montra plus tendre, plus emportée que la première fois, et je ne pus la quitter qu'après avoir fixé le jour où nous nous reverrions. La tendresse ou plutôt la violence que me montrait la comtesse, loin d'augmenter mon ardeur ne fit que la diminuer, et pendant plusieurs mois que dura ma liaison avec elle, elle dut mon exactitude plutôt à la difficulté de rompre qu'au charme que j'y trouvais, car la comtesse n'ayant pour plaire que sa seule beauté, ne pouvait subjuguer un cœur égaré il est vrai, mais fait pour ressentir un amour délicat. Puis je n'avais jamais pu vaincre le sentiment de répugnance que m'inspirait l'idée de partager avec Louis XV les faveurs d'une femme.

A cette époque le roi tomba malade, le danger fut bientôt pressant ; je crus qu'au moins pendant qu'il durerait la comtesse ne songerait pas à nos réunions ; mais si rien n'égale la délicatesse et le tact d'une femme digne de notre amour, rien non plus n'arrête celle qui n'a que des sens, et dont le cœur ne connaît rien à ces nuances qui font d'elles des êtres à part, choisis pour nous donner l'exemple de ce qu'il y a de meilleur.

Le roi était très mal, j'allais dix fois le jour demander de ses nouvelles, quand, dans une de ces courses, je rencontrai le messager de la comtesse. La voix publique m'avait déjà appris qu'on l'avait éloignée de Versailles, et que le roi n'avait plus auprès de lui que ses deux filles ; elles seules avaient eu le courage de demeurer, tant la maladie de S. M. offrait de dégoût et d'infection.

Mon inquiétude était trop vive pour conserver, autant que je l'aurais dû peut-être, les ménagemens que je devais à la comtesse, et je refusai sans hésiter le rendez-vous qu'elle me demandait. J'étais cruellement affecté des détails qu'on donnait sur les derniers momens du roi. La veille encore cependant la foule remplissait les antichambres ; mais ce jour là, tout était désert, tous les courtisans entouraient le nouveau roi; c'était dans l'ordre, cela devait être, et pourtant je me sentis affligé de cet abandon, je me sentis le besoin de revoir Louis XV.

Je pénétrai facilement jusqu'à cette chambre où mourrait un roi de France, un homme qui avait commandé un peuple si fier et si grand. Hélas! il s'éteignait pour ainsi dire sans secours; l'infection que sa maladie repandait était si grande, que je ne veux pas trop blâmer sa famille.

Il me vit au pied de sa couche presque solitaire, et prononça mon nom.

— Demandez-vous quelque chose, ajouta-t-il?

— Je m'écriai que non, que seulement je me sentais le désir, le besoin..... Des larmes arrêtèrent involontairement mes paroles. Il me jeta un triste et doux regard comme pour me remercier; mais il ne dit rien, et son agonie commença.

Elle fut longue et terrible. Et ce fut presque furtivement qu'il fut ensuite conduit à sa dernière demeure, et presque seul je l'escortai.

La cour était brillante, un nouvel astre, une jeune et belle reine, venait lui rendre un nouvel éclat. Louis XVI me reçut avec une extrême bonté, et Marie-Antoinette fixant ses yeux étonnés sur moi, me demanda comment je n'étais pas plus avancé dans ma carrière.

Peu de temps après je fus nommé capitaine. La comtesse Dubarry était exilée à Luciennes, et je devais une visite à cette favorite tombée, et de la reconnaissance à son caprice de femme dont je voulais cependant m'affranchir, mais dont je devais la remercier.

Je fus à Luciennes; la comtesse essaya quelques reproches, presque une scène; je répondis avec froideur et respect, et ne la revis plus.

Ce n'était point seulement le souvenir du roi ni l'inconstance qui m'éloignaient d'elle, mais chaque jour je me sentais plus las du genre de vie que je menais. Le besoin d'aimer réellement dominait ma vie : hélas! j'aurais dû repousser ce désir, car avec lui devaient commencer des tourmens qui boulverseraient ma vie, et qui me feraient connaître non seulement le malheur, mais le remords.

CHAPITRE III.

Le Testament.

Dois-je continuer, prononça avec hésitation le vieux Verneuil, peut-être, mes amis, êtes-vous déjà las de mes erreurs? Que sera-ce donc quand vous entendrez le récit de fautes bien plus graves, car elles ont causé le malheur des autres; le malheur des autres, ce qu'on doit éviter plus que la mort, car le souvenir en est terrible.

Il fut arrêté par ses amis.

— Parbleu, s'écria le marquis de Chavagnac, nous prenez-vous pour des enfans ; quel est celui d'entre nous qui n'a rien à se reprocher, quel est celui qui n'a pas sur le cœur quelques larmes de femmes, ou quelque trahison faite à l'amour.

Et Vous qui connaissez ma vie tout entière, Verneuil, n'y avez-vous pas trouvé sujet de me blâmer? Continuez donc, mon cher, votre auditoire est rempli d'indulgence ; n'est-il pas vrai?

— Sans doute, sans doute dit l'austère Regnaud, toutes les fautes sont excusables excepté celles qui attaquent l'honneur, et je suis bien sûr que notre ami n'a rien à se reprocher là-dessus ; pour les femmes, ce n'est rien moins que rien que nos torts envers elles, d'abord elles nous les rendent toujours au centuple, et puis, pourquoi les aimons-nous, le méritent-elles en conscience? Quant à moi. . . .

Le républicain se tut, car il se sentit embarrassé ; il n'avait pas été et il n'était pas encore plus exempt qu'un autre de ces faiblesses du cœur qu'on blâme si facilement et que si facilement aussi l'on imite. Son austère regard rencontra le portrait de Louise, devant lequel, par distraction sans doute, il se plaçait toujours, et il n'ajouta plus rien.

M. de Villebois seul n'avait pas parlé, et son jugement était peut-être ce qui inquiétait le plus le vieux concierge, aussi gardait-il encore le silence, comme si l'encouragement du comte lui fût nécessaire. Celui-ci le comprit, et lui prenant la main, il lui dit avec cette gravité gracieuse qui le rendait si aimable :

— Prendriez-vous mon silence pour de la désapprobation, mon cher monsieur; et moi, le dernier venu, auriez-vous la bonté d'attendre mon avis?

M. de Verneuil lui fit en souriant signe que oui.

— Eh bien donc! mon avis est qu'il est peu de jeunes gens qui, à votre place, se fussent montrés plus sages, et que si vos autres amis sont aussi impatiens que moi d'entendre la suite de votre récit, je suis le premier à vous prier de le reprendre.

Ainsi encouragé, M. de Verneuil poursuivit en ces termes :

— J'étais depuis plus de dix ans à Paris, et depuis huit que je servais dans les gardes, ma vie s'était passée à peu près de même, sauf quelques épisodes rapides qui n'avaient occupé que mon imagination et mes sens ; mes jours se ressemblaient ; mais, comme je vous l'ai déjà dit, j'étais las de cette existence où je ne trouvais que du plaisir sans amour et des jouissances sans bonheur; déjà mes camarades me reprochaient de n'être plus gai ni aimable ; car, pour des officiers, être aimable c'est aimer le jeu, la table et les femmes, et chaque jour ces distractions me semblaient plus insipides ; j'en vins même à penser à quitter la cour pour m'en délivrer ; mais il était bien difficile de prendre ce parti, quand parfaitement traité et reçu par la reine, elle semblait s'appuyer sur ce qui l'entourait pour supporter le malheur dont elle riait encore, mais dont elle ne riait pas toujours.

La cour de France avait entièrement changé d'aspect ; Louis XVI, comme on l'a dit avec raison, le plus honnête homme de son royaume, n'accueillait bien que ceux qui montraient des mœurs sévères, et on commençait non à se réformer, mais à cacher ses folies. Les mœurs n'y avaient pas gagné ; la franchise y avait perdu, voilà tout.

Depuis que j'habitais la cour, je n'avais reçu qu'indirectement des nouvelles de M. de Verneuil; jamais il n'avait répondu aux lettres que je lui avais constamment écrites; je savais seulement, par un notaire de Caen que j'avais chargé de s'en informer avec exactitude, qu'il vivait toujours dans la retraite avec son ancien instituteur, et qu'il ne prononçait jamais mon nom.

Je dois dire que j'avais parfaitement pris mon parti de son indifférence, mais que pourtant j'avais cru ne pas devoir réclamer l'écrin de ma mère, qu'il ne m'avait pas envoyé à l'époque de ma majorité; il me semblait qu'il ne m'avait pas entièrement abandonné, puisqu'il conservait ce dépôt. D'ailleurs, j'avoue que je ne pouvais croire qu'il exécutât la menace qu'il m'avait faite de me frustrer de sa fortune, quoique dans le fond de l'âme je pensasse bien que je n'y avais pas des droits trop légitimes; mais il m'avait élevé, je portais son nom, puis peut-être étais-je abusé, calomniai-je ma mère?

En un mot je m'attendais à jouir un jour de l'immense héritage du comte, et quoique peu intéressé, ce n'était pas sans plaisir que je pensais à l'usage que je pourrais en faire.

Il y avait peu de temps que j'avais reçu une lettre, où l'on m'apprenait que M. de Verneuil jouissait de la meilleure santé du monde ; aussi ce ne fut pas sans étonnement que je reconnus l'écriture de mon notaire, sur une seconde épître suivant de près celle-ci.

Il m'apprenait que M. de Verneuil était mort, et ajoutait que ce que j'avais de plus pressé à faire était de venir de suite au château, où rien du reste ne paraissait changé.

Je connaissais assez le caractère de M. de Verneuil pour ne pas m'étonner qu'il n'eût senti aucun désir de me revoir avant son dernier moment; d'ailleurs on me mandait qu'il avait succombé presque subitement, et je n'éprouvais aucune inquiétude sur les dispositions qu'il aurait pu prendre à mon égard.

J'obtins facilement un congé et je pris à l'instant la route de Caen. Plusieurs de mes camarades voulaient absolument m'accompagner; je venais de prendre une bien autre importance à leurs yeux, car aucun d'eux ne doutait que je ne fusse devenu l'héritier d'une immense fortune; mais je refusai cette marque d'intérêt; je mis la plus grande célérité dans ma route, et le lendemain de mon départ de Paris, au milieu de la nuit, ma chaise de poste s'arrêta devant le château de Verneuil.

Mon domestique et mon postillon descendirent tour-à-tour pour sonner à la grille, mais plus d'une heure se passa sans que personne répondit, et comme ils savaient qu'ils accompagnaient le maître du château, j'eus toutes les peines du monde de les empêcher de me faire ouvrir d'une manière inconvenante ; me souvenant alors de la porte du parc, par laquelle j'étais passé tant de fois jadis, je leur donnai l'ordre de cesser leur tapage et tournant autour du château je cherchai cette porte. Je présumai qu'on l'aurait démurée depuis qu'un jeune étourdi n'était plus là pour la franchir en cachette.

En effet, et comme elle donnait plus près du château, j'espérai qu'en y frappant on entendrait mieux, c'est ce qui arriva.

Bientôt une croisée s'ouvrit et une voix dure demanda ce qu'on voulait.

Je me nommai.

Alors sans doute on se consulta, on délibéra, car la réponse se fit attendre, et ce ne fut qu'au bout d'un instant assez long qu'on me cria que c'était une heure bien indue pour arriver, à quoi je répondis naturellement qu'on pouvait arriver à toute heure chez soi.

—Ce n'est point ici le moment de discuter cet article, reprit la voix que je reconnus parfaitement alors pour celle de l'ancien instituteur de M. de Verneuil, on va vous ouvrir monsieur; mais êtes-vous seul?

Assez étonné de cette question je dis que mes gens m'accompagnaient. Ce fut encore un nouveau conciliabule; on se résuma pourtant à m'engager à retourner à la grille, qu'enfin on vint m'ouvrir.

Je ne reconnus pas celui qui me rendait ce service; mais tous les domestiques de M. de Verneuil étaient vieux lorsque je partis, et sans doute il avait été obligé d'en changer.

En entrant dans le vestibule je demandai qu'on fît du feu dans mon appartement, qu'on s'occupât de remiser ma voiture et qu'on m'envoyât de suite mon domestique.

—Veuillez avoir la bonté d'entrer dans le cabinet de monsieur, me répondit le valet qui m'avait ouvert la grille, il m'a ordonné de vous prier de prendre cette peine.

Il était deux heures du matin ; je trouvai assez extraordinaire qu'on m'imposât un devoir chez moi à pareille heure ; mais voulant savoir le motif de cette conduite, je suivis le domestique et entrai dans une pièce que je reconnus ; c'était l'ancien cabinet de mon père. Son ami était là, mais il n'était pas seul ; quatre personnes portant un costume aussi sévère, d'une mine aussi hypocrite, étaient présentes ; ils me saluèrent en silence.

— Puis-je savoir monsieur, dis-je avec hauteur en m'adressant à la seule personne que je connusse là, pourquoi vous ne voulez pas me laisser prendre un peu de repos avant d'avoir l'avantage de vous voir, et que signifie surtout la présence de ces messieurs que je n'ai pas l'honneur de connaître ?

—Veuillez vous asseoir monsieur, me répondit-il avec beaucoup de sang-froid.

Pour en finir je m'assis ; ils en firent tous autant ; M. Arnault continua :

— Prenez la peine de lire ceci.

Il me remit un long parchemin par lequel je vis que le château de Verneuil, les terres qui en dépendaient, lui appartenaient ainsi que le reste de la fortune du comte, à la condition de fonder un établissement religieux.

Je lus le testament avec beaucoup de tranquillité, et me contentai de dire qu'il n'était pas permis à un père de déshériter son fils.

— Cela est parfaitement vrai, interrompit le disciple de Loyola; mais M. de Verneuil, d'après les pièces que je vais vous mettre sous les yeux, s'est cru autorisé à prendre ce parti.

En achevant ces mots il me passa une liasse de papiers, où je trouvai d'abord une lettre de ma mère qui avouait son crime et en demandait pardon; un certificat qui prouvait que M. de Verneuil était absent depuis très long-temps quand ma mère devint enceinte; enfin, une renonciation de toutes prétentions à la fortune de M. de Verneuil signée par ma mère; de plus, une déclaration de M. de Verneuil lui-même faite le jour où il apprit ma naissance, elle était datée de Varsovie où la cour l'avait envoyé, dans cette déclaration il prouvait que depuis plus d'un an il n'avait pas quitté cette ville.

— Tout cela est parfaitement en règle, me dit tranquillement le spoliateur; cependant monsieur, si vous voulez plaider nous plaiderons, et armé de ces pièces, il les remit avec beaucoup de calme dans le carton d'où il les avait tirées, nous prouverons que nous sommes parfaitement en mesure.

— Quoi monsieur, m'écriai-je, vous oseriez accepter un tel héritage et plaider une telle cause !

— En vérité monsieur, si vous osez la commencer pourquoi hésiterions-nous à la soutenir ?

Je me levai furieux, et annonçai que le lendemain j'enverrais un homme de loi; il s'inclina et il eut alors l'audace de m'offrir l'hospitalité.

Je sonnai avec violence, donnai l'ordre qu'on prépara à l'instant ma voiture; mais voulant savoir jusqu'où il pousserait l'infamie, je lui demandai qui était chargé de me remettre les diamans de madame de Verneuil.

— J'ignore absolument ce dont vous voulez parler, me répondit-il avec une extrême politesse; jamais je n'ai entendu parler de ce que vous réclamez.

Il resta ensuite impassible, se bornant à me répondre que si j'avais des droits je devais les faire valoir, et que tel scandaleux que pourrait être ce procès il n'hésiterait pas à le soutenir.

Je montai en voiture, exaspéré, presque au désespoir, et ce fut ainsi que je quittai, deux heures après y être arrivé, la maison où j'avais cru rentrer en maître.

CHAPITRE IV.

Le Château des Tuileries.

Je me rendis à Caen, chez le notaire qui m'avait annoncé la mort de M. de Verneuil. C'était un parfait honnête homme, que ma situation intéressa, et qui m'engagea à ne pas la rendre plus mauvaise encore en entamant un procès qu'il était fort douteux que je gagnasse, et qui même, dans cette supposition, m'ôterait le plus précieux des biens, l'estime des autres.

Car vous ne connaissez pas cette clique de jésuites, ajouta-t-il, non seulement ils produiraient les preuves qui peuvent justifier la mesure qu'a prise M. de Verneuil, mais ils trouveraient encore des témoins qui outrageraient par mille détails la mémoire de votre mère.

N'en parlons plus, m'écriai-je; c'est parce que je croyais qu'ils n'avaient point le droit de produire ces papiers et ces preuves que je songeais à plaider; moi contribuer à souiller la mémoire de ma malheureuse mère, que j'ai vu s'éteindre dans les larmes du repentir; ah jamais; n'en parlons plus.

Et serrant la main de ce brave homme je le quittai pour retourner à Paris, moins riche que je n'en étais parti car je n'avais plus d'espérance de fortune; moins riche, car je retrouvai des amis qui me reçurent d'abord bien, ne pouvant croire que je me laisserais dépouiller sans essayer de retenir mon bien, mais qui, quand ils furent bien convaincus que je n'avais plus rien à attendre, me tournèrent le dos.

J'aurais été embarrassé de reparaître à la cour,

où je devais m'attendre à des questions pressantes, si je n'avais pas su qu'on y était occupé d'intérêts bien plus majeurs que ceux d'un simple particulier.

Depuis quelque temps l'orage qui grondait sur les têtes royales devenait de plus en plus inquiétant, et j'arrivai à Versailles, précisément pour le fameux souper des gardes qui eut lieu à la salle de spectacle, souper où la reine se montra si imprudente et qui accéléra la perte de sa famille. L'histoire en a trop dit sur les malheurs de cette époque, pour que j'essaye de vous les retracer avec détail, et je ne vous parlerai de cette révolution si funeste que pour vous ramener sur ce qui me concerne.

Je suivis la voiture de la reine quand elle quitta Versailles, avec toute sa famille, pour venir habiter le château des Tuileries, qu'elle n'avait jamais pu souffrir. Elle venait presque prisonnière sous ces épaisses murailles, et bien loin alors de l'espérance de retourner au Petit-Trianon, où là, simplement femme jeune, belle, gaie et aimable, elle oubliait les soucis et la majesté du trône; le temps des plaisirs innocens était passé et elle avait dit pour jamais adieu aux frais ombrages et à l'appétissante laiterie de Trianon.

Marie-Antoinette entra aux Tuileries en pleurant, et l'humeur brusque du roi ne contribua pas à lui rendre du courage ; il reçut fort mal ceux qui vinrent lui demander quel appartement il voulait qu'on arrangeât aux Tuileries, car le château était presque entièrement démeublé et présentait un aspect bien triste surtout pour la reine, qui venait de faire le trajet de Versailles à Paris d'une manière si effrayante : le peuple, empressé de se montrer le maître, accompagnait la voiture de Leurs Majestés en poussant d'atroces cris de joie et de triomphe, et la reine avait de chaque côté de sa voiture, montés sur les marchepieds, des hommes dégoûtans d'ivresse et déguenillés.

On prétend que ce fut l'expression dont elle se servit en ce moment, qui donna à une horde déhontée un surnom qui lui est long-temps resté : la reine ayant exigé qu'on fît retirer de près d'elle des hommes presque nus, qu'elle appela des sans-culottes.

Cependant, quoique placé très près de Sa Majesté, je ne l'ai pas entendue se servir de ces expressions ; Marie-Antoinette frémissait aussi à l'aspect d'une femme du peuple ; elle croyait toujours reconnaître en elle cette *Reine Audu*, qui la première à Versailles, à la tête de huit cents soldats de son sexe, se présenta aux dragons postés devant l'Assemblée Nationale, et les força de prêter serment à la nation.

Reine Audu plaça près de ce poste quatre cents femmes armées et trois petites pièces de canon, et avec le reste de sa troupe elle se présenta devant le régiment de Flandres, à qui elle fit prêter le même serment.

En apprenant que quatre voitures du roi allaient partir, elle les fit arrêter et força le passage pour entrer au château ; la résistance des gardes-du-corps produisit une bagarre dans laquelle *Reine Audu* reçut deux légères blessures; après cet exploit elle fut passer la nuit sur l'affût d'un canon.

Reine Audu fut arrêtée lors de l'instruction de la procédure qui suivit cette émeute ; sa tête se perdit pendant sa détention, et elle est morte folle à l'hôpital.

Marie-Antoinette, ainsi que je vous l'ai dit, éprouvait une terreur épouvantable de cette femme, et pendant le voyage de Versailles à Paris, qui dura plus de huit heures, elle manqua de s'évanouir plusieurs fois. Elle était donc bien mal préparée pour se trouver à son aise, même les Tuileries étant habitables, et ils ne le furent guère pendant plusieurs jours; cependant on eut bientôt démeublé le château de Versailles, et la reine, avec beaucoup de résignation et de fermeté, donna elle-même des ordres pour que tout fût arrangé au goût du roi. Elle insista surtout pour qu'on lui apportât sa bibliothèque entière; mais le roi ne voulut que quelques livres de dévotion, les révolutions de différens empires, mais ce qu'il envoya chercher exprès, car on l'avait oublié, ce fut l'Histoire du malheureux Charles Ier, l'infortuné Stuart. Du reste, quand il eut besoin d'autres livres, il les demanda à la Bibliothèque nationale.

Vous, mon cher Chavagnac, vous avez vu ces temps, et notre connaissance date de cette époque; mais ces messieurs ne seront peut-être pas fâchés de savoir qu'elle était alors la distribution du château des Tuileries, et puis ne faut-il pas que je fasse un peu le concierge.

Disons d'abord un mot d'un de ceux qui

l'habitaient, et que j'ai remplacé depuis : C'était le même qui m'avait fait entrer dans la galerie, le jour où j'avais remis ma lettre au roi ; nous avions depuis long-temps renouvellé connaissance, et cela avait amené entre nous plus d'intimité que nos positions respectives ne devaient en promettre.

Ce concierge était une espèce de philosophe dont l'esprit naturel était assez remarquable ; quoique déjà vieux, il montrait une gaîté assez originale ; bon et obligeant il m'avait pris dans une sorte d'amitié, et me rappelait souvent en riant qu'il avait été mon premier protecteur ; aussi, il me grondait sérieusement quand je restais long-temps sans l'aller voir.

Avant qu'on restaurât le château, pour y loger Louis XVI et sa famille, il me proposa de le visiter. Je crois en vérité que j'aurais peine à me retrouver aujourd'hui dans les détours et les noirs corridors où le vieux Dubois se reconnaissait à merveille. Il m'indiqua les changemens qui s'étaient faits à chaque règne, à chaque époque.

Ici me dit-il, en me désignant de la fenêtre la place du Carrousel, était un beau jardin qui s'étendait jusqu'au Louvre ; c'était Catherine de

Médicis qui l'avait dessiné elle-même ; au milieu on avait creusé un étang, où elle s'amusait à pêcher avec Charles IX son fils; ils ne trouvaient bon que ce poisson là.

Dans cette salle, continua-t-il en renfermant la fenêtre et en me conduisant dans une immense pièce dont on a fait depuis la salle du trône, Catherine de Médicis se renferma avec le cardinal de Lorraine et quelques autres pour y méditer l'horrible massacre de la Saint-Barthélemy.

Cette galerie qui la suit, qui est si triste et si délabrée, car notre cour d'aujourd'hui n'est pas brillante, cette galerie fut richement ornée pour y donner une fête à l'occasion du mariage de Marguerite de Valois avec le roi de Navarre, notre Henri IV, on y offrit le spectacle d'un combat entre les habitans du paradis et ceux de l'enfer, Catherine avait imaginé de désigner ainsi à ses séïdes les victimes qu'elle voulait frapper ; tous les huguenots, à la tête desquels était le roi de Navarre, étaient les tenans de l'enfer, et les papistes, commandés par Charles IX et ses frères, étaient ceux du ciel. Il faudrait peut-être, continua le vieux Dubois en riant avec ironie, respecter, adorer ces têtes couronnées qui commirent de telles horreurs, mais taisons-nous, les murs de cet édifice sont des accusateurs puissans qui survivent aux tyrans.

Cependant la superstition chassa Catherine de ce palais, on lui avait prédit qu'elle mourrait près de Saint-Germain, et Saint-Germain-l'Auxerrois est la paroisse des Tuileries; mais elle ne put échapper à son sort, le confesseur qui l'assista à sa dernière heure se nommait Laurent de Saint-Germain.

Dans ce salon, poursuivit Dubois, qui alors conduisait au Louvre par une galerie voûtée, Henri IV travaillait souvent en secret avec Sully son ministre ou plutôt son ami. Ce fut là que le jour même de sa mort il se promenait tourmenté par de sombres présentimens, et un peu plus loin on a murmuré, mais la nature rougit de le croire, que d'Epernon arrangeait sa mort avec la reine Marie, mais assez de crimes sont prouvés sans que nous croyions légèrement celui-là.

Louis XIII fut le roi qui fit le moins de changemens au château des Tuileries, c'était un homme manqué qui n'avait rien pour être roi, car il ne possédait ni bonne foi, ni courage, il habitait à la fois, ainsi que le fit Louis XIV, le Louvre et les Tuileries. Mais Louis XIV fit bâtir Versailles et abandonna presque le séjour de Paris.

Cependant il avait fait beaucoup de changemens aux Tuileries, le jardin entre autres fut ordonné par lui. Les médecins ayant conseillé à Louis XV de quitter Vincennes, il vint habiter les Tuileries jusqu'à sa majorité; le Régent s'y fixa, et pendant ce temps ses hautes et sombres murailles entendirent souvent les éclats d'une honteuse débauche, et cependant quelques pieds séparaient à peine le Régent d'un enfant dont il ne respectait pas même l'innocence.

Ce fut dans cette salle que vous voyez entièrement délabrée, continua Dubois en m'introduisant dans une pièce toute démeublée et abandonnée, que le Régent fit tenir le lit de justice qui abattit les prétentions du duc du Maine et de tous les enfans légitimés, annulla le testament de Louis XIV, et humilia l'orgueil envahissant du Parlement de Paris. Mais de ce jour s'établit une lutte sanglante entre le duc du Maine et le Régent; et ce fut toujours le peuple qui paya ces longues querelles.

Maintenant voici Louis XVI revenu et revenu presque malgré lui, c'est cependant un tort de sa part, ajouta le vieux concierge philosophe, car un monarque doit toujours demeurer dans sa capitale. Venez voir maintenant les appartemens qu'on a préparés pour lui. C'était d'après les ordres de Sa Majesté, et l'arrangement en était plus commode que somptueux.

Le roi n'occupait que trois pièces pour lui au rez-de-chaussée, à l'entresol un petit cabinet de géographie, au premier sa chambre à coucher et celle du conseil. La reine avait ses appartemens près du roi, en bas son cabinet de toilette, sa chambre à coucher, et dans cette chambre le fameux cabinet dont M. de Chavagnac et moi nous vous avons parlé. Le reste était un salon de compagnie, une bibliothéque et la chambre de Madame; c'est cette même chambre dont depuis Madame, duchesse d'Angoulême, a fait un oratoire.

Madame de Lamballe occupait une partie du rez-de-chaussée et du pavillon de Flore, et madame Elisabeth le premier. De l'autre côté du pavillon du milieu étaient la chapelle et l'emplacement de la salle de spectacle, qui ne fut entièrement achevée que sous Napoléon. Les tantes du roi occupaient avec leurs gens le pavillon Marsan.

Arrivé aux Tuileries où le roi était presque prisonnier, il fut obligé de changer ses habitudes et de se former de nouvelles occupations. Voilà quelle était sa vie : après avoir donné le premier moment de son réveil à la dévotion, il descendait dans ses appartemens du rez-de-chaussée, où son premier soin était de visiter son baromètre et d'écrire l'état où il le trouvait, ensuite sa femme et ses enfans venaient lui souhaiter le bon jour; il déjeûnait seul après, et ce déjeûner était assez prolongé par les questions réitérées qu'il adressait aux gens qui le servaient, dont les rapports, souvent faux, amenaient de fréquentes discussions avec la reine et les ministres.

Après ce repas, Sa Majesté s'occupait d'affaires et de lettres à écrire, puis il faisait un peu de serrurerie, ensuite il prenait un exercice nécessaire à sa santé, en marchant dans ses appartemens jusqu'à ce qu'il transpirât.

Le roi était très sobre quoique d'un bon appétit, il ne buvait jamais de vin pur si ce n'est un demi verre de vin de liqueur à la fin du repas. Son après dîné était remplie par la lecture et des leçons données à ses enfans, ensuite il se rendait au salon de la reine où il jouait quelquefois, et où par parenthèse il se fâchait souvent, puis il se retirait exactement à onze heures.

La vie de la reine était aussi sédentaire, mais le cercle qui l'environnait était jeune et brillant, et ses soirées étaient encore agréables.

Pardon, mes amis, dit M. de Verneuil, si je me suis laissé aller à parler de cet époque avec quelque détail, j'ai cru qu'ils ne seraient pas sans intérêt pour vous, étant surtout empreints d'une grande vérité. Je reviens à ce qui me concerne :

Il y avait environ trois mois que la reine était aux Tuileries, quand elle me demanda un soir chez madame de Polignac si je n'allais jamais à Versailles, je répondis à Sa Majesté que j'y avais conservé une petite maison qui donnait au bout du parc, mais que je n'y avait pas mis les pieds depuis que Leurs Majestés étaient à Paris.

— Eh bien ! donc, monsieur le comte, me dit précipitamment Marie-Antoinette à voix basse, présentez-vous demain à l'heure de ma toilette, vous demanderez madame de Grammont qui vous introduira.

CHAPITRE V.

Le Véritable Amour.

Si l'on se reporte à ce qu'était encore à cette époque la royauté, continua M. de Verneuil, si l'on pense à la beauté, à l'auréole de grâce et de dignité qui environnait la reine, on ne s'étonnera pas si j'avoue que je ne fermai pas les yeux la nuit qui précéda le jour où je devais me rendre à ses ordres.

Sans doute je n'étais pas assez fat ni assez sot, pour oser concevoir la moindre espérance de ce rendez-vous qu'elle avait daigné m'indiquer. Mais pour un homme élevé comme je l'avais été, pour celui surtout qui, comme ceux de ce temps, n'avait pas jeune encore passé par deux ou trois révolutions, c'était une chose d'une haute importance que la confiance que daignait accorder une reine belle et malheureuse, et je fus exact comme vous le pensez bien.

Madame de Grammont m'introduisit et me laissa presque seul avec Sa Majesté, car elle se retira dans l'embrasure d'une fenêtre fort éloignée qui formait un cabinet entièrement recouvert par d'épais rideaux.

— Approchez-vous, monsieur le comte, prononça Antoinette avec une dignité pleine de grâce et de bonté ; répondez-moi franchement : puis-je compter que vous me rendrez un important service avec adresse, discrétion et célérité.

—Je m'inclinai respectueusement et assurai la reine que je lui étais dévoué à la vie, à la mort.

Elle reprit :

—Je dois d'abord justifier, même à vos yeux

la confiance peut-être extrême que je vous accorde, en vous apprenant que j'ai su d'une manière certaine tous les détails de votre conduite relativement au testament du comte de Verneuil, et que cette conduite m'a donné la plus haute opinion de votre délicatesse, je viens au fait, car nous n'avons pas de temps à perdre :

Vous savez, ajouta-t-elle avec une mélancolie mêlée de fierté, que le roi et moi nous ne sommes, pour ainsi dire, que les prisonniers de la nation, et que c'est une royauté dérisoire que la nôtre. Comment tout cela finira-t-il, Dieu le sait et nous sommes résignés. Cependant on ne nous rend pas justice, des espions nous environnent, enveniment toutes nos actions, surtout les miennes ; l'on a l'audace de m'accuser de préférer les intérêts de l'Autriche à ceux de la France. Je dois donc redoubler de circonspection et de prudence; mais pour être prudente, pour ne point effaroucher ceux qui me méconnaissent et m'insultent faut-il que je sois ingrate? Non, non, j'ai promis à celle qui m'a élevée, qui m'a aimée d'un amour de mère, de servir à mon tour de *protectrice*, de guide à sa jeune nièce ; elle me l'envoie, et de son lit de mort réclame ma promesse.

Mais ce sera éveiller de nouveaux soupçons, m'exposer à des jugemens blessans que de recevoir près de moi, d'attacher à ma personne une étrangère. Qui sait si on ne verra pas dans cette enfant un espion, un envoyé de l'Autriche. Il faut donc que j'attende que les esprits soient plus calmes, qu'on m'ait rendu plus de justice, et voici monsieur le comte ce que je demande de vous.

C'est de vous rendre sur la route de Vienne à quelques lieues de Paris, d'y attendre ma jeune protégée qui vient en France avec une personne de confiance, de l'établir dans votre petite maison de Versailles, et d'être le seul intermédiaire entre elle et moi.

Je sais qu'il peut paraître extraordinaire que je choisisse un jeune homme pour me rendre un tel service, mais c'est justement ce choix qui déroutera les soupçons. Songez du reste, monsieur le comte, que si cette mission est une preuve de mon estime, elle n'est pas non plus sans danger pour vous peut-être.

— Je l'accepte, madame, m'écriai-je avec chaleur, et je jure...

— Ne jurez point, interrompit S. M., le respect que vous avez montré pour la mémoire de votre mère est votre meilleur garant, consentez-vous à partir cette nuit?

— A l'instant même, madame, car je ne doute point que je n'obtienne un congé de quelques jours.

— Cela est inutile, reprit la reine, vous rencontrerez ma jeune protégée très près d'ici, et vous pourrez être facilement de retour après demain. Il vous est sans doute déjà arrivé de vous absenter pour plus de temps sans permission.

Je m'inclinai, et S. M. m'ayant remis les ren seignemens nécessaires pour ma mission, je pris congé d'elle. Une heure après j'étais sur la route de Vienne. Je m'arrêtai à . . . . . comme me l'avait ordonné S. M. et j'attendis; mais l'heure se passait sans que je visse arriver personne, et je commençais à m'inquiéter quand j'entendis le bruit d'une voiture venant d'Allemagne, elle entra dans la cour de l'hôtel.

Deux femmes en descendirent et demandèrent un appartement. Je m'étais approché avec précaution, car je voulais remplir ma mission avec prudence, quand j'entendis une de ces dames dire à l'autre :

— Rassurez-vous, ma chère, cela ne se renouvellera plus, et S. M. fera certainement punir ce manque..... . . . . .

Je crus nécessaire d'interrompre cette phrase qui commençait à devenir imprudente en France, et m'étant approché je demandai d'un ton un peu impérieux ce qui était arrivé. Soit que la plus âgée de ces dames me prît pour quelqu'un qui pouvait renchérir sur ce qui l'avait offensée, soit qu'elle ne fût pas au fond aussi rassurée qu'elle le paraissait sur l'autorité de la reine, elle se hâta de répondre que ce n'était rien et prit de suite le chemin de l'appartement qu'elle avait demandé.

J'avais eu soin de m'assurer où il était placé, et ne voulant mettre personne dans ma confidence, j'attendis que ces dames y fussent seules pour aller frapper à leur porte. La gouvernante vint m'ouvrir et recula d'abord tremblante en me voyant; mais je l'eus bientôt rassurée en lui remettant un mot de S. M.

Il fut entendu qu'elle donnerait l'ordre aux postillons de prendre le chemin de Versailles, et de suivre exactement ma voiture qui précéderait toujours la leur. Il fut également convenu que nous partirions au point du jour, puis je me retirai.

Nous fûmes tous exacts, et nous arrivâmes à Versailles ainsi que je l'avais calculé, lorsque la nuit était assez avancée pour qu'on ne nous remarquât pas. Je donnai la main à ces dames pour entrer dans mon petit hermitage ; j'avais eu la précaution d'écrire pour qu'on le préparât le mieux possible ; cependant je craignais qu'il n'y manquât bien des choses nécessaires à une femme d'un rang tel que devait avoir la protégée de la reine.

Je n'avais point encore aperçu ses traits ; un long voile cachant avec précaution sa figure, et une large mante l'enveloppant tout entière, je ne me doutais ni de sa beauté ni de l'élégance de sa taille. Mais quand elle fut entrée dans mon petit salon bien éclairé où brillait un grand feu; sa compagne l'ayant engagée à se débarasser de son voile et de son manteau je pus la voir.

Oui, continua Verneuil avec émotion,

pour mon malheur je la vis, et je puisai dans cette vue un sentiment qui devait faire le tourment de ma vie. Mes amis, il est peut-être ridicule, quand l'âge a glacé nos sens, que nous n'avons plus rien pour plaire, de parler encore d'amour! Mais quand vous m'avez demandé des détails sur mon passé si long, c'était me permettre de vous parler des passions qui m'ont agité, j'en ai bien souffert, et pourtant, comme tous les cœurs sensibles, je ne voudrais point ne pas avoir connu ces émotions si douces et si violentes.

Laissez-moi donc y revenir un instant : hélas! ce ne fut qu'un éclair de bonheur dans une si longue vie. Je reprends donc à ce premier rêve d'amour qui bouleversa ma raison, et s'empara entièrement de mon cœur, car jusque là je n'avais rien aimé.

Mais quand je la vis, quand ses beaux yeux bleus, bleus comme le bluet des champs, se levèrent sur moi, quand elle me parla avec sa voix si jeune, si harmonieuse, toute mon âme s'ébranla, et mes yeux se remplirent de larmes. Je sentis que ma destinée entière venait d'être décidée dans un seul de ses regards, et je restai debout, immobile, tremblant devant elle.

Sa gouvernante me rappela que la reine attendait de leurs nouvelles; je partis emportant dans mon âme cette image dangereuse et charmante, et me répétant comme un insensé son nom que je n'avais entendu qu'une seule fois.

— Et comment se nommait-elle, prononça M. de Villebois en appuyant d'un air rêveur sa main sur celle de M. de Verneuil?

— Élisma, prononça celui-ci avec un profond soupir.

CHAPITRE VI.

L'Aveu.

Il me fallut attendre plusieurs jours avant de pouvoir donner à S. M. des nouvelles de la jeune voyageuse ; car le premier moment où je revis la reine, je compris à sa tristesse et à ses regards qu'il fallait montrer plus de prudence et plus de circonspection que jamais, et ce ne fut qu'un soir à son jeu, que je pus apprendre à Marie-Antoinette que sa protégée était arrivée sans danger, qu'elle était chez moi, et attendait ses ordres.

Elle soupira profondément en m'écoutant, et me dit qu'elle ne savait si même elle pourrait s'échapper un instant pour aller la voir.

— Je n'ose, poursuivit-elle avec amertume, la faire venir ici, car je suis entourée d'espions. Ainsi il m'est défendu d'être reconnaissante et de tenir ma promesse; il m'est défendu, ce qui est toujours permis au plus simple particulier, de pouvoir faire du bien.

Le roi n'a plus que le nécessaire, et me donne fort peu pour mes dépenses particulières. Cependant je veux que cette charmante enfant ne manque de rien, et demain soir je vous remettrai une somme en or, dont vous aurez la bonté de vous charger pour sa gouvernante.

Dites bien à Élisma qu'elle prenne patience, qu'elle cultive ses talens, et qu'aussitôt que je le pourrai je la rapprocherai de moi. Vous irez la voir quelque fois, souvent même, mon cher comte, pour m'en apporter des nouvelles, et un jour, je l'espère, je saurai reconnaître votre fidélité, votre dévoûment.

Dites aussi, ajouta précipitamment la reine, en me quittant, dites aussi à ma jeune amie, que je m'occupe de son avenir, qu'il sera, j'espère, bientôt fixé.

La reine malheureusement ne s'expliqua pas davantage, et moi, comme un insensé, comme un fou, je ne pensai qu'au bonheur d'être le seul intermédiaire entre la reine et la belle Élisma, de veiller sur elle, d'être pour ainsi dire, son seul appui, et le lendemain à peine était-il jour que je partis pour Versailles; ma voiture était remplie de bagatelles charmantes, de musique, de livres nouveaux que je voulais offrir à la charmante Élisma de la part de Sa Majesté.

Seule, et n'ayant aucune communication avec personne, elle m'attendait avec une vive impatience, et je fus reçu avec un aimable empressement qui augmenta encore ma passion; les heures s'écoulèrent avec une rapidité inconcevable; douce magie de l'amour comme vous savez tout embellir, et quel autre bien vous valut jamais!

Mes amis, je ne m'étendrai point sur les six mois qui s'écoulèrent dans cet enivrement; Vous savez tous, j'en suis certain, ce que c'est que la vie d'un homme occupé d'une même pensée, dévoré du besoin de faire passer dans l'âme de ce qu'il aime une partie du sentiment qui l'anime, et y réussissant sans art et sans effort, car l'amour vrai est presque toujours contagieux.

Élisma était d'ailleurs si jeune que j'avais trouvé son cœur libre et disposé à aimer. Mais quel amour que le nôtre, et quel empire il prit sur nos âmes. Ah! vainement je tenterais de vous décrire et notre bonheur présent et nos projets d'avenir. Quoique ce fût bien à la dérobée que nous pussions nous parler, et que nous ne fussions seuls que durant nos promenades dans le jardin, qui encore avaient toujours lieu devant les fenêtres dn salon près desquels la gouvernante d'Élisma restait toujours.

Mais pendant ces courts instans j'avais obtenu de la tendresse d'Élisma le serment de ne jamais séparer son avenir du mien, et c'était avec toute l'imprudence de la jeunesse et de l'amour que nous l'arrangions à notre guise.

Je croyais inutile de dire à S. M. toutes les fois que j'allais à Versailles. D'abord parce qu'il m'était souvent difficile d'approcher d'elle, et puis que la position du roi et de sa famille devenant tous les jours plus critique, la reine, sans oublier sa protégée, sans l'aimer moins ne s'en occupait que secondairement, car des malheurs comme ceux qui la menaçaient entraînaient trop d'importantes préoccupations pour ne pas la troubler un peu.

Cependant elle saisissait souvent l'occasion de me répéter qu'elle mettait toujours un intérêt aussi tendre que soutenu à la jeune Élisma.

Nous commençions dans mon régiment à nous ressentir de la défaveur et du peu de puissance de la cour : on murmurait même qu'on exigerait bientôt du roi le licenciement d'une garde qui lui était particulière ; mais du moins laissa-t-on à cette garde fidèle, le temps de donner des preuves de son dévoûment et de son attachement à Leurs Majestés.

Cependant nous n'étions plus gais ni facilement distraits; le temps de la joie était passé pour presque tous, et si on arrachait encore de temps en temps quelques heures rapides au plaisir, je refusais toujours de les partager et d'être d'aucune des parties qui se faisaient en corps. L'amour véritable épure tout, et je voulais rester digne de l'attachement d'Élisma.

On me railla d'abord avec ménagement, et en plaisantant sur mon changement; mais nous étions dans un moment où la disposition des esprits rend bien facilement la moquerie acerbe et déplaisante, et je finis par me fâcher sérieusement de tant d'insistances faites si peu délicatement. Ma colère ne fit que redoubler l'impertinence d'un de mes camarades qui me jeta des paroles que je ne pouvais pardonner, car Élisma y était mêlée.

— Vous voyez bien, s'écria-t-il, qu'il ne veut plus s'amuser avec nous, parce qu'il est amoureux, et que, comme un jaloux, il cache sa maîtresse dans sa petite maison de Versailles.

Un démenti formel donné avec hauteur amena des mots qui ne pouvaient s'effacer que par du sang, et le jour même le mien coula pour laver la tache faite à la réputation de ma belle et pure Élisma.

Je fus quinze jours presqu'en danger, quinze jours rempli d'impatience et de désespoir, car elle devait s'inquiéter et m'attendre. Enfin dès que je crus pouvoir soutenir le mouvement de la voiture, je me traînai jusqu'à la mienne, et j'ordonnai qu'on brûlât le pavé de la route qui conduisait vers Élisma.

Oh ! mes amis, comment vous peindre ce que je ressentis quand je vis hermétiquement fermé même les croisées qui donnaient sur le jardin, et que je découvris cette affreuse solitude que donne l'absence, et qui ressemble tant à la mort.

Élisma était partie, et on ne savait où elle était allée. Un homme jeune et beau était venu la chercher, et n'avait donné que le temps de faire les préparatifs les plus indispensables.

A qui fallait-il que je la demande? où était-elle enfin? La reine le savait sans doute, mais oserai-je l'interroger, peut-être avait-elle appris mon duel, peut-être était-elle en courroux, tandis que je n'avais jamais mérité le moindre reproche d'indiscrétion, et que j'ignorais absolument d'où mon adversaire avait pu tirer les inductions injurieuse qu'il avait répandues sur Élisma.

Je revins à Paris plus malade que je n'en

étais parti, et je fus obligé de me remettre au lit; j'y restai encore quelques jours; enfin agité de craintes, d'espérances, je me traînai au cercle de la reine. Ma vie, le sort de mon amour dépendaient de l'accueil qu'allait me faire Sa Majesté.

Il fut glacial. Il faut avoir vécu à la cour pour savoir l'effet que produit sur vous et sur les autres la défaveur des maîtres, on s'en aperçoit si vîte. Au cercle personne ne me parla; je pus être tout à mon aise mélancolique et souffrant, pâle et défait sans qu'on s'avisât de me demander ce que j'avais. Je me retirai de bonne heure, bien déterminé à ne présenter que rarement mes devoirs à S. M. et je me renfermai dans la solitude la plus absolue.

C'était au commencement de l'hiver, mon seul plaisir était de m'enfoncer sous les vieux arbres des Tuileries, d'y passer des heures entières plongé dans la plus sombre tristesse. Là je trouvais, pour ainsi dire, une volupté indicible à me sentir malheureux, et malheureux par l'amour, car je n'aurais pour rien au monde voulu chasser de mon cœur l'image d'Élisma qui y répandait à la fois la joie et le tourment.

De la place où je passais presque toutes mes soirées, je voyais les fenêtres illuminées de l'appartement de la reine, de cet appartement où j'avais reçu l'ordre d'aller au devant de mon malheur, et je maudissais presque les grands qui brisent sans pitié les instrumens de leur volonté sans même les consoler, si, en leur obéissant, ils on trouvé le désespoir.

Un soir que j'étais plus mélancolique que jamais, je vis venir à moi le concierge Dubois, qui m'avait montré toujours de l'intérêt et de l'amitié. Je l'avais négligé comme les amans négligent tout ce qui n'est pas leur passion, il accueillit mes excuses en philosophe, et me plaignit même quand avec une confiance d'homme malheureux, je lui racontai les cruelles déceptions qui me désespéraient. Puis comme éclairé par une pensée subite, il me dit :

— Vous tenez donc bien à cette belle Élisma, et ce n'est ni pour la séduire ni pour la déshonorer que vous vous êtes fait aimer de cette jeune fille ?

— Oh ! lui répondis-je, je voulais lui consacrer ma vie, lui offrir ma main, devenir le protecteur, l'appui dont elle paraissait avoir tant besoin. Mais, hélas! que sera-t-elle devenue?

— Calmez-vous, dit Dubois, et allez ce soir au cercle de la reine ; ce n'est pas le moment de tenir rancune à des souverains malheureux, puis venez me trouver à une heure après minuit, vous frapperez doucement trois coups au carreau extérieur de la petite porte qui donne près du guichet du Louvre, soyez exact.

Je le promis.

La reine me reçut à peu près comme la dernière fois. Madame de Polignac, touchée sans doute de mon air souffrant, fut plus affable, et me reprocha de ne pas m'être présenté depuis long-temps.

— J'ai craint de déplaire à la reine, répondis-je ; et ne devinant pas pourquoi S. M. me traite si sévèrement, je n'ose l'importuner de ma présence.

— Quoi! s'écria madame de Polignac, vous ignorez qu'on a rapporté à la reine que vous vous étiez vanté d'avoir pour maîtresse une jeune personne qu'elle protège, et que c'est un démenti qu'un homme dévoué à S. M. vous a donné qui a amené votre duel.

Je racontai simplement et avec vérité ce qui s'était passé :

— Attendez, attendez, me dit alors la belle favorite de la reine ; elle fut parler à S. M. qui, au bout d'un moment, m'honora d'un sourire avec une bonté touchante. On remarqua de suite cette faveur, et tout le monde revint à moi ; mais cela ne m'apprenait pas ce qu'était devenue Élisma, et je n'osais le demander. Cependant j'étais moins malheureux, le retour des bonnes grâces de la reine me permettait de croire que j'apprendrais bientôt quelque chose à ce sujet. Et puis je ne sais quelle espérance j'attachais au rendez-vous que m'avait donné le vieux Dubois.

Je me gardai bien d'y manquer. Il vint m'ouvrir dès qu'il m'entendit frapper, et me demanda comment m'avait traité la reine. Je lui racontai ce qui s'était passé.

— Eh bien ! me dit-il en riant un peu, je crois que je vais vous découvrir tout ce mystère, mais je vous avoue que ce n'est qu'en tremblant que je me mêle d'une affaire où l'amour est pour quelque chose : les confidens et les conseillers s'en trouvent toujours mal ; on les accuse assez ordinairement des fautes que la seule passion fait commettre.

Je jurai au vieux Dubois que jamais il ne se répentirait de sa complaisance. Il sourit, et prenant un gros trousseau de clés soigneusement serré, une lanterne dans laquelle il plaça un long bout de bougie, il se tourna vers moi, et me dit en riant :

— Vous croyez peut-être que je suis le geolier de votre belle, et que je vais vous conduire à son cachot.

Le cœur me battait avec violence et je ne pus cependant m'empêcher de sourire. J'essayai de l'interroger, mais il m'imposa doucement silence en m'engageant à le suivre ; il me fit passer dans une galerie souterraine qui règne sous le château : il ouvrit et referma vingt portes, puis nous suivîmes un long corridor obscur, nous remontâmes jusqu'au comble du château, toujours sans dire un seul mot, enfin il me montra une petite porte et dit : .

— Elle est là.

Alors mon guide ouvrit doucement cette porte, une femme était assise tristement, elle jeta un cri en m'apercevant, c'était la charmante Élisma qui tomba presque évanouie sur mon sein.

CHAPITRE VII.

Je la retrouve.

Quelle était pâle et changée cette charmante jeune fille ! et combien ce changement, qui me prouvait cependant son amour, me faisait mal à voir. Dubois s'était assis dans un coin de l'appartement avec cette tranquille philosophie qui ne l'abandonnait jamais ; il avait d'abord regardé notre ivresse, nos transports et nos larmes, puis il s'était emparé d'un livre, nous laissant ainsi la liberté de nous entretenir à voix basse.

Je demandai avec empressement à Élisma comment elle avait pu consentir à s'éloigner ainsi sans me laisser une ligne ; voici ce qu'elle me répondit :

— Votre dernière visite datait déjà de trois jours ; et je m'étonnais un peu d'une absence si longue, l'inquiétude même commençait à s'emparer de moi ; car au milieu de mes peines je n'ai jamais connu du moins celle de douter de votre amour. J'étais assise dans votre petit salon que j'aimais tant, et entouré des souvenirs charmans qui me venaient de vous.

Là, près de moi, était le paysage que vous aviez commencé, la romance que vous chantiez si bien ; et tout entière à votre pensée, je ne doutai nullement que ce ne fut vous, quand le bruit d'une voiture se fit entendre ; ma gouvernante elle-même s'écria : voici M. de Verneuil, et nous demeurâmes avec confiance à vous attendre.

Cependant je ne sais quel trouble me saisit,

quand après m'être approchée de la fenêtre, je vis, mais confusément, car la nuit était presque arrivée, une voiture chargée comme pour un long voyage. Ce n'était point ainsi que vous veniez ordinairement ; mais je n'eus pas le temps de me livrer à de longues conjectures, la porte du salon s'ouvrit et mon frère parut.

— Votre frère! m'écriai-je, mais vous m'aviez dit qu'il était dans une contrée bien éloignée, et que vous ne saviez même pas si jamais vous le reverriez.

— Aussi, me répondit mon amie, ma surprise fut-elle extrême, d'ailleurs mon frère était presqu'un étranger pour moi, séparés depuis notre plus tendre enfance, ce fut ma gouvernante plutôt que moi qui le reconnut, pourtant la tendresse qu'il me témoigna m'eut bientôt rassurée, et je me félicitai d'avoir enfin trouvé un ami et un appui moi qui, depuis que j'étais au monde, n'avais jamais été entourée que d'étrangers.

— Mais votre tante qui vous remit à la reine, m'écriai-je?

— Ce n'était point ma tante, réprit Élisma, elle me l'avait déclaré à son lit de mort, et mon frère me le confirma. Il ajouta que nous restions les derniers rejetons d'une famille éteinte, que nous étions orphelins et sans fortune.

— La reine, me dit mon frère, vous aime et vous protègera toujours, car elle l'a promis, Élisma, à celle que vous nommiez votre tante, et je suis tranquille si vous ne faites rien pour nuire vous-même à votre destinée.

Ces mots, mon frère les prononça avec une sévérité qui me glaça. Il y avait si peu de temps encore qu'il m'était inconnu que je le regardai presque en tremblant; il reprit alors avec plus de tendresse.

— Ma chère Élisma, nous allons partir, et partir à l'instant même.

— Partir, m'écriai-je avec effroi, partir, quitter cette maison.... mais sans doute pour aller à la cour de France, près de la reine?

— Pas dans ce moment, me répondit-il, quoique bien jeune encore, ma sœur, je pense que votre raison est assez formée pour m'entendre et me comprendre, et je vais vous dire en peu de mots qu'elle est notre position.

La reine, sans doute, vous veut du bien; mais elle-même placée sur le bord d'un abîme, environnée d'ennemis qui lui cherchent des crimes, n'ose rien faire qui puisse donner la moindre prise sur elle. Quand elle le voudrait, le roi d'ailleurs s'opposerait à cette imprudence, et c'en serait une bien grande de la part de S. M. que d'accueillir près d'elle une étrangère, une autrichienne, ou du moins qui passe pour telle.

— Quoi! mon frère, m'écriai-je, l'Autriche n'est-elle point ma patrie; ne suis-je point née à Vienne?

Mon frère évita de me répondre, et reprit: L'embarras de sa position a obligé la reine à vous confier, un peu imprudemment peut-être, à un jeune homme en qui elle avait une confiance qu'il a mérité de perdre, car je viens d'apprendre qu'il a porté une atteinte condamnable à votre réputation.

— C'est impossible, interrompis-je avec impatience, monsieur de Verneuil est l'honneur même: il est incapable...

— Ma sœur, prononça mon frère avec une dignité qui le rend très imposant malgré son jeune âge, permettez-moi de me croire meilleur juge que vous sur ce qui constitue l'atteinte portée à la réputation d'une femme, M. de

Verneuil vous a compromise, et je ne puis consentir à ce que vous habitiez plus long-temps sa maison. Mais ma sœur ce n'est point vous qui êtes blâmable dans tout ceci; c'est l'imprudente et imprévoyante personne, ajouta-t-il en regardant sévèrement ma gouvernante qui, placée près de vous pour veiller sur votre jeunesse et votre inexpérience, a souffert qu'un homme du monde, un militaire, passa ainsi sa vie près de vous sans en prévenir celle qui avait la bonté de vous protéger.

— Ah! répondis-je avec impatience, car j'avais alors perdu toute timidité; la reine savait parfaitement que M. de Verneuil venait ici fort souvent, elle le chargeait même de m'apporter des preuves de ses bontés, elle....

— Brisons, interrompit mon frère; veuillez-vous en rapporter, ma chère Élisma, à ma tendresse pour vous et à ma connaissance du monde.

Ensuite il parla bas à ma gouvernante qui nous quitta, et puis sans me laisser seule un instant, il vit de la fenêtre du salon porter mes malles sur la voiture, et me donnant la main pour y monter, il me fit ainsi quitter votre maison. Nous changeâmes trois fois de chevaux, et sans doute nous fîmes plusieurs détours pour rentrer dans Paris.

J'avoue que je ne comprends pas trop ce mystère, puisque plusieurs fois on m'a fait descendre chez la reine ; et que par conséquent je sus bientôt que j'étais aux Tuileries.

Dans cette circonstance c'est une très belle dame, accompagnée de monsieur Dubois, qui vient me prendre : on choisit toujours la nuit et le temps du sommeil de la femme de service qu'on a placée près de moi.

Ces visites de nuit m'ont donné l'habitude de venir veiller très tard dans cette pièce ; il me semble que j'y suis moins prisonnière, que je suis moins soumise à la volonté des autres. M. Dubois qui est chargé de veiller aussi à ce que rien ne me manque, m'a toujours montré tant d'égards que c'est une consolation pour moi de le voir quelquefois.

Il est venu aujourd'hui dans la journée, et m'a annoncé que je verrais cette nuit quelqu'un qui prenait le plus grand intérêt à moi. Ma première idée fut que c'était vous ; mais pourtant je n'osais croire à tant de bonheur, et j'attendais mélancoliquement de voir détruire cette espérance quand vous avez paru.

— Et après nous être retrouvés, m'écriai-je, ô ma chére Élisma, vous consentiriez encore à vous séparer de moi. Ah! dites moi que vous ne pourriez vous y résoudre, dites moi que nous ne nous quitterons jamais.

— Hélas! me répondit la douce créature, je vous aime de toutes les puissances de mon âme; mais mon âme est faible, et je n'aurai jamais le courage de résister en face à la reine et à mon frère; je puis souffrir, mourir de chagrin, de regrets, mais je ne suis capable que de cette résistance passive.

— Quoi! m'écriai-je avec violence, vous me laisseriez succomber au désespoir; il faudrait, que sans me plaindre, je vous visse tranquillement passer dans les bras d'un autre; non Elisma, il faut me suivre, je vous le demande à genoux, je vous déroberai à tous les yeux, je vous enleverai enfin.

—Voilà mon rôle qui commence, prononça le vieux Dubois en quittant son livre, j'ai bien voulu consoler mademoiselle, vous rassurer sur son sort, je me prêterai même à faire tout ce qui pourra amener votre union, mais vous la laisser enlever c'est impossible; car je réponds de mademoiselle, et vous êtes trop homme d'honneur pour vouloir me compromettre.

D'ailleurs, poursuivit-il, les choses ne me paraissent pas si désespérées : pourquoi M. de Verneuil ne demanderait-il pas à Sa Majesté la main de sa protégée?

Je revins à la raison; je convins que ce parti était le plus sage, le plus convenable; que la reine, une fois convaincue que je n'avais pas tenu les infâmes propos qu'on avait osé m'attribuer, n'aurait aucune raison pour me refuser Elisma.

Cependant quand je fus seul, quand le charme de la présence de celle que j'aimais eut cessé d'agir, je pensai, avec désespoir, que je n'avais rien, ni espérance d'avenir; les temps étaient passés où le roi pouvait faire une fortune à un de ses sujets; placée sur le bord d'un volcan cette illustre famille commençait à trembler sur son sort; chaque jour amenait pour elle des dangers nouveaux; chaque jour amenait aussi des fautes nouvelles, car il semblait que l'un fût toujours le résultat de l'autre.

Oh! avec quel regret je songeais alors à cette fortune que j'avais dilapidée dans le vice! Dans un autre temps elle m'eût paru bien modeste pour être offerte à Elisma; mais dans la circonstance présente, c'eût été beaucoup que d'avoir une existence tranquille et indépendante à mettre à ses pieds. Il n'était pas étonnant non plus qu'au milieu de si graves chagrins la reine s'occupât peu de cette pauvre enfant, à qui elle accordait une protection si inefficace; il n'était pas plus surprenant que, dans de pareils momens, je ne pusse réussir à obtenir un instant d'audience de la reine.

Madame de Polignac, que j'avais suppliée vingt fois de me faire accorder cette faveur, m'engageait toujours à patienter; peut-être devinait-elle que je voulais traiter un sujet qui serait peu agréable à Sa Majesté. En attendant, grâce à l'obligeance de Dubois, à qui j'avais donné ma parole d'honneur de ne jamais chercher à enlever Elisma, je la voyais de temps en temps; mais ces entrevues trop rares pouvaient-elles suffirent à mon cœur et au sien?

Hélas! mes amis, c'est ici que commence mon crime; j'obtins de la faiblesse de caractère et de l'amour de cet ange, oui, j'obtins qu'elle me remit l'empreinte de la clé qui ouvrait la porte de son appartement, et que Dubois gardait avec le plus grand soin; mais ce n'était point assez; il fallait trouver le moyen d'arriver, sans passer par les nombreux escaliers et par les sombres détours qu'il me faisait prendre, et dont lui seul avait le secret.

Eh bien, avec de l'or, je trouvai le moyen de séduire une des femmes de service du château, et je parvins auprès d'Elisma, mais en perdant la réputation d'une autre femme que je nommai. C'était une indigne action sans doute, mais moins indigne encore que celle que je commis, car j'abusai de l'innocence et de la candeur la plus pure, et si je fus le plus heureux des hommes, j'en fus aussi le plus coupable.

A ces dernières paroles, que M. de Verneuil avait prononcées d'une voix très émue, le comte de Villebois s'était levé, avec un mouvement d'indignation si marqué qu'il n'échappa à personne.

Je vous parais bien digne de blâme, lui dit alors

le père de Louise en saisissant sa main pour le retenir; vous qui vous êtes toujours montré si sage, si maître de vous-même, qui peut-être n'avez jamais cédé à vos passions, vous me retirerez votre estime; mais songez du moins qu'en m'adressant à l'amitié je n'ai pas voulu la trahir en la trompant; j'ai dit toutes mes fautes.....

Le comte se rassit, et serrant la main du père de Louise il lui dit :

— C'est moi qui ai tort, mon respectable ami, d'avoir oublié un instant que l'homme est sujet à l'erreur et que la vôtre est une des plus excusables; mais cependant quelle suite cruelle n'a-t-elle pas dû avoir pour l'infortunée? . . .

— Oui, dites-nous ce qu'est devenu votre belle Elisma, s'écria le marquis de Chavagnac, car ce ne fut pas je crois la mère de Louise?

M. de Verneuil secoua tristement la tête et reprit :

— Hélas! comme moi, elle ne connut que quelques instans d'un rapide bonheur; depuis je crois qu'elle a bien souffert.

Trois mois seulement se passèrent dans une ivresse qui nous faisait tout oublier. Mais que nous devions payer cher ce répit du sort; mais demain je vous dirai la fin de mes malheurs; il n'y aura plus à entendre ni joie ni plaisir, plus rien qui console et repose de souffrir.

Les amis de M. de Verneuil le quittèrent, et en lui serrant la main le comte de Villebois y mit encore plus d'affection que de coutume.

CHAPITRE VIII.

Je la perds.

Le lendemain quand M. de Verneuil fut seul avec ses amis, il reprit en ces termes la suite du récit de la veille :

Depuis que je pouvais voir Elisma sans le secours de Dubois, j'affectais, pour lui ôter toute inquiétude, d'être plus raisonnable en parlant de mon amie, et je ne crois pas qu'il eut à cette époque le moindre soupçon.

Je m'endormais dans une sécurité que me donnait le bonheur, et, comme tous les hommes, je m'abusais sur l'avenir; parce que le présent était heureux; sans m'en apercevoir même, je cessai de mettre autant d'instance auprès de madame de Polignac pour qu'elle m'obtînt une audience de la reine. Je m'étais cependant remis à aller fort exactement chez S. M.; c'était un devoir, pour tous ceux qui lui étaient attachés, que de l'entourer de respect et d'amour; car c'était une triste dérision alors que cette cour devant laquelle on s'inclinait encore, mais dont on jugeait en même temps les actions avec une froide et injuste cruauté.

Un soir, il m'en souvient, la reine qui aimait beaucoup l'Opéra voulut y aller malgré les représentations du roi, elle fut si bien reçue qu'elle se proposait de renouveller ce plaisir, et qu'en arrivant aux Tuileries elle vint raconter avec empressement à Louis XVI l'accueil qu'elle reçu.

—C'est très bien, répliqua brusquement le roi, réjouissez-vous madame, car tandis que vous

vous amusiez, on a osé m'empêcher de sortir de mon appartement, sous prétexte que je voulais fuir pendant que vous occupiez le public.

Ce fut la dernière fois de sa vie que Marie-Antoinette fut au spectacle; vous Chavagnac, qui étiez un des plus assidus aux Tuileries, vous savez combien étaient changés les cercles de la reine, que de belles et jeunes femmes et de brillans cavaliers parvenaient par momens à égayer encore, mais qui retombaient bientôt dans la tristesse et le découragement.

Un soir, madame de Polignac, qui la veille encore me parlait avec tant de bonté, m'engagea, avec beaucoup de sécheresse, à me rendre chez elle le lendemain à une heure qu'elle me désigna. J'y trouvai la reine; mes amis, sans doute vous l'avez tous connu cette femme qui eut semblé belle entre toutes les belles, même dépouillée du prestige d'une couronne; ainsi vous ne vous étonnerez pas, même vous austère Regnaud, quand je vous peindrai la profonde émotion que je ressentis quand je me vis seul devant Marie-Antoinette, dont le beau et majestueux regard était rempli d'une vive indignation.

Elle était assise sur un grand fauteuil de velours noir, dans l'oratoire de la princesse; sa tête était fière et belle, mais déjà bien changée. J'étais debout devant elle; elle me fit signe de prendre un pliant; j'obéis.

— Monsieur, me dit-elle d'une voix haute et brève, je viens vous demander si vous voulez désobéir à la reine de France, ou plutôt la déshonorer.

Je tressaillis sur mon siége et j'allais me jeter aux pieds de S. M., elle m'arrêta d'un geste impérieux et continua :

— Vous savez quelle marque de confiance et même d'amitié je vous ai donnée, en vous choisissant pour être l'appui d'une jeune personne à laquelle je m'intéresse : on vous accusa de l'avoir compromise, d'avoir trahi ma confiance; au premier mot de justification de votre part je vous crus, car il m'en coûtait de vous juger coupable.

Mais aujourd'hui, monsieur, je ne puis plus douter que vous ne m'ayez manqué de respect, de respect et comme femme et comme reine. Quoi! c'est dans mon propre palais, c'est lorsqu'elle vit sous ma protection, que vous abusez de votre empire sur elle pour engager une jeune personne, pure et jusque là innocente, à vous recevoir au milieu des nuits, et que vous vous exposez à la perdre de réputation pour toujours.

—Madame ! m'écriai-je en tombant à genoux, entre Elisma et moi il n'y a d'autre séducteur que l'amour ; et à l'instant même d'aignez m'accorder sa main. . . .

—Et savez-vous si j'en suis la maîtresse, reprit la reine avec une indignation moins dure, savez-vous si j'en suis la maîtresse ; si Elisma peut disposer d'elle-même ? Insensé qui avez arrangé votre destinée, tandis qu'une volonté plus forte que la vôtre, que la mienne, la nécessité la bouleversera sans pitié ! Vous ne pouvez-être l'époux d'Elisma, car elle est promise depuis plus de deux ans.

A ces mots je devins si pâle que la reine eut pitié de moi, et qu'elle me tendit sa royale main avec une touchante bonté.

—Écoutez-moi, me dit-elle en m'engageant à me relever, écoutez : j'ai fait le mal, puisque c'est moi qui vous ai fait connaître Elisma, mais ne m'en punissez pas trop sévèrement ; si cette enfant rompt le mariage arrangé pour elle, son frère est déshonoré car il a donné sa parole, et il vous tuera ou vous le tuerez, et moi, reine malheureuse et calomniée, je perdrai un ami, un défenseur, je me ferai un ennemi puissant.

Hélas! ce ne serait rien encore; mais savez-vous ce qu'on dira? Que moi, reine avilie, je n'ai pas su garder une jeune fille; que je l'ai perdue par mon exemple. On dira....

Ah! mon front se couvre de rougeur en pensant à toutes les horreurs qu'on inventera, et auxquelles les Français, autrefois si bons, si délicats, ont depuis quelque temps pourtant habitué mes oreilles; et qui fera tout ce mal, monsieur? votre fatal amour.

Et cet amour même ne sera jamais heureux; car jamais le frère d'Elisma ne consentira à votre mariage avec elle, non parce que vous manquez absolument de fortune, mais parce que vous l'aurez fait manquer à sa parole.

Voyez, que voulez-vous faire, continua la reine avec une profonde tristesse? Elisma, d'un caractère doux et timide, a cédé à mes prières, à mes instances, à la crainte que lui inspire son frère; elle vous rend votre foi, vos sermens; mais je le sais, si elle vous revoit vous reprendrez sur elle votre fatal empire, elle sera perdue et vous m'aurez désespérée; et moi, que tant de malheurs attendent, que tant de dangers menacent, ce sera de tous mes chagrins un des plus cruels, et ce sera vous qui l'aurez causé, vous en qui j'avais tant de confiance.

Mes amis, continua le vieux Verneuil en soupirant, je fis ce que vous auriez fait à ma place, si comme moi vous eussiez vu une reine suppliante et presque à genoux, vous demandant de ne pas ajouter à ses maux; je cédai; je promis à la reine de partir sans revoir Elisma.

— Je me charge de tout, dit alors Marie-Antoinette, de votre démission, de votre passe-port pour sortir de France; vous aurez tout, même de l'or s'il vous est nécessaire.

Allez trouver mon frère d'Artois; je ne puis lui écrire dans la crainte de vous compromettre, mais remettez-lui cette bague, ajouta-t-elle en tirant une émeraude de son doigt, il la reconnaîtra.

Recevez mes remercîmens et la promesse que si un jour je retrouve quelque puissance, je n'oublierai point que vous avez été sensible à mes prières, que vous avez sacrifié votre amour, votre bonheur à mon repos, à mon honneur; adieu.

Je m'inclinai sur la main de la reine qu'elle daigna me présenter, et le soir même j'eus les papiers nécessaires pour sortir librement de France, car à cette époque S. M. voyait en secret Mirabeau; il devait la sauver; la mort vint cruellement arrêter un projet si digne de lui.

Peut-être le temps est-il passé où ma douleur vous eut paru intéressante, mes amis; les peines de l'amour ont besoin pour sembler touchantes d'être ressenties par la jeunesse; je ne dirai donc qu'un mot sur celle que j'éprouvai alors.

Elisma avait été mon premier elle fut mon dernier amour.

— Et ne la revîtes-vous jamais, s'écria avec empressement M. de Villebois?

— Une seule fois; mais nous étions bien changés l'un et l'autre, et il fallut toute la puissance de nos souvenirs pour que nous nous reconnussions: c'était à l'époque où Bonaparte rendit le décret qui permettait aux émigrés de rentrer.

Sans doute Elisma avait à solliciter pour l'un

d'eux, placé dans quelque circonstance qui ne lui permettait pas de jouir de ce bienfait. Elle vint aux Tuileries, et s'adressa par hasard à moi pour avoir un renseignement.

Je vis une femme timide, presque tremblante, vêtue très simplement, mais décélant pourtant dans toute sa personne un rang si distingué, que je m'inclinai encore plus bas devant elle que je ne le faisais devant les autres personnes de son sexe.

A sa voix je la reconnus; à la mienne elle tressaillit, fixa ses regards sur moi et faillit s'évanouir; car elle n'avait plus de doute que c'était bien moi, moi, celui qu'elle avait tant aimé.

Elle retrouvait dans une position obscure celui qu'elle avait vu honoré de la confiance de la reine; mais j'en suis sûr, ce ne fut pas cette découverte qui lui fit le plus de mal. A quelques pas jouait ma fille encore bien petite, mon Antonie que j'ai perdue si jeune.

Elisma ne me parla plus, mais elle posa ses lèvres décolorées sur le front de mon enfant; puis, une porte s'ouvrit, madame de Verneuil appela sa fille, qui lui répondit qu'elle était retenue par une dame qui l'embrassait et qu'elle vint la voir ; nous entendîmes le bruit des pas de ma femme ; Elisma me jeta un long regard et disparut.... Je ne l'ai jamais revue.

— Et que devîntes-vous après avoir obéi à la reine, demanda M. de Chavagnac ?

— Je fus à l'armée de Condé où était le comte d'Artois ; il me reçut avec cette bonté pleine de grâce qu'il a conservée dans un âge avancé ; mais l'armée devait être dissoute, si une bataille qu'on allait donner ne nous rendait pas une attitude plus certaine. Il y allait de l'honneur de nous tous, et chacun aurait voulu centupler ses forces et ses moyens de défense.

Une balle que je reçus dans la tête m'arrêta ; je restai pour mort sur le champ de bataille.

Deux bons villageois me recueillirent ; j'avais été jeté, dépouillé, souillé de sang dans une fosse où ils me trouvèrent, et, n'écoutant que l'humanité, ils me transportèrent dans leur village, situé à trois lieues de Rastadt ; ils me traitèrent, me soignèrent comme un frère. Malgré leur humanité je fus plus d'un mois en danger ; quand je revins à la vie, je connus toute l'étendue de mon infortune.

J'étais sans ressource, sans argent et menacé

d'une longue convalescence. Les princes étaient partis pour la Pologne, après avoir licencié l'armée de Condé ; de qui d'ailleurs me serai-je recommandé près d'eux? Le souvenir que la bague avait rappelé au comte d'Artois était sans doute effacé ; d'ailleurs il était bien loin, et je savais les princes eux-mêmes fort embarrassés de leurs personnes. Mes pauvres hôtes me cachaient leur misère ; mais je ne devinais que trop combien je leur étais à charge.

Avec quels remords je pensais alors à la fortune que j'avais dissipée et qui m'eût assuré une existence honorable ! Si je l'avais conservée, j'aurais pu, loin d'ajouter aux peines de ces bonnes gens, leur faire un peu de bien en retour de la vie que je leur devais.

Ces tristes réflexions retardaient mon rétablissement ; mais j'étais dans la force de l'âge, et sans le désirer je guéris. Je sentis alors que l'oisiveté et le découragement étaient un crime ; je demandai à mon obscur bienfaiteur de me procurer de l'ouvrage.

—Hélas! me répondit-il, vous n'en trouverez ici qu'aux champs, et jamais vous ne pourez supporter un travail si dur et si fatiguant.

— On peut tout ce qu'on veut, lui répondis-je avec résolution, et je ne veux plus vous être à charge.

Le lendemain, le lever du soleil me vit la faucille à la main moissonner avec courage; l'été se passa ainsi, et le pain que je mangeais me semblait moins amer.

Mais mon hôte me demanda un jour si je voulais me charger de mettre en ordre les comptes du vieux régisseur d'un château, dont les hautes tourelles dominaient le village; le brave homme n'entendait plus rien à son affaire; la maladie et l'âge le rendaient inhabile à remplir un emploi qu'il craignait pourtant de perdre, car c'était sa seule ressource, et il offrait d'en partager les émolumens, si on voulait l'aider à les conserver.

J'acceptai, promettant, ce que je me fis un devoir de tenir, de ne jamais oublier que je devais la vie aux braves gens qui m'avaient recueilli chez eux, et je me dis que je partagerais toujours avec eux ce que je gagnerais.

J'étais depuis plus d'un mois au château et parfaitement au fait de le gérer, que j'avais à peine remarqué que le vieux Dubois avait une fille jeune et belle, j'avais été plus frappé de son nom qui était aussi celui de mon ancien protecteur, le concierge des Tuileries, mais je n'avais fait même aucune question sur ce sujet ; j'étais tombé dans une apathie et un découragement que ma douleur de la perte d'Elisma ne m'engageait point à surmonter.

CHAPITRE IX.

Mort et Mariage.

Je crois, dit M. de Verneuil en essayant de sourire, que ceux qui ont prétendu que le meilleur moyen de plaire aux femmes était de s'en occuper beaucoup, se sont quelquefois trompés; car la belle Cécile, la fille de celui dont je remplissais les fonctions, n'avait jamais reçu de ma part la moindre galanterie, la plus légère marque d'attention; elle daignait pourtant s'intéresser à moi.

Je dois le dire, quand je devinai sa préférence je n'en éprouvai aucun plaisir, mais j'étais isolé et sur une terre étrangère, elle était jeune, belle, bonne; elle m'accablait de soins, et si je ne ressentis ni passion ni amour pour Cécile, du moins m'inspirait-elle de la reconnaissance, même de l'amitié. Mais n'importe, je fus bien coupable de ne pas lui dire que j'en avais aimé, que j'en aimais passionnément encore une autre, et que jamais je ne pourrais l'oublier.

Cette confidence délicate l'eût sans doute détachée de moi, et je n'eus pas entendu tant de fois ces paroles affligeantes :

Je suis bien malheureuse, car vous ne m'aimez pas; et vous ne m'aimez pas parce que, je le sais, vous en aimez une autre.

Désolante vérité, que j'essayais de nier, mais que ne décélait que trop ma distraction, ma froideur et ma constante mélancolie.

Mais enfin avant d'être à moi, Cécile ne vit rien, ne voulut rien voir de tout cela. Elle attribua ma froideur à mes malheurs, mon manque de passion à la timidité; en un mot, elle s'abusa comme on s'abuse quand on aime. Mais je dois vous dire comment je devins si vite l'époux de Cécile.

Son vieux père tomba dans un état d'imbécilité presque complète; les maîtres du château étaient absens, et la pauvre jeune fille ne savait que faire. En attendant qu'elle eût pris un parti, je continuai de gérer pour son père; mais sa santé baissait chaque jour, les maîtres ne pouvaient tarder d'arriver, et si je ne me présentais pour remplacer le père de Cécile, si je ne l'épousais pas elle-même enfin, que deviendrait cette belle personne dont l'éducation avait été simple, qui ne possédait aucune connaissance du monde, et n'avait pour parent que mon vieil ami le concierge des Tuileries, car j'appris alors qu'il était le frère de son père.

Sans doute si ce pauvre père eût été transportable, elle eût été avec confiance lui demander du pain pour lui, mais ce projet était presque inexécutable, et la mort vint d'ailleurs l'arrêter entièrement. Comme il arrive toujours avant de la subir, la raison revint reprendre un moment son empire sur l'âme du pauvre vieillard, qui eut le temps de me reconnaître, de me recommander sa fille avec une de ces prières de mourant qui brisent l'âme et arrêtent le refus.

Cécile vous aime, répétait-il comme si toute idée de convenance se taisait à cette heure suprême, elle n'a plus que vous d'appui sur la terre.

Ce furent ses dernières paroles, il les balbutiait encore quand celle qui m'avait recueilli mourant vint m'apprendre que son mari s'était, en tombant, estropié pour le reste de sa vie. Je donnai tout ce que je possédais, mais si je partais, si j'abandonnais cette modeste place que deviendrait Cécile, que deviendraient mes bienfaiteurs?

Je restai et je me mariai.

Deux ans après, Dubois, le concierge des Tuileries, à qui j'avais écrit que j'avais épousé sa nièce, m'envoya un passeport bien en règle pour que je pusse rentrer en France avec ma femme; il nous écrivait qu'il voulait mourir dans nos bras, et nous léguer sa fortune.

Voilà comment je revis la France, j'y rentrai au moment ou la révolution avait perdu de sa violence il est vrai, mais quel ravage affreux elle avait fait; partout je croyais voir des traces de cruauté, à chaque pas que je faisais n'avait-on pas assasiné des Français! Je détournai la tête et mes yeux se remplirent de larmes d'indignation et de fureur quand je traversai la place Louis XV, cette place souillée de tant de sang noble et innocent.

Ce ne fut pas non plus sans une violente émotion que je rentrai dans ce palais des Tuileries où s'étaient passés des événemens si étranges et si extraordinaires. La Convention l'occupait encore, mais ce ne devait pas être pour longtemps.

Le vieux Dubois touchait à son heure dernière, et il tremblait de mourir sans nous avoir revus, sa nièce et moi.

Qu'allez-vous devenir, me demanda-t-il avec sa brusque raison? Rentrer dans le monde comme un ancien noble, disputer à un parti vainqueur vos titres et vos prétendus droits à une existence à part de celle des autres hommes; tout cela parce que vous êtes né avec une particule devant votre nom, et un titre qu'on ne connaît plus?

Vous n'avez ni protection ni fortune, car celle que je vous laisserai, suffisante pour une position médiocre, ne serait rien si vous essayiez de reprendre votre rang ; y réussiriez-vous d'ailleurs sans danger?

Je l'assurai que je n'avais aucunes prétentions sur cet article, que je tiendrais peut-être à quelques prérogatives de naissance si j'avais un fils.

Il me répondit avec un rire sardonique : Je suis bien vieux, bien près de mourir, eh bien! je vous assure que j'ai toujours pensé que ces prérogatives de rang étaient complètement ridicules. Du reste cette lutte sera longue, car c'est celle du peuple contre les grands. Tenez, s'écria-t-il en se plaçant avec une force extraordinaire sur son séant, tenez, je crois que dans ce moment où je vais mourir je plonge dans l'avenir, et qu'il se déroule devant moi.

Croyez-moi, la France n'est pas prête à devenir tranquille ; elle aura par lacunes, et gloire et prospérité, mais elle a besoin d'être régénérée et elle ne le sera qu'après de longs malheurs, et ce n'est ni vous ni même vos enfans qui le verrez ; les rois ont reçu une sanglante leçon, eh bien! comme des insensés ils n'en profiteront point, et il leur en faudra encore plus d'une Du reste je vous offre ce que je puis seul vous offrir, ma place.

Je laissai voir sans doute sur ma figure une grande répugnance, car Dubois s'écria en riant encore avec ironie :

Allons, je vois que votre fierté nobiliaire s'indigne de ma proposition, mais que ferez-vous de Cécile dans le grand monde où vous voulez retourner? C'est une femme bonne et simple dont vous finirez par rougir, de là à être malheureux avec elle il n'y aurait qu'un pas, d'ailleurs si la manie des grandeurs vous tient trop vous serez bien placé ici pour y remonter.

Ce château, ajouta-t-il en frappant avec force contre le muraille où était appuyé son lit de mort, ce château verra encore plus d'une révolution; vous serez bien en vue pour juger les coups, là en philosophe...

Il parlait encore en souriant d'un air ironique, quand son dernier soupir vint interrompre sa phrase. Il me sembla alors que les paroles que je venais d'entendre étaient sacramentelles, que je ne devais plus hésiter à succéder à Dubois, et j'acceptai.

Pour bien comprendre ma conduite, mes amis, songez à ma position, la fortune dont Cécile venait d'hériter je la regardais comme à elle personnellement, il me répugnait de vivre à ses dépens, l'amour seul doit rendre tout commun, et puis à qui me serai-je adressé pour recouvrer une position plus convenable? Il aurait fallu supporter des réflexions amères, des promesses trompeuses; je commençais a sentir le besoin du repos, et mon caractère mélancolique et fier m'éloignait de toute intrigue.

Je restai concierge par hauteur et dédain du monde; plus tard, Napoléon m'offrit bien sa protection, mais je n'avais point de fils et ma noblesse, quoique ancienne, ne lui présentait pas un de ces noms historiques qu'il aimait à voir ramper dans ses antichambres. Que lui aurait-il servi de me sortir de mon obscurité? aussi à mon premier refus il n'insista point.

Les faveurs de Louis XVIII auraient pu arriver jusqu'à moi, mais il m'aurait répugner de les accepter, car le souvenir de la reine qui était toujours sacré pour moi m'empêchait de m'attacher à un prince qu'elle craignait beaucoup plus qu'elle ne l'aimait.

Le comte d'Artois pouvait être un protecteur plus aimable, mais pour se dégoûter à jamais du métier de solliciteur, rien n'est meilleur que d'être placé à la porte d'un palais où se succédèrent si rapidement tant de puissances. Enfin, soit nonchalance, fatigue ou raison, je suis resté concierge, et une seule fois pour punir un fat, un être méprisable, je montrai mes titres.

Voilà toute ma vie, continua le père de Louise, arrivé au moment de la quitter j'ai senti le besoin de la dire tout entière à de vrais amis; maintenant je n'ai plus qu'une pensée, qu'une sollicitude avant de la terminer, c'est la certitude du bonheur de ma fille. Je voudrais le voir assuré, lui savoir un protecteur qu'elle aimât et respectât.

Elle est assez riche pour pouvoir choisir, mais si sa destinée n'était pas fixée avant que la mort m'ait éloigné pour jamais d'elle, je la lègue à votre amitié, mes amis, car je le sais vous méritez cette confiance.

—Oui, nous en serons dignes, s'écria le comte de Villebois avec une profonde émotion, et malheur à celui de nous qui ne serait pas le protecteur et l'appui de Louise, qui ne ferait pas taire son intérêt personnel, quel qu'il soit, pour assurer son bonheur et son repos!

M. de Chavagnac et Regnaud répétèrent les mêmesprotestations avec moins d'émotion peut-être, mais avec autant de sincérité.

CHAPITRE X.

Une Honte de plus.

Depuis son entrevue avec M. de Villebois, Emmanuel s'était plus que jamais rejeté dans le désordre: il ne passait plus maintenant une nuit entière chez lui, et ses dettes de jeu devenaient honteuses et dégradantes, car il ne les payait plus qu'à l'aide de mensonge ou de bassesse.

M. de Valereuse commençait à se lasser non

de donner de l'argent, car il est bien constant que le parti royaliste ne le ménage pas, mais de recevoir des promesses sans résultat et des listes de conjurés dont il n'apercevait pas un seul. Il commençait aussi à recevoir Emmanuel avec défiance et hauteur.

D'ailleurs madame de Saint-Firmin ne le protégeait plus, elle se croyait réellement très éprise du comte Petrowski de Villebois, et son caprice avait pris un accroisement plus vif encore depuis l'arrivée de la princesse polonaise son ancienne amie. Ces dames avaient rénoué leur grande intimité, et madame de Saint-Firmin avait appris tout ce qui pouvait augmenter son engoûment pour le comte.

L'étrangère lui avait peint le courage rare et généreux qu'il avait montré à une nation infortunée, abandonnée par le gouvernement français sur lequel elle avait tant de droits de compter; elle lui avait dit les secours généreux qu'il avait offerts à tant de victimes, et son admirable dévoûment quand un fléau destructeur ravageait la Pologne.

Certes madame de Saint-Firmin n'avait guère un cœur à comprendre tant de générosité et de grandeur, cependant elle y trouvait un aliment de plus à son goût pour le comte, puis la Polonaise réchauffait son âme de tout le feu de la sienne, et montait encore son imagination en lui racontant qu'une belle orpheline, riche et recherchée, devait l'honneur et la vie à Petrowski; qu'elle avait voulu payer de sa fortune et de sa main le service qu'il lui avait rendu, mais que le comte était resté indifférent et avait tout refusé.

Qui ne sait que rien ne pique plus une coquette que cette réputation d'insensibilité; madame de Saint-Firmin, plus que toute autre, mettait son amour-propre à subjuguer ce qui paraissait lui opposer de la résistance, aussi elle s'occupait plus que jamais du comte quand il était présent, et en son absence elle ne parlait que de lui avec son amie.

Celle-ci ne pouvait lui donner de grands détails sur la famille de M. de Villebois, car il n'en parlait jamais, mais elle put l'assurer du moins qu'il n'était point venu en France pour conspirer en faveur du fils de Napoléon, et ces deux dames se moquèrent à l'envie de M. de Valreuse qui voyait partout des conspirateurs de ce parti. Madame de Saint-Firmin fut même plus loin, elle assura son beau-frère qu'elle était presque certaine d'amener le comte au parti d'Holy-Rood.

— A vous dire le vrai, ma sœur, répondit le marquis, je me défie un peu des auxiliaires que vous nous amenez. Voilà ce jeune de Ternan dont vous étiez si enthousiasmée, dont vous nous aviez répondu sur votre tête, et cependant il ne m'a donné encore aucune preuve efficace de zèle ; il me leurre chaque jour de nouvelles promesses, nous coûte beaucoup d'argent et n'exécute rien ; qu'en faites-vous ?

— Mais, répondit la comtesse avec humeur, je vous jure que je n'en fais rien ; j'ai même toutes les envies du monde de lui fermer ma porte, car il me gêne et me fatigue. Pourquoi au reste n'en finiriez-vous pas de même avec lui?

— Pourquoi, voilà bien une question de femme, s'écria le marquis, oubliez-vous que ce mauvais sujet tient entre ses mains le secret d'une conspiration qui va bientôt éclater, et qu'enfin c'est chez lui que sont adressées toutes les lettres, tous les paquets, et que si nous nous défions sérieusement de lui, notre parti le plus sage serait de nous défaire de sa personne. Je ne vous cache pas que j'espère, pour arriver à ce résultat, dans le complot qui doit éclater bientôt. Il est impossible qu'on ne soit pas forcé d'y laisser des victimes, ma foi tant pis s'il est une des premières.

La comtesse, loin de frémir de cette froide et barbare conclusion, sourit en elle-même à l'idée de voir Emmanuel éloigné quand ce serait par la mort, car elle attribuait à sa présence, au ton d'humeur et d'autorité qu'il prenait quand le comte de Villebois était près d'elle, la froideur et la retenue de celui-ci.

Il est vrai qu'Emmanuel était bien changé depuis quelque temps, on aurait eu de la peine à retrouver chez lui quelques traces de cette douceur et de ce bon ton qui naguère encore le distinguaient. Il était dégoûté de madame de Saint-Firmin, il la haïssait presque, et cependant c'était un plaisir pour lui de la dominer par ce ton impérieux qu'un homme se permet si facilement de prendre avec une femme avilie.

Qui l'eût vu lorsqu'il y avait du monde chez la comtesse eût pu l'en croire jaloux et passionnément amoureux; mais s'il se trouvait seul avec elle, il ne laissait même pas à son amour-propre le petit plaisir de l'imaginer, il la quittait alors avec autant d'empressement qu'il en mettait à la suivre lorsque le comte de Villebois était là, et quand il était seul et qu'il osait penser un instant, il s'écriait :

Qu'il est fatiguant de voir sans cesse cet homme entre moi et tout ce qui me touche ou me concerne ; il semble qu'un mauvais génie l'ait ainsi jeté sur mes pas pour exaspérer ma tête et ajouter au supplice de ma vie ; d'ailleurs je ne puis douter qu'il n'ait écrit à ma mère le récit de notre querelle, ou plutôt celui de mes égaremens. Il se sera vanté à elle de ne pas avoir voulu se battre avec moi, il aura parlé de ma conduite, et certes il faut que cela soit, car jamais les lettres de ma mère, et surtout la dernière, ne furent si froides et si sévères.

En parlant ainsi Emmanuel froissait entre ses doigts une lettre qu'il eût autrefois baisé avec respect. Puis sentant dans sa poche quelques pièces d'or qui lui restaient encore, il fut les jeter à une femme perdue pour qu'elle lui préparât une orgie.

Bien longue, répétait-il, bien longue, car je veux m'étourdir.

En effet, et la soirée et toute la nuit ce ne fut que délire, jeu, ivresse ; mais quand le jour arriva et perça les triples rideaux tirés pour le cacher, Emmanuel recula devant lui-même. Car, au milieu de cette étourdissante fête, il avait perdu ce qui lui restait d'honneur, il venait de mettre son nom au bas d'une lettre-de-change qu'il savait bien qu'il ne pourrait payer.

Cependant il pensa qu'il lui restait encore une ressource, qu'en promettant au marquis de se montrer bien vil, il en obtiendrait peut-être de l'or. Aussi ne s'arrêta-t-il que lorsque ses adversaires dirent les premiers : assez.

Alors il revint chez lui se faisant honte à lui-même, et il voulut essayer le sommeil, le sommeil ne vint pas ; il voulut se raffermir, prendre une contenance convenable pour aller chez M. de Valreuse, mais déjà le vice avait laissé une forte empreinte sur cette figure naguère si douce et si noble, il balbutia un nouveau mensonge, et M. de Valreuse lui déclara qu'avant de rien donner il lui fallait des témoignages de dévoûment réel ; ne voulant pourtant pas décourager entièrement Emmanuel, il ajouta :

— Vous le savez, monsieur, notre entreprise est prête d'éclater, si vous nous donnez les preuves de zèle que vous nous avez tant promis, alors vous pouvez compter sur moi ; jusque là je ne puis faire davantage. Savez-vous bien, monsieur, que je vous ai remis trente mille francs, et que...

Il s'arrêta, car il pensa que s'il exaspérait ce jeune homme il pourrait peut-être les trahir pour de l'or. Il chercha à réparer par des politesses ce qu'il lui avait dit de trop dur, mais il n'accorda rien.

Emmanuel revint chez lui entièrement démoralisé, Il se jeta en entrant dans sa chambre sur l'élégant divan qui l'ornait, regarda autour de lui, et pensa avec dégoût à celle dont le caprice l'avait entraîné dans le vice.

Elle m'a forcé d'accepter toutes ces frivolités, elle ne me refusait rien alors, pourquoi le feraitelle aujourd'hui, murmurait-il?

C'est qu'il ignorait que quand le cœur d'une femme s'est avili il n'y plus de place pour le passé, plus aucun souvenir qui vienne du cœur, et que les sens n'ont pas de mémoire.

Il fut chez la comtesse avec un reste de confiance, il espérait ranimer quelque étincelle de sentiment chez elle, il était même résolu à feindre un retour d'amour; mais il la trouva froide, dédaigneuse, et elle se mit à rire quand il lui dit qu'il se brûlerait la cervelle si elle ne venait pas à son secours.

—Oui, répéta-t-il avec instance, si je ne paye pas dix mille francs avant trois jours je suis déshonoré, perdu, on me chassera du régiment... Albertine, vous m'aimiez il y a si peu de temps encore.

Elle le regarda avec étonnement, et répéta froidement:

— Vous devez donc dix mille francs?

Pendant qu'elle prononçait ces paroles, le comte de Villebois s'avançait sans être aperçu, car il avait trouvé l'antichambre désert et les tapis avaient retenu le bruit de ses pas. En le voyant, Emmanuel se leva avec colère, et le regarda avec une hauteur si violente que madame de Saint-Firmin elle-même eut peur d'une scène.

— Asseyez-vous donc, monsieur de Ternan, lui dit-elle avec une grande douceur, j'ai besoin de vous consulter, ainsi que monsieur de Villebois, sur un bal déguisé que je veux donner incessamment.

Et elle se mit à entrer dans tous les détails de sa fête avec une futilité bien cruelle pour Emmanuel, et bien ridicule aux yeux du comte, qui paraissait d'ailleurs plus préoccupé que de coutume; aussi madame de Saint-Firmin soutenait avec peine une conversation embarrassante quand il arriva du monde.

Alors Emmanuel lui dit à l'oreille :

— Eh bien! Albertine, me laisserez-vous dans cette situation? vous parlez de votre bal avec une gaîté qui prouve que vous pouvez m'aider.

— C'est ce qui vous trompe, lui répliqua-t-elle froidement, car je suis moi-même dans le plus grand embarras.

Emmanuel, animé de la plus bouillante colère, lui lança un regard de mépris, et chercha des yeux le comte de Villebois, car il eût bien voulu se venger par quelque impertinence de la conduite de madame de Saint-Firmin dont il croyait que celui-ci était en partie cause, mais le comte avait disparu. Une fois qu'il en fut assuré, il ne put supporter plus long-temps l'insipide conversation du monde qui l'entourait, et il sortit.

Pour la première fois depuis sa rupture avec Louise, il fut se promener seul aux Tuileries; les grands arbres dépouillés du jardin se balançaient sous un ciel sombre et couvert, Emmanuel foulait les feuilles sèches et sonores dont la terre était jonchée; et lui, qui depuis longtemps fuyait la solitude, s'y trouva avec une tristesse déchirante, mais non dénuée de charmes. Il se demanda alors froidement pourquoi il ne se tuerait pas.

Les carlistes ne pourront réclamer ce qu'ils m'ont donné, se disait-il, à quel titre, de quel droit? Mon mobilier paierait le reste de mes dettes ou à peu près, d'ailleurs, dois-je attacher l'honneur à des engagemens contractés envers des escrocs?

Il raisonna juste pendant quelques instans.

Quant à ma mère, continua-t-il dans sa pensée, ma mauvaise conduite la consolera de ma mort, et Louise... Louise en aime un autre qui la trompe peut-être et l'a cependant aidé à m'oublier sitôt.

En proie à ces pensées, il retourna chez lui

avec un découragement plus profond, mais plus résigné ; il s'enferma, tira du lieu où il les avait cachées les armes qui lui avaient servi dans les trois jours de juillet, puis il se mit à écrire à sa mère, à régler ses comptes, ses affaires, tout cela avec un calme que rien ne paraissait capable de troubler.

Dans la soirée on lui apporta une lettre sous enveloppe, mais ne reconnaissant pas l'écriture de l'adresse il la laissa sans intérêt sur son bureau, et continua.

Quand il eut fini, il se sentit pris d'un de ces sommeils lourds auquel on ne peut résister ; de ces sommeils presque toujours provoqués par de déchirantes et douloureuses émotions, mais qui sont plus forts que la volonté.

Allons, se dit Emmanuel en se jetant sur sa couche, dormons donc avant le grand, l'éternel sommeil ; je suis décidé, je suis tranquille, demain je ne souffrirai plus, et il dormit.

CHAPITRE XI.

Suite de Fautes.

La journée était déjà bien avancée quand Emmanuel fut réveillé par un bruyant coup de sonnette; dans les premiers momens il ne sut ce que cela voulait dire, ni où il était, car sa journée de la veille et d'affreux rêves l'avaient totalement engourdi. Cependant le bruit de cette sonnette qui continuait toujours l'eût bientôt tiré entièrement de son engourdissement, mais il ne bougea pas.

Un instant après il entendit jeter avec violence la porte de son antichambre et marcher plusieurs personnes avec précipitation. Son domestique était venu frapper plusieurs fois sans qu'Emmanuel eût répondu, il profita de l'arrivée d'un des prétendus amis d'Emmanuel pour chercher un serrurier et faire ouvrir la porte, car le pauvre garçon était inquiet, aussi courut-il avec empressement vers les rideaux et les ouvrit-il avec une anxiété qui cessa bientôt, à la vue de M. de Ternan assis tranquillement sur son séant et demandant pourquoi on le réveillait si matin.

— Pourquoi, lui répondit son ami? le même qui avait été son témoin dans le duel qu'il avait dû avoir avec le comte de Villebois, pourquoi? C'est qu'il y a aujourd'hui un grand dîner chez Lointier, et que je me suis chargé de te faire donner tes cinquante francs, si tu en veux-être; que je suis déjà venu deux fois ce matin, et qu'enfin j'ai pris le parti de faire ouvrir ta porte. D'ailleurs ce pauvre Georges était aussi inquiet que moi. Mais au fait, habille-toi et partons, car tu as l'air de ne pas te douter qu'il est cinq heures et demie.

— Cinq heures et demie ! s'écria Emmanuel ; comment donc ai-je pu dormir si long-temps ? Du reste il est inutile que tu m'attendes, car je n'irai pas avec toi.

— Pourquoi ? Ah ! je devine : tu as fait la vie la nuit dernière, tu es rentré au jour et tu t'es couché tout habillé ; mais n'importe, tu te referas en recommençant. Sais-tu bien que la belle sylphide de l'Opéra est de ce dîner, avec cinq ou six beautés de cette sorte ?

— Qu'importe, dit Emmanuel en quittant son habit et passant sa robe de chambre, d'ailleurs je n'ai pas d'argent.

— Ah ! voilà le grand mot lâché ; mais que fais-tu de cette montre ? voilà de quoi payer grandement un sourire et un dîner, et rien n'est de plus mauvais ton que de porter une montre, cela sent l'ordre d'une manière ridicule.

A propos d'ordre, est-ce que tu aurais fait ton testament avant de t'endormir ? Que signifie tout ce gribouillage, ces comptes rassemblés ? Tu es vraiment bon enfant de t'occuper de tout cela ; et cette lettre que tu n'as pas encore ouverte, c'est d'une femme, ou tout au moins d'un créancier.

— Dans tous les cas qu'ils aillent au diable, s'écria Emmanuel en décachetant la lettre avec négligence.

Mais ce n'était qu'une feuille de papier blanc d'où tombèrent plusieurs billets de banque.

— Ah ! s'écria son ami, je vois, je devine, on n'est pas joli garçon pour rien ; tu ne connais pas l'écriture dis-tu, et pourtant c'est sans doute une galanterie de la céleste comtesse.

Emmanuel se mordit les lèvres, referma la lettre et la jeta sur la cheminée.

— Allons Ternan, reprit l'autre, viens crois-moi, tu as de l'argent.

— Je n'en veux pas, dit celui-ci avec humeur, j'ignore d'où il vient.

— Raison de plus pour essayer ce soir une partie avec ; tu peux gagner beaucoup, Frascati est à côté de Lointier. Sais-tu que ce petit d'Arcy, à qui il ne restait rien, s'est rattrapé il y a deux jours et a fait sauter la banque ; tu agiras ensuite comme lui, tu ne joueras plus comme il le promet.

— Non, non, s'écria Emmanuel, mon parti est pris, il est irrévocable.

— Ma foi, comme tu voudras; mais ce caprice m'étonne d'autant plus qu'on disait hier chez Julia qu'il n'y avait que toi qui sût jouer et maîtriser la fortune; mais adieu, voilà six heures et j'ai deux femmes à traîner là bas.

Emmanuel le regarda avec hésitation, il essaya même de résister, mais son caractère était trop faible pour suivre un bon mouvement avec constance; il se leva, fit quelques pas, et revint se mettre à sa place :

— A quel propos ce dîner, dit-il nonchalament?

— Mais, c'est une réunion pour célébrer le mariage à gauche du fils d'un pair de France avec la déesse de la danse; elle prétend qu'il l'épousera pour tout de bon plus tard; en attendant nous allons rire et je pars.

— Si tu peux m'attendre un instant, s'écria Emmanuel, puisque tu le veux je te suis.

Il s'habilla à la hâte, et au banquet il fut le plus aimable, le plus fou des convives. Il en sortit très échauffé par les vins généreux que de charmantes mains lui avaient versés, et après avoir promis de se trouver au bal de l'Opéra, au foyer sous l'horloge, à une heure du matin, il ne fit qu'une enjambée de chez Lointier à Frascati.

Là du moins la fortune ne le tourmenta pas d'une longue incertitude, et il n'y avait pas une heure qu'il la tentait follement, qu'il avait perdu ses billets de banque et déposé, entre les mains d'un de *Messieurs de la chambre*, sa montre et les boutons de diamant qui fermaient sa chemise.

Il perdit tout et descendit comme un insensé quand une idée nouvelle lui rendit l'espoir ; il remonta :

— Avez-vous cinquante napoléons demanda-t-il à l'homme qui lui avait prêté sur ses bijoux?

— L'autre répondit avec méfiance que non.

— Sur quoi voulez-vous emprunter cet argent, dit un des employés qui passait retournant à son poste?

— Sur mon cheval et mon tilbury, et même sur mon domestique, répondit Emmanuel avec un amer sourire.

L'employé lui fit signe de descendre avec lui, et le marché fut conclu à l'instant même ; cependant l'honnête Georges n'y fut pas compris; et quand son maître rentra, au milieu de la nuit, annéanti, ruiné, il trouva le pauvre garçon l'attendant, et pleurant l'excellent cheval qu'il aimait tant et qu'il n'espérait plus revoir.

— Que me veux-tu, lui dit Emmanuel? Je n'ai plus rien; pars au point du jour; tiens, prends ces effets, ce linge, ces habits, vends le tout, tu ne perdras rien au moins; mais laisse-moi.

— Non, monsieur, s'écria Georges en pleurant, je reste près de vous, vous me payerez plus tard; d'ailleurs, voici une lettre qui vous annoncera peut-être quelque bonne nouvelle.

Emmanuel secoua la tête avec incrédulité, car il avait reconnu l'écriture de M. de Valreuse; il renvoya Georges, et demeuré seul il décacheta la lettre.

Elle était positive : on lui annonçait qu'il eût à se tenir prêt pour telle heure, tel jour, et ce jour était prochain; tout était prêt; il ne s'agissait plus que d'agir.

Ainsi voilà le moment arrivé, s'écria Emmanuel avec désespoir, et mon sang et ma vie vont sans doute payer la honte de m'être laissé avilir. Encore, si au lieu d'avoir joué ces dix mille francs qui me venaient sans doute de la main d'un ami, et qu'avec cela j'eusse encore rassemblé toutes mes ressources, j'aurais porté cet argent au marquis en lui disant : Je vous rends une partie de ce que vous m'avez donné, je reprends ma liberté, et à force d'économie, de travail, j'espère m'acquitter entièrement un jour ; alors, leur jetant les preuves de leur affreux complot, réhabilité au moins dans ma propre estime, j'aurais. . . . .

Mais il n'est plus temps, et je me débats vainement pour sortir de cette honteuse route où m'a entraîné cette méprisable comtesse.

Et l'infortuné Emmanuel pressait sa tête brûlante entre ses mains, invoquait la mort qu'il n'avait plus le courage de se donner; et toujours, toujours au milieu de ses chagrins apparaissait l'image de Louise, comme pour augmenter son supplice.

Hier, se répétait-il, je voulais mourir, j'y étais décidé, qu'y a-t-il donc pour que j'hésite aujourd'hui ; est-ce donc que je suis plus malheureux, plus méprisable dans ce moment? Oui sans doute je suis plus malheureux ; car hier je voyais la mort sans effroi, et à présent mon cœur et ma poitrine oppressés se soulèvent contre cette idée.

Hélas! s'il l'avait mérité, le malheureux Emmanuel recevait une cruelle punition.

Dans d'autres momens il se disait qu'il pouvait fuir, rejoindre son régiment, et que là sans doute ces conspirateurs ne viendraient pas lui demander de se joindre à eux. Un moment cette idée lui fit du bien, mais cet instant fut court; ne devait-on pas le lendemain présenter une lettre-de-change faite dans un moment de folie? s'il rejoignait son corps avant de l'avoir payée, nul doute qu'on écrirait à son colonel, qu'on remonterait à la source de cet engagement, on connaîtrait sa conduite, il était impossible qu'on ne la connût pas.

Et il retombait sans courage, sans résolution, ne trouvant pas un seul refuge dans son naufrage, redoutant le jour qui allait paraître, et pourtant tremblant devant la nuit qui l'environnait encore. Comme tous les caractères faibles, il finit par entrevoir une sorte de répit à son malheur à l'idée de quitter son appartement et peut-être Paris pendant quelques jours.

Il se prépara à exécuter ce projet ; mais il fallait encore attendre ; tout dormait autour de lui et la porte de la rue était fermée. Pendant ce temps il parcourait avec agitation cet appartement si élégant, si soigné, où il s'était quelques temps cru heureux parce qu'il y brillait ; il le parcourut d'un pas tantôt convulsif tantôt fatigué, maudissant celle qui l'y avait conduit ; il voulut lui écrire ; mais il rejeta de suite ce projet, car il pensa que sans doute elle montrerait sa lettre à M. de Villebois.

Au souvenir de celui-ci, la colère et l'indignation s'unirent à la douleur ; il lui fit l'injure de croire qu'il jouirait à la nouvelle de son malheur, et qu'il dirait à Louise combien elle avait eu raison de cesser de l'aimer.

A cette pensée, des larmes, que l'orgueil retenait depuis long-temps, coulèrent de ses yeux brûlans ; son cœur tout entier fut à découvert devant lui-même, et, pour augmenter la masse déjà si forte de sa douleur, il ne put se cacher qu'il conservait une passion profonde pour cette jeune fille qu'il avait tant offensée. Il fut forcé de se dire : que de ses chagrins le plus insupportable était la perte de son cœur ; il pleura long-temps; cet attendrissement amena un abattement qui fit naître dans son âme une touchante résignation.

Toute vanité disparut; l'amour vrai lui fit connaître un salutaire remords; il ne pensa plus à mourir, car son cœur épuré revint aussi à sa mère et il eut pitié de son désespoir; à son souvenir même il se sentit un peu de courage, et il vit alors sa position avec plus de sang-froid et de raison; au fait, on ne pouvait le forcer à rendre les sommes qu'il avait reçues sans lui accorder du temps, et en se défaisant de tout ce qu'il possédait, il se débarrasserait de sa lettre-de-change, ce qui était le plus pressant,

Il ne balança plus, et en moins de quelques heures son riche mobilier fut vendu et sa lettre-de-change payée. Il ne lui restait presque plus rien que ses armes et ses uniformes.

C'est assez pour un soldat, s'écria-t-il avec un orgueil qu'il n'avait pas ressenti depuis longtemps.

Mais, où irai-je, pensa-t-il aussitôt avec découragement?

Alors le souvenir de cette petite chambre où il avait été si heureux par l'amitié et par l'amour, de cette petite chambre où il avait connu les privations, mais toujours aussi un sommeil paisible ; ce souvenir vint se replacer dans son esprit, comme l'image suave d'un bonheur d'enfant.

Ma bonne hôtesse y sera encore, dit-il, il y a si peu de temps que je l'ai quittée; et pourtant que ce temps me semble long. O oui! elle y sera, elle m'accueillera!

Et il se mit en route pour son ancien logement, bien changé par les veilles et les excès, et déjà vieilli par les chagrins et les remords; hélas! son regard ne se fixait plus avec cette noble assurance qui le distinguait jadis; et quand il franchit le seuil qu'il avait passé égaré mais encore digne d'estime, il sentit que la paix de la conscience n'était pas une chimère, et ce fut en tremblant qu'il demanda si la chambre qu'il avait occupée si long-temps, était encore libre.

— Hélas! monsieur Emmanuel, dit la servante qui le reconnut à l'instant, tout est libre ici; car depuis quelque temps les affaires ont été de mal en pis : ma pauvre vieille maîtresse est tombée malade et ne s'est pas levée depuis plus de deux mois. Eh bien! cependant le propriétaire a voulu saisir les meubles et la mettre à la porte, et tout cela serait arrivé sans la bonté d'un ange qui. . . .

La servante allait continuer quand elle s'entendit appeler. Emmanuel, demeuré seul, trouva un remords de plus à ajouter à ceux qui déchiraient déjà son cœur; lui, que cette bonne femme avait soigné avec tant de bonté, qui s'inquiétait tant qu'il souffrît la moindre privation, il n'avait seulement pas une seule fois songé à elle; il avait jeté au vice de l'or qui qui l'eût dix fois rendue heureuse et tranquille. Ah! qu'il était coupable; mais combien aussi il était malheureux.

CHAPITRE XII.

Un Cœur de Femme.

EMMANUEL resta trois jours sans sortir de chez lui, sans même aller voir sa bonne hôtesse; il était si honteux de sa conduite qu'il n'osait se montrer; et puis, la solitude fait du bien au cœur de l'homme; si elle l'attriste elle l'épure; seul devant lui-même il se juge, et c'est déjà beaucoup de se juger.

Emmanuel voulait réfléchir pendant quelques jours, et laisser ainsi passer l'époque qu'on avait désignée pour faire éclater la conspiration qui devait renverser le gouvernement. Il avait gardé entre ses mains une partie des papiers relatifs à cette dangereuse entreprise; M. de Valreuse en avait bien aussi en sa possession, mais M. de Terman ne pouvait croire qu'il en fît usage contre lui.

Par moment il est vrai, le malheureux pensait, en regardant son uniforme, qu'il serait peut-être de son devoir d'avertir le gouvernement, auquel il avait prêté serment, qu'il servait enfin, de ce qui se machinait contre lui. Mais ne serait-ce pas une autre indigne trahison?

Hélas! quelque parti qu'il voulût prendre, l'infortuné s'avilissait toujours. Cette idée, les tourmens qu'il éprouvait depuis quelques jours, lui causèrent dans un moment une palpitation si douloureuse, qu'il se leva pour ouvrir sa porte et appeler quelqu'un; mais une voix qui fut droit à son âme presque avant de frapper son oreille le fixa sur le seuil.

— Non, non je m'en vais, prononçait Louise d'une voix émue; ma chère madame Martin, vous avez eu bien tort de ne pas me faire avertir qu'il fût ici, je ne serais pas venue; quand vous voudrez me revoir, vous me ferez dire lorsqu'il sera parti.

Et tout en disant qu'elle s'en allait, la jeune fille demeurait toujours.

— Mon Dieu! ma chère demoiselle, répondit d'une voix faible madame Martin, il ne sort pas de sa chambre; je ne l'ai pas encore revu, et il ignore bien certainement que vous êtes dans la maison. Pourquoi donc tant vous effrayer? Et puis, vous le haïssez donc bien ce pauvre jeune homme?

— Oui, plaignez-le, s'écria Louise avec colère, n'a-t-il pas eu assez de torts envers moi, sans ceux qu'on lui prête sous tant d'autres rapports et auxquels je ne veux pas ajouter foi.

— Ah! s'écria la bonne hôtesse, je le crois réellement plus malheureux que coupable; depuis trois jours qu'il est revenu, Catherine dit qu'il est d'une profonde tristesse.

Il a demandé la chambre qu'il occupait autrefois, et je ne serais pas étonnée que votre souvenir le ramenât seul ici. Il n'est pas sorti, et à peine a-t-il mangé ce que Catherine a été lui chercher chez le traiteur voisin. J'ai peur aussi qu'il ne soit pas très bien en argent.

— Oh mon Dieu! interrompit Louise en rentrant tout-à-fait dans la chambre, mais sans fermer la porte; croyez-vous qu'il ait bien tout ce qui lui est nécessaire. Vous le savez, ma chère madame Martin, je ne l'aime plus; mais je l'ai tant aimé.

Le cœur d'Emmanuel tressaillit à cet aveu touchant plein d'innocence et de candeur, et il eut besoin de s'appuyer contre la porte, car il se sentait défaillir.

— Puis je redoute, continua Louise, qu'il ne courre quelque danger; M. de Villebois qui, comme vous le savez, est si bon, si généreux, et qu'Emmanuel a tant méconnu, me disait hier soir qu'il craignait que M. de Ternan n'eût fait une imprudence, en disparaissant sans avertir personne.

Aussi dois-je avouer, ajouta-t-elle en hésitant un peu, que je n'ai été qu'à moitié surprise quand j'ai su qu'il était ici; mais je crois qu'il est inutile de le confier à personne.

— Hélas! s'écria la bonne femme, je ne pourrai le cacher long-temps; la loi m'oblige de le mettre sur mon livre; je ne l'ai pas encore fait, mais je ne pourrai retarder davantage sans m'exposer à une forte amende.

— Et qu'importe, s'écria Louise; vous savez bien que je ne vous abandonnerai pas, mais je reviendrai demain, ce soir peut-être; je vais consulter le comte, lui confier où est Emmanuel, et je suis persuadée qu'il nous donnera un excellent conseil.

— Ne vous y fiez pas trop, dit la vieille femme, car je suis sûre que le comte est amoureux de vous, et pour se débarrasser d'un rival......

— M. de Villebois est incapable d'une lâcheté, interrompit Louise avec chaleur; je ne sais d'ailleurs s'il m'aime; mais cela serait, qu'il ne pourrait plus considérer M. de Ternan comme son rival, il sait très bien que nous sommes désormais étrangers l'un à l'autre. Hélas! ce n'est pas moi qui ai changé, je le dis avec orgueil, car la constance honore notre sexe.

C'est lui, le méchant, qui m'a abandonnée pour cette vieille coquette de madame de Saint-Firmin; lui qui restait avec elle tandis que, confiante et heureuse, je l'attendais près de mon père, de mon père qui voulait nous marier et nous donner tout ce qu'il possède. Emmanuel au même moment jurait de m'oublier, et depuis lors, pas un mot, pas un regret.

La voix de la jeune fille était brisée en prononçant ces paroles, et elles s'éteignirent dans les larmes. Emmanuel eut bien de la peine à se retenir, pour ne pas aller se jeter aux pieds de Louise; mais il est des explications où il ne faut pas de témoins, et puis on peut consentir à rougir devant qui nous aime, car qui nous aime ne nous juge pas; mais devant une personne, si ce n'est indifférente, du moins sans passion, on craint de parler, car on sait qu'elle peut dire un de ces mots qui arrêtent l'entraînement et la conviction, et qui gâtent tout.

Mais, de ce moment, Emmanuel fut déterminé à parler à Louise; il fallait d'abord qu'elle lui pardonnât, il lui semblait qu'après ce pardon tout lui serait facile; et puis il fallait aussi qu'elle lui promît, qu'elle lui jurât de ne rien confier à M. de Villebois, car plus elle vantait sa générosité, plus Emmanuel le haïssait.

Enfin, il entendit la jeune fille adresser un adieu définitif à la bonne hôtesse, il se hâta de repousser doucement sa porte, et sitôt qu'il eut senti le frottement du manteau de Louise contre la muraille, et qu'il lui eut donné le temps de descendre l'escalier, il s'élança sur ses traces et marcha de manière à ne pas la perdre de vue.

Louise hâtait le pas sans regarder autour d'elle, mais le pavé glissant l'empêchait d'aller bien vite; il faisait un brouillard froid et humide, et quoique ce fût à l'époque du carnaval, Paris offrait l'aspect le plus triste et même le plus sinistre.

Emmanuel, quoique bien décidé à parler à Louise, se sentait atteint d'une timidité qu'il devait à la position dans laquelle il s'était mis vis-à-vis madame de Saint-Firmin; car on ne se laisse point avilir par une femme, sans se sentir humilié devant les autres, et puis il redoutait le premier moment où il s'adresserait à Louise, surtout les premières paroles que lui inspirerait sa vanité blessée.

Cependant elle gagnait du terrain; de la rue Jacob, où demeurait Emmanuel, aux Tuileries il n'y avait pas bien loin; elle allait arriver au bout du pont Royal, il ne fallait pas attendre qu'elle passât le guichet, car il pouvait-être dangéreux pour lui de la suivre là. Aussi il se décida à parler, et il posa sa main tremblante d'émotion sur l'épaule de la jeune fille enveloppée soigneusement dans son manteau.

Elle se retourna avec effroi, et au travers de son voile noir Emmanuel la vit successivement rougir et pâlir.

— Louise, prononça-t-il en balbutiant, Louise, il faut que je vous parle absolument.

Elle hâta le pas sans lui répondre.

— Louise, répéta-t-il avec force, il y va de ma liberté, de ma vie peut-être !

Ce faible cœur de femme ne sut point résister davantage, et elle prit en hésitant le chemin du jardin des Tuileries; elle passa cependant rapidement, lui croisa avec plus de soin sa redingotte, enfonça son chapeau sur ses yeux, et la suivit. Elle s'arrêta sous les massifs de marronniers, où ils étaient seuls, il était plus de quatre heures, une pluie fine commençait à tomber, et le jardin était désert de ce côté là surtout.

Louise se retourna alors, et sans lever les yeux, dit à Emmanuel avec une gravité qui aurait effrayé tout autre qu'un homme qui se savait aimé :

— Que me voulez-vous, monsieur ?

— Ce que je vous veux; vous dire un dernier adieu, Louise : vous dire que quelque soit mon crime, je n'ai pas commis le plus grand; car jamais je n'ai cessé de vous aimer, jamais votre image n'a abandonné mon cœur tout coupable qu'il fût. Pardonnez moi donc, Louise; dites moi que si vous en aimez un autre, du moins vous ne me haïssez pas, et jurez moi surtout de me laisser à mon sort, à mes dangers plutôt que d'implorer pour moi les secours où les conseils de ce comte dont vous avez une si haute opinion.

— Oh! je sais pourquoi vous lui en voulez, s'écria Louise : la coquetterie de madame de Saint-Firmin auprès de lui vous pique; mais soyez tranquille, il n'a pas, je vous assure, l'intention d'en profiter.

— Sans doute, reprit avec dépit Emmanuel, vous vous croyez si sure de son amour pour vous....

Et ils allaient recommencer à quereller comme par le passé, sans que peut-être leurs querelles eussent le même résultat qu'elles avaient alors, quand au travers des arbres dépouillés, la jeune fille vit venir à eux plusieurs hommes qui paraissaient ne pas les perdre de vue : alors un mouvement du cœur qui fait taire toutes les vanités, toutes les jalousies, jeta Louise presque dans les bras d'Emmanuel, et du doigt elle lui montra les hommes qui s'approchaient.

— Ne crains rien, lui dit-il, car de quel droit....

Pourtant tout en parlant ainsi il tremblait, car il sentait combien la vie et la liberté lui étaient chères depuis qu'il avait revu Louise, depuis que ses regards que démentaient ses paroles, lui avaient appris qu'il était toujours aimé.

Mais les hommes qui les avaient effrayés s'éloignèrent, et le rapprochement qu'ils avaient produit entre les deux amans durait encore.

La jeune fille pleurait appuyée sur le bras d'Emmanuel.

Puis vint le moment de l'explication, le moment où une femme écoute avec avidité les paroles qui justifient, feint de ne pas les croire pour les faire répéter encore, et enfin prononce le pardon qui rend au coupable tout ses droits.

Et puis arriva de nouveau les projets d'avenir,

ces projets que l'amour fait si facilement sans consulter la raison.

Emmanuel dégoûté, puni d'avoir eu de l'ambition, jura vingt fois à Louise qu'il y avait pour jamais renoncé.

— Je vais retourner à mon régiment, lui dit-il, dans quelque temps je reviendrai à Paris, j'obtiendrai alors la permission de me marier; je n'hésiterai plus à me jeter aux pieds de ton père, et à lui demander ta main, et puis nous ne nous séparerons de lui qu'un instant pour aller voir ma mère, et tâcher de la décider à venir vivre avec nous; car tu l'aimeras, j'en suis sûr, ma Louise, elle si bonne, si aimable.

Et comme deux enfans ils s'enivraient du bonheur que leur promettait l'avenir, avenir qu'ils arrangeaient avec leur imagination embellissante, ils oubliaient entièrement le présent, quand Louise, voulant rassurer Emmanuel, l'y ramena.

— Ah! ne crains rien de mon père, lui dit-elle, toujours il s'est intéréssé à toi, et hier, quand il a su que tu avais vendu tout ce que tu possédais pour payer tes dettes, lui qui depuis long-temps ne me parlait pas de toi, il m'a dit :

— Louise, je plains et j'approuve de tout mon cœur M. de Ternan, je voudrais lui être utile. J'ai été jeune homme, et je sais ce que c'est que de se laisser entraîner : aussi je ne juge pas sévèrement les fautes de cet âge. Il n'est qu'une seule chose que je ne lui aurais jamais pardonné : c'eût été d'aider à amener la guerre civile dans son pays, de trahir le serment qu'il a prêté, de devenir en un mot un conspirateur pour de l'or. Aussi malgré les tristes pronostics de M. de Chavagnac, je n'ai jamais cru que M. de Ternan se jeta dans ces odieuses conspirations où le plus grand malheur n'est pas de perdre la vie.

Non, ajouta-t-il, d'après la conduite que M. de Ternan a tenue pendant les journées de juillet, il ne pouvait sans s'avilir devenir un des partisans d'Holy-Rood.

Tu sais cependant, continua mon père, ce que je pense sur cet article, Louise : mais même pour voir triompher une famille qui m'est chère, et que j'honore, je ne voudrais ni complots ni trahisons.

— Et quand votre père parlait ainsi, M. de Villebois n'était pas présent sans doute.

— Si vraiment, mais il n'a rien dit, il avait seulement l'air profondément triste. Mais que nous importe le comte, puisque nous sommes certains que mon père nous pardonnera. Je vous ai bien pardonné, moi que vous avez tant offensée.

Mais, ajouta-t-elle en retirant son bras passé sous celui d'Emmanuel, laissez-moi vous quitter, mon ami; mon père serait inquiet: et moi, et moi, je le suis aussi, car sans pouvoir me rendre compte de ce qui me tourmente, il me semble qu'un danger pressant vous menace. Prenez garde à vous, je vous en conjure; car maintenant je le sens, je ne pourrais supporter que vous fussiez malheureux; je ne pourrais supporter maintenant non plus que nous fussions séparés.

Emmanuel essaya de la rassurer, mais heureusement elle se faisait illusion sur leur sort, car il ne put mettre dans ses paroles la conviction qui persuade, il connaissait assez le vieux Verneuil pour s'abuser sur sa sévérité; il savait qu'il s'était écarté de l'honneur d'une manière trop blâmable, trop misérable pour que le vénérable vieillard le pardonna jamais. Mais comme dans la jeunesse et surtout dans l'amour, il y a une immense provision d'espérance, malgré ces tristes réflexions, Emmanuel espéra encore.

Il laissa pourtant aller Louise après avoir reçu la promesse qu'elle viendrait le lendemain chez la bonne madame Martin. Mais il exigea avant qu'elle répétât qu'elle lui pardonnait, enfin ils se quittèrent près du guichet des Tuileries, car ce fut elle qui ne voulut point qu'il allât plus loin.

Il revenait aussi embarrassé de son sort, mais moins malheureux, car il avait ressaisi le bonheur dans l'amour, le plus beau rêve de la jeunesse; quand au milieu du Pont-Royal deux hommes passèrent devant lui, deux se placèrent à ses côtés, et sans doute d'autres étaient derrière, on l'arrêta au nom du roi.

Les individus qui l'environnaient étaient des sergens de ville.

CHAPITRE XIII.

L'Interrogatoire.

Quand le malheureux Emmanuel aurait eu la volonté de faire quelque résistance, la chose eût été bien impossible ; d'abord il était sans armes, et puis, que pouvait il entreprendre contre plusieurs hommes armés, et placés près d'un poste qui, au premier signal, aurait triplé leur nombre pour le réduire, et sans doute n'eussent pas hésité d'attenter à sa vie plutôt que de le laisser échapper.

L'infortuné n'essaya même pas de le tenter, et il marcha tranquillement jusqu'au bout du parapet, où on le fit monter en voiture. Quand il y fut placé, le souvenir de Louise qu'il avait laissée en la quittant, heureuse et pleine d'espérance ; ce souvenir fut assez fort pour faire venir des larmes sur le bord de ses paupières, mais comme avec l'amour véritable il avait reconquis l'honneur, il se dit qu'il saurait mourir avec courage, et n'avouerait rien.

Au moins, pensa-t-il, on aura des doutes sur ma honte ; mais il n'en avait point lui sur les motifs de son arrestation.

Il pensa alors à la date du jour où il se trouvait ; c'était précisément la nuit suivante que devait s'effectuer la réunion de la rue des Prouvaires. Il fut assez bon français pour espérer que tout était découvert, et qu'au moins il y aurait du sang d'épargné. Pendant qu'il se livrait à ces tristes et désolantes conjectures, la voiture roulait avec assez de rapidité ; elle fut bientôt arrêtée contre une petite porte basse du Palais-de-Justice; on l'y fit entrer, et les verroux d'un cachot se refermèrent sur lui.

Je n'en puis douter, se dit-il alors, c'est comme suspect, et sans doute convaincu d'un complot contre le gouvernement que je suis arrêté. Et mon espoir de ne pas être coupable est une véritable folie; ils savent sans doute ou ils découvriront bientôt où j'étais logé, alors mes papiers me perdront; tout sera découvert, et Louise me méprisera; son père lui défendra de m'aimer, même de me plaindre.

Cette idée lui fut horrible, il parcourut pendant des heures bien longues et bien pénibles l'espace où il était retenu. Cet espace pouvait avoir dix à douze pieds de long, et en tâtant avec précaution dans tous les coins, il heurta une espèce de lit où était jeté de la paille humide; malgré sa douleur et l'inquiétude de son esprit, la nature l'emporta sur son amer chagrin, et il se laissa tomber sur cette couche où il ne tarda point à s'endormir.

Pour se faire une idée juste d'un réveil effrayant et terrible, il faut avoir ouvert les yeux dans l'intérieur d'une prison, il faut avoir senti ce vide que cause l'absence du jour et de l'air pour s'expliquer le découragement et la frayeur qui s'emparent de l'âme.

Par un instinct qui pousse à fuir tout ce qui fait mal, Emmanuel, encore endormi, essaya de quitter cette couche où il souffrait ce pesant cauchemar de pensées qui rend la vie si lourde et si cruelle, puis sa tête s'affaiblissait à chaque instant, son estomac le faisait souffrir horriblement, et d'effrayantes visions se heurtaient au devant de son imagination.

Qui empêcherait pour qu'il ne révélât ni complots, ni complices, qui empêcherait, pensait-il, que pour sauver de grands seigneurs on ne le sacrifiât; qui dans le fond de ce cachot entendrait sa plainte, avec quelles armes repousserait-il un assassin?

Cependant il se blâma bientôt de se laisser aller à de telles craintes, il songea qu'elles devaient être reléguées dans les romans, il songea enfin qu'il était en France, qu'il appartenait à un corps qui le réclamerait, et qu'en un mot il n'y avait plus d'exemple qu'on tuât ainsi les coupables dans leurs prisons.

Pourtant il n'était pas encore bien rassuré sur ses craintes quand il entendit ouvrir sa porte.

C'était le même homme qui l'avait fermée la veille.

— Je viens m'informer si vous n'avez besoin de rien, lui dit-il, et si c'est la pitance de la prison que vous prendrez.

— Cela m'est égal, prononça Emmanuel avec indifférence, seulement je voudrais savoir si on me laissera long-temps ainsi.

— Vous devez être interrogé dans les vingt-quatre heures, répondit le porte-clés, ce sera pour aujourd'hui à midi. Si vous arrivez là le ventre vide et la tête en mauvais état vous ne serez guère en état de répondre à propos, car ce n'est guère restaurant un déjeûner de prison, ajouta-t-il en ricannant, mais ce sera du reste comme il vous plaîra.

Emmanuel réfléchit qu'il avait en effet besoin de ses forces et de toute sa présence d'esprit ; que d'ailleurs il ne devait pas se mettre mal avec le geolier. Il lui donna quelques pièces d'argent en le priant de lui faire apporter à déjeûner.

Resté seul, il réfléchit avec étonnement qu'on ne l'avait ni dépouillé ni fouillé en entrant dans la prison, et il croyait pourtant que c'était une coutume dont on ne se départissait jamais. Alors avec une merveilleuse facilité que le malheur accorde, il se persuada qu'on avait manqué à cette coutume pour lui laisser la facilité de s'ôter la vie, car il était impossible qu'on ne pensât pas qu'il était armé, et que dans son désespoir il se donnerait la mort.

On lui en avait laissé les moyens, donc on le désirait. On craignait sans doute qu'en parlant il ne compromît des grands seigneurs qu'on voulait ménager; mais qui empêcherait, lui réduit à un éternel silence, qu'on ne jetât toute l'infamie sur sa tombe. Ses papiers seraient saisis, mais on n'en montrerait que ce qu'on voudrait. Enfin l'esprit du malheureux Emmanuel se perdit dans de fausses et d'étranges conjectures.

Cependant comme il était prévenu qu'il allait paraître devant le juge d'instruction, il se fit un plan de défense entièrement négatif; et se promit de feindre de croire qu'on l'arrêtait parce que son congé était expiré.

Cette raison n'avait pas le sens commun, car le congé durait encore, et qu'ensuite les formes de son arrestation n'auraient pas été les mêmes, mais ce prétexte, tout invraisemblable qu'il fût, lui donnait le temps de voir venir.

Un très bon déjeûner que son geolier lui fit apporter, et qu'il prit pendant que la porte de son cachot restait entr'ouverte, lui rendit un peu de résolution, et il se trouva beaucoup moins abattu, tant, malheureusement pour la dignité de l'homme, le moral est soumis au physique.

Mais pourtant la fermeté d'Emmanuel faillit l'abandonner entièrement quand il vit son porte-feuille et la cassette, que lui avait donné madame de Ternan, sur le bureau du juge d'instruction. Cette cassette qui renfermait des papiers que le respect d'abord pour la volonté de sa mère, l'insouciance ensuite et même l'oubli, l'avaient empêché de visiter, on allait sans doute lui en demander l'explication, mais ce n'était pas ce qui l'inquiétait le plus, les papiers du porte-feuille étaient politiquement parlant d'une bien autre importance.

Là étaient les lettres, non signées il est vrai, qu'il avait reçues de M. de Valreuse, et plusieurs instructions, cependant elles étaient si adroitement écrites qu'elles ne prouvaient encore rien si d'autres pièces ne venaient à l'appui, et si le parti carliste n'avait pas résolu de le sacrifier, car le fameux traité écrit de la main d'Emmanuel et signé de tous était demeuré au pouvoir de M. de Valreuse.

L'infortuné résolut donc de défendre sa vie avec courage, car il sentait sur son cœur la tresse de cheveux blonds, qu'il avait repris en rentrant dans son petit appartement chez la bonne madame Martin.

Il voulait croire que c'était un talisman contre le malheur, et il répondit avec assez de fermeté dans le premier moment. Cependant ce ne fut qu'en tremblant qu'il nia que les lettres trouvées dans le portefeuille, eussent rapport à la politique; il les attribua à un ami qui, dit-il, s'occupait beaucoup de franc-maçonnerie, et il balbutia que tous les rendez-vous et la manière mystérieuse dont on parlait de rassemblemens avaient seulement rapport à cela.

Le juge ne répondit que par un regard incrédule, et continuant son interrogatoire il demanda à Emmanuel pourquoi il ne portait plus sa décoration de juillet.

Celui-ci répondit qu'il n'était pas le seul, et que depuis quelque temps elle ne paraissait plus bien accueillie, que même à son régiment on l'avait presque engagé de ne pas la montrer.

— Je vous interroge, monsieur, reprit le juge d'instruction, je n'ai heureusement pas la dure mission de vous juger. Mais les détails que vous donne madame votre mère sur ses relations d'autrefois à la cour de Louis XVI, sur les bontés dont Marie-Antoinette l'a comblée et sur le dévoûment qu'elle a montré à la reine, prouvent assez que vous avez dû être élevé dans l'amour de la dynastie déchue, et de là à conspirer pour elle...

— Monsieur, s'écria Emmanuel en l'interrompant, si c'est vous qui avez ouvert cette cassette, vous avez dû remarquer que le paquet qu'elle contenait était cacheté aux armes de ma mère, et que je ne l'avais pas rompu, s'il renfermait un secret vous l'avez su avant moi.

— Si cela est, reprit le juge avec dignité, les circonstances m'y ont seules forcé; dans tous les cas, soyez sûr, monsieur, que je l'ai déjà oublié. Je vais serrer ces papiers avec soin et vous les remettrai après l'issue de votre procès, quelle qu'elle soit.

L'intention de madame votre mère est, je crois, que vous n'en preniez connaissance que si vous appreniez qu'elle ait cessé de vivre loin de vous. Il faut lui obéir, jeune homme, du reste je désirerais que vous fussiez aussi innocent sur le reste que sur le soupçon que je vous ai montré de l'influence qu'a pu avoir sur votre conduite les anciennes relations de votre famille avec la cour. Je vous ai fait ces questions pour juger de la véracité de votre caractère, et je serais tenté d'y ajouter foi, si vos dénégations sur les papiers renfermés dans le portefeuille étaient plus vraisemblables.

Il m'en coûte aussi de vous avertir qu'en attendant plus ample information, vous allez être retenu au secret, et que vous ne communiquerez avec personne jusqu'à ce que cette affaire soit éclaircie. Voulez-vous faire une petite liste de ce qui peut vous être nécessaire?

Et le magistrat passa une plume et du papier au prisonnier qui les repoussa.

— Rien, dit-il tristement, rien, monsieur, le

secret m'empêche de donner de mes nouvelles à ceux qui s'intéressent à moi, et je me soumettrai sans murmurer à toutes les privations, à toutes les horreurs de ma position. Puis-je seulement demander si elle se prolongera beaucoup.

— Cela dépendra des arrestations qu'on a faites cette nuit, dit le juge en évitant de regarder Emmanuel.

Puis il fit signe qu'on emmena le prisonnier.

M. de Ternan pensa alors que tout avait été découvert et qu'il serait confronté avec M. de Valreuse ; si celui-ci avait été arrêté et ses papiers saisis qu'aurait-il à opposer à tant de preuves réunies? Tous ces grands seigneurs pourraient se sauver peut-être, ils étaient riches et puissans, mais lui Emmanuel qui le protégerait, qui l'aimait encore?

Qui l'aimait? ah! c'était cette innocente fille qu'il avait trahie et qui pourtant lui avait pardonné! Mais que pourrait-elle pour lui? le pleurer, voilà tout, et encore il faudrait qu'elle cachât ses larmes, car il allait mourir, et mourir déshonoré.

Sa raison se perdait, et son cœur déchiré par tant de remords et de malheurs ne comptait plus les heures qui s'écoulaient, il n'avait point de courage, car on allait lui enlever à la fois et l'honneur et la vie, et la tête de l'infortuné retomba avec terreur sur la terre de son cachot où il s'était jeté dans son désespoir.

CHAPITRE XIV.

Un Moment de Bonheur.

Louise venait de quitter Emmanuel, elle s'était retournée pour le voir encore, puis, songeant pour la première fois que l'heure du dîner de son père était passée depuis long-temps, elle se serait un peu inquiétée si son cœur plein de bonheur eut pu s'inquiéter de quelque chose.

Pouvait-elle éprouver une sensation pénible, celle qui venait de sentir se soulever de dessus sa poitrine le poids affreux qui l'oppressait depuis si long-temps, celle qui venait de ressaisir le bonheur que les femmes mettent au dessus de tout.

Louise croyait à la tendresse d'Emmanuel; elle croyait qu'il n'avait jamais aimé qu'elle, et tout le reste était oublié. Aussi parut-elle devant son père les yeux brillans, la bouche souriante, et décidée à tout lui raconter, car elle savait qu'elle allait le rendre heureux, et elle, ordinairement si soumise, si respectueuse, ne s'inquiéta que faiblement de l'air fâché du bon Verneuil qui depuis plus d'une heure attendait impatiemment sa fille.

— Pardon, mon père, dit-elle pourtant en ôtant son chapeau et en jetant avec vivacité le manteau qui la couvrait, pardon, je vous ai fait attendre, mais si vous saviez...

Songeant pourtant que l'amour qui était tout pour elle, ne pouvait empêcher un vieillard d'avoir besoin de dîner, elle s'assit en face de son père et se hâta de lui servir d'un potage réchauffé pour la troisième fois, et que la bonne Berthe venait d'apporter en grondant.

— Louise, dit enfin le vieux Verneuil, ton air joyeux m'empêche de te gronder trop fort, mais je commençais réellement à être inquiet; cependant puisque tu étais heureuse, mon enfant, comment n'étais-tu pas plus pressée de venir me le dire?

Alors la table fut écartée, Louise la quitta sans presque avoir touché à ce qu'on y avait servi, et elle apprit tout à son père dans le plus grand détail. A mesure qu'elle parlait, la figure de M. de Verneuil, qui s'était d'abord éclaircie, devint plus sérieuse, sa fille s'en aperçut et le considéra avec inquiétude.

— Ce n'est pas moi que tu dois craindre, dit-il en le remarquant et en l'attirant près de lui; la sévérité d'un père n'est jamais bien redoutable, mais crois-tu devoir ajouter une foi bien entière aux sermens de ce jeune fou qui t'a abandonnée si cruellement?

Et puis quand enfin il serait vrai qu'il fût revenu de bonne foi et entièrement à toi, tu sais ce que je t'ai dit plusieurs fois, et non sans intention, Louise; il est de fautes, ou plutôt des crimes, que je ne pardonnerai jamais. Conspirer contre un gouvernement, quelque soit ses torts, c'est allumer la guerre civile dans son pays, c'est faire couler le sang de ses frères; et tramer en secret des complots contre le chef de l'Etat à qui on a prêté serment, c'est une lâcheté. Avant d'essayer de le détruire, il faudrait n'en rien recevoir, ne lui avoir rien promis.

— Mais cependant, mon père, vous avez revu M. de Ternan quand après les trois jours...

— Entendons-nous, ma fille, interrompit avec vivacité M. de Verneuil, ce n'était point une conspiration; le peuple, à tort ou à raison, s'est soulevé en masse, au grand jour, il a présenté sa poitrine aux baïonnettes pour conserver et défendre sa liberté; il demandait le maintien de ce qui était, il n'a point conspiré, il s'est défendu, il a vaincu, il l'a emporté ouvertement sur un parti malheureux, que je regrette peut-être, que je voudrais peut-être aussi voir triomphant, mais non pas par les moyens qu'on emploie aujourd'hui et dans lesquels, on m'a dit, sans doute à tort, que M. de Ternan trempait.

— Mon père, s'écria Louise, Emmanuel est incapable d'une bassesse, j'en suis sûre, il a quitté le grand monde où il s'était égaré, il est revenu dans la modeste maison qu'il habitait avant ses folies. Je les ai pardonnées, je suis persuadée, mon bon père, que vous ne vous montrerez pas moins indulgent; comment pourriez-vous être sévère quand vous me voyez si heureuse ?

— Pauvre enfant, lui répondit le vieillard en l'embrassant, Dieu me garde de troubler ta joie! j'aime à croire que M. de Ternan n'est coupable que de ces erreurs de jeune homme qui méritent l'indulgence et l'oubli, et puisque tu as pardonné, pourquoi serai-je inexorable ?

Cependant je ne te le cache point, ma fille, je t'aurais quitté plus tranquille si je te voyais confier ton bonheur et ton avenir à un homme d'un caractère plus fait, plus ferme, que ne l'a, je le crains, ton Emmanuel.

J'espérais que tu l'aimais moins, et que peut-être les soins d'un autre aurait produit quelque impression sur toi. Je crains d'ailleurs que le parti que tu vas prendre n'afflige profondément M. de Chavagnac et surtout son ami, mais enfin si tu as pardonné...

Ces derniers mots échappèrent avec un soupir de la poitrine du père de Louise; et pour la première fois depuis qu'elle avait ressaisi le bonheur avec l'amour, elle pensa que ce bonheur allait attrister quelqu'un qu'elle aimait et respectait.

Elle s'était tant et si souvent plainte à M. de Villebois, elle avait trouvé tant de charmes dans la douceur et la bonté avec laquelle il l'avait écoutée, qu'elle s'affligeait de penser que cette intimité allait cesser, et qu'Emmanuel, déjà très irrité contre le comte, en demanderait le sacrifice. Et puis pour la première fois, au milieu de sa joie surgissait comme une pensée triste et décourageante, fondée sur le caractère de son amant. Il l'avait trompée, il pouvait bien la tromper encore.

Alors Louise, imitant le silence de son père, tomba dans une profonde rêverie dont il s'empressa de la tirer.

Le bon vieillard aimait tant sa fille qu'avant tout il la lui fallait heureuse. Et il fut le premier à dire que sans doute Emmanuel était pour toujours revenu à la raison et qu'il ne les affligerait plus. Et puis il commença à faire avec elle de longs projets, qu'il caressait comme s'il devait les voir réaliser, lui qui n'avait plus que quelques jours à vivre.

Il le savait si bien pourtant qu'il parla le premier de presser les arrangemens qui pouvaient assurer plus promptement le bonheur de sa fille, ce fut ainsi qu'ils passèrent une partie de la soirée.

Celle du lendemain devait voir Emmanuel rétabli de nouveau dans le cercle du vieux concierge; car Louise, avec sa crédulité d'enfant et son imagination de femme, ne voyait point d'obstacle à la réapparition de son amant chez son père. Elle était peut-être un peu plus gênée au souvenir de ses sermens répétés devant M. de Villebois de ne jamais pardonner à Emmanuel, de ne jamais oublier sa perfidie. Et puis la pauvre enfant ne pouvait oublier que souvent, malgré elle et son père, on avait, quoique d'une manière indirecte, jeté un blâme flétrissant sur la conduite de son amant.

Mais Louise aimait trop encore pour que l'amour ne fût pas plus fort que toutes les réflexions. Cependant à mesure que l'heure où les amis de son père se réunissaient approchait, elle se trouvait plus embarrassée du changement qui s'était opéré dans ses idées, elle pria son père de n'en point parler encore même à ses amis les plus intimes.

— Et pourquoi cela, mon enfant, s'écria le vieux Verneuil, c'est un devoir à moi au contraire d'apprendre que tu n'es plus libre, car je n'imagine pas que tu veuille suivre l'exemple de ces coquettes qui font tout pour conserver des conquêtes qu'au fond elles dédaignent. Au surplus je t'accorde encore merci pour ce soir, et cela m'est d'autant plus facile que c'est aujourd'hui le jour au Regnaud doit nous parler de lui.

Nous l'en avons instamment prié, M. de Villebois, Chavagnac et moi. Je ne suis point le moins curieux de savoir comment notre austère républicain a traité les passions. A la faiblesse qu'il montre lorsqu'il est question de toi, Louise, je ne doute pas qu'il n'ait été tout aussi romanesque, tout aussi jeune homme qu'un autre.

— Aussi, mon père, répliqua Louise en souriant et en s'apprêtant à se retirer, je resterai dans ma chambre, peut-être devant moi M. Regnaud n'oserait-il parler des passions qu'il a ressenties pour d'autres, et puis il y a si peu de temps que j'ai retrouvé le bonheur que j'ai besoin d'en jouir, d'ailleurs je vais écrire à mon Emmanuel pour le prévenir que vous lui permettez de se présenter demain.

— Va, mon enfant, dit M. de Verneuil en donnant à sa fille un baiser sur le front, va, jouis de ton bonheur sans crainte que jamais ma voix sévère sans motif ne le trouble, mais souviens-toi cependant que si l'honneur me l'ordonnait je saurais te condamner à souffrir plutôt que de te voir porter un nom méprisé.

Louise ne répondit rien, mais dans ces yeux tout-à-l'heure joyeux parurent des larmes, et elle sortit.

Pauvre enfant, pensa en soupirant M. de Verneuil, fasse le ciel que je ne sois pas forcé d'éxécuter cette menace, car je serais plus malheureux que toi de ta peine!

Il ne resta pas long-temps seul à ses tristes pensées, et ce fut M. de Chavagnac le premier qui vint l'en distraire.

— Eh bien! prononça-t-il d'un ton fort triste, nous voilà encore au milieu des émeutes et des complots. Je ne sais trop ce qui se passe ce soir, mais on murmure, on parle de conspiration, les uns s'abordent en souriant, les autres s'évitent. Mais qu'y a-t-il de nouveau au château, mon cher Verneuil?

— Rien autre chose que la présence, plusieurs fois dans la journée, des ministres chez le roi. Quelques mots m'ont appris, mais fort imparfaitement, qu'on a donné l'ordre de consigner les troupes à leurs casernes, on ajoute même qu'on en fait venir des environs. Du reste cela ne prouve rien, ne vivons-nous pas dans un temps où ces mesures peuvent n'être que l'effet d'une peur sans motif? Mais Regnaud que voici nous en dira peut-être davantage.

— Moi, rien, répondit celui-ci, vous connaissez mes opinions; mais je ne suis plus à l'âge où l'on se commet dans une émeute, je n'ai plus la naïveté qu'y fait que l'on entre dans un complot formé par une poignée de jeunes fous, qui se croyent d'austères républicains parce qu'ils laissent pousser leur barbe et portent des gilets à la Robespierre et des habits à la Saint-Just.

Du reste, à l'aide de ma réputation et presque malgré moi, j'ai connu souvent beaucoup de leurs conspirations d'enfant qui n'ont de noble et de sérieux que le mépris de la vie. Je les ai même souvent prevenus qu'ils n'étaient presque toujours que les instrumens d'un autre parti plus fort qu'on ne croit et qui l'emportera sans doute, car il est le plus riche et le plus avisé.

Par exemple, cette nuit les carlistes ont, à ce qu'on dit, ourdi une grande affaire qui doit se terminer par un coup d'éclat, quelques républicains s'y trouveront, et en seront nécessairement les victimes. Au fond, j'ai peu de confiance dans ces révolutions annoncées à l'avance, dans ces coups de mains ainsi prévus; et puis, républicains et carlistes ont des traîtres au milieu d'eux, et ils seront les uns et les autres vendus pour de l'or.

Au définitif, on finit par ne plus s'occuper sérieusement de toutes ces terreurs, de toutes ces émeutes; et on fait en France, sur cet article, comme les Napolitains pour le Vésuve. N'y a-t-il pas plusieurs bals ce soir et ici même à la cour.

M. de Villebois entrait à ces dernières paroles.

— Savez-vous, cher comte, ajouta Regnaud,

qu'il n'est maintenant question que de vous dans le monde élégant?

— Le monde élégant est bien bon de s'occuper de moi, répondit assez mélancoliquement le comte. Mais, d'où l'austère Regnaud, qui, je crois, va peu dans ces cercles frivoles, sait-il ce qui s'y passe?

— Bah! s'écria M. de Chavagnac, tout se sait; vous n'êtes pas venu hier soir, et l'on vous a vu aux Bouffes avec la *divine* comtesse de Saint-Firmin, et sans doute vous l'avez retenue ce soir pour danser au bal de la cour.

— J'irai un instant, répliqua avec distraction M. de Villebois; mais la charmante Louise est-elle retirée pour toute la soirée?

— M. de Verneuil repondit que sa fille avait un grand mal de tête, et que lui-même l'avait engagé à aller se reposer, parce que c'était le jour où leur ami Regnaud avait promis de leur raconter sa vie.

J'ai dit qu'on ne laissa entrer personne excepté vous trois, et comme c'est sous le prétexte d'une légère indisposition de Louise, je suis sûr qu'on n'insistera pas sachant qu'elle n'est pas là.

Ainsi, mon cher Regnaud, nous vous écoutons.

— Mais, dit Regnaud, si M. de Villebois s'en va de bonne heure.....

— Non, répondit le comte, j'irai très tard au bal, et seulement pour un instant, et je vous l'assure mon cher Regnaud, je mettrai bien plus de prix à votre intéressante narration.

CHAPITRE XV.

Histoire de Regnaud.

J'ai peur de bien mal remplir votre attente, mes chers amis, et de ne vous offrir que des tableaux peu intéressans dit Regnaud ; car, au fait, ce n'est que l'histoire de la vie d'un homme obscur que vous allez entendre, mais il vous sera libre de me dire assez, et je commence sans autre préparation :

Je suis né dans la même ville que Maximilien Robespierre, et la maison de son père était voisine de celle du mien. Sa vie, son caractère, sont trop connus pour que j'en parle autrement qne par les rapports qu'ils ont eus avec moi, et ces rapports furent d'une malveillance extrême.

Quoiqu'il fût plus âgé de beaucoup, différence plus sensible dans la jeunesse, Maximilien me détestait cordialement, et m'en donnait des preuves toutes les fois que l'occasion s'en présentait. C'est à dire, que lui et son frère me battaient si cruellement, quand ils en trouvaient l'occasion, que le bruit en était souvent venu jusqu'à nos parens. Voici l'origine de cette haine.

Mon père avait un petit jardin derrière sa maison, où il cultivait des fleurs renommées par leur beauté et leur variété. Il s'entendait parfaitement à cette culture, et y donnait une partie de ses loisirs. Le père de Robespierre ne pouvait voir éclore ni une rose ni un œillet, parce qu'il s'en occupait peu, et n'y connaissait rien, premier grief tout chétif qu'il fut.

Nous étions dix enfans tous plus beaux les

uns que les autres, car alors je n'avais pas eu la petite vérole, et j'étais un fort joli garçon.

La famille de Robespierre était chétive, malingre et assez laide, deuxième grief.

Mon père était doux, bon, avocat célèbre et recherché, accablé de bonnes causes, le père de Robespierre n'en avait que de m'auvaises; troisième grief.

Enfin, mon frère aîné épousa une femme à qui Maximilien, tout jeune qu'il était, avait essayé de plaire.

En voilà assez pour justifier cette haine sourde dont il chercha à donner des preuves dès lors, et qu'il m'a continuée depuis avec des résultats plus influens.

La révolution éclata; Maximilien et son frère furent à Paris, et tout le monde sait le rôle qu'ils y jouèrent. J'étais encore un très jeune homme alors; mais mon père, ayant été forcé de s'y rendre pour uue affaire importante, m'y conduisit avec lui.

Tout était suspect à cette époque, et je n'ai jamais su si c'était à cette raison où à la haine de Robespierre que nous dûmes d'être jetés dans une prison; mais malheureusement séparés. Ce n'est point la révolution que je veux vous peindre, des plumes plus habiles se sont chargées de tracer ses malheurs, ses crimes et ses bienfaits : aussi ne vous en dirai-je que ce qui me poussa à embrasser une carrière et décida mon opinion politique.

Je ne m'étais jamais mêlé de gouvernement, mon père pas davantage, et j'étais trop jeune pour avoir une opinion bien formée; je n'aurais même pas deviné ce qui nous attirait une persécution alors si alarmante, si le nom de Robespierre tant haï et tant redouté n'avait été si souvent répété autour de moi.

C'était à l'époque du jugement de la reine, j'avais tant entendu assurer qu'elle avait entraîné le roi dans de grandes fautes, qu'ainsi que lui elle avait trahi la France, que comme un jeune homme j'étais fort disposé à n'aimer aucune royauté.

Cependant quand de ma prison, j'entendis crier l'arrêt de mort de cette femme naguère si belle, si imposante, si haut placée, cela me fit mal, et mes yeux se remplirent de larmes. Mais qu'était-ce que cette douleur que l'humanité seul me faisait ressentir auprès de celle qui accablait depuis quelques jours un prisonnier fort jeune et fort remarquablement beau, dont le lit ou plutôt le grabat touchait le mien.

Comme moi il avait entendu crier sous les murs de notre prison la condamnation de la reine. A cet instant il tomba de tout son haut sur le plancher, et mourut de saisissement. On prétendait qu'il était depuis long-temps amoureux de Marie-Antoinette.

Ce jeune homme se nommait Carnot; il était cousin de ce même Carnot qui venait, avec Robespierre et Barrère, de juger la reine.

La pitié que m'inspira le sort de cet infortuné m'engagea à lui prodiguer mes soins, mais ils furent inutiles : il était froid comme la terre où on allait le déposer le lendemain.

On l'avait laissé sur son grabat où je priais près de lui avec le respect qu'inspiraient à ma jeunesse le malheur et la religion. C'était au milieu de la nuit, la porte de notre prison s'ouvrit, et Carnot parut. Il regarda son malheureux parent d'un œil morne et découragé, puis il me demanda pourquoi à cette heure, je ne prenais pas de repos. Je le lui dis.

Le respect que je montrais pour les restes de son parent le toucha sans doute, et peut-être ma jeunesse lui fit aussi pitié, il écrivit mon nom avec soin.

Je restai trois mois en prison voyant chaque jour enlever mes compagnons pour les conduire à la mort, tandis que je paraissais oublié. Du préau de la Conciergerie où je me promenais je vis même sortir ce trop fameux duc d'Orléans qui, pour se rendre populaire, avait pris le nom d'Égalité, bien inutilement pour sauver sa vie.

Cependant je dois dire qu'il marcha à la mort avec courage et fermeté. Un des employés de la prison suivit le tombereau qui le conduisait, et nous rapporta qu'on avait fait arrêter la fatale voiture une demi heure devant la grille du Palais-Royal, afin de laisser à son possesseur le loisir de considérer cette résidence, théâtre de ses premiers égaremens, repaire du vice et foyer des crimes révolutionnaires; mais qu'il ne montra ni émotion ni crainte.

Du reste, malgré le courage qu'il déploya, le duc d'Orléans n'inspira que l'horreur et le mépris, tandis que d'autres victimes ont su réveiller la pitié dans le cœur de leurs bourreaux.

J'ai vu même à la Conciergerie des geoliers pleurer d'admiration devant des femmes qui se montraient à la fois sensibles et sublimes.

C'était avec enthousiasme qu'ils racontaient ces traits d'héroïsme, vouant au contraire au mépris ceux qui ne savaient pas mourir. On a cité tant de faits extraordinaires de cette époque que je ne vous apprendrai sans doute rien de nouveau.

Peut-être cependant ne connaissez-vous pas celui de Champcenetz acteur de l'Opéra qui proposait sur la charrette de se faire remplacer comme il le faisait ordinairement pour la garde nationale. C'est bien là toute la démence de la frivolité, toute l'insouciance de la vie. Et cette jeune femme si renommée par sa beauté et par sa passion pour un artiste très remarquable, employant tout son crédit, non pour se sauver de la mort, mais pour obtenir les parures les plus fraîches, les parfums les plus suaves ; elle fut à la mort avec celui qu'elle aimait, parée comme pour une fête, souriante et heureuse ; car jusqu'au dernier moment son amant fut amoureux comme un fou.

Enfin, pendant douze mois de l'exercice du

tribunal révolutionnaire il y eut au delà de quatre mille victimes de ses arrêts dont neuf cents femmes. Jamais le moraliste ne fut plus à même de proclamer que le sang altère plutôt qu'il ne déssèche la soif du crime.

Mais ce que l'on a peine à comprendre, c'est l'absurde pussillanimité de la population de Paris que les tyrans bravaient impunément en lui présentant les spectacles les plus faits pour exciter au moins un moment de résolution.

Quatorze jeunes filles de Verdun furent menées au supplice, pour avoir paru à un bal donné par les Prussiens. Le peuple les voit, les plaint et ne s'élance pas pour les délivrer. Voilà ce que la postérité ne comprendra pas d'une nation comme la nation Française.

On avait vidé les bagnes, Bicêtre, toutes les prisons, et on se faisait un plaisir de jeter les plus vils malfaiteurs sous les roues des voitures qui conduisaient les victimes au lieu de l'exécution ; ils les insultaient des propos les plus grossiers, les plus dégoûtans ; les victimes se montraient calmes et dédaigneuses, on eut dit d'un défit entre les victimes et les spectateurs, pour savoir qui se lasseraient plutôt d'être patient ou cruel. Enfin peut-on citer une autre nation où l'on ait pendant si long-temps condamné à mort des femmes et même des filles de quinze ans; une nation plus légère, riant sur l'échafaud et dansant sur des tombes.

Mais pardon mes amis, dit Regnaud en s'interrompant, aucuns de ces détails ne vous sont étrangers, et je ne dois rappeler cette époque que pour ce qui me concerne.

Étonné de ne pas périr comme mes compagnons de prison, mais m'y attendant tous les jours, j'avais fini, malgré ma jeunesse, par devenir aussi indifférent que les autres pour ma vie; lorsqu'au milieu de mon insouciance, m'advint tout-à-coup une sécurité assez grande pour mon sort, quand je vis qu'on m'oubliait si long-temps.

Enfin Robespierre périt, et un jour mon geolier vint me dire que j'étais libre, et me présenta un papier qui m'invitait à me rendre chez le ministre Carnot.

Je commençai d'abord par courir à la maison que j'avais habitée avec mon père; on n'avait pas entendu parler de lui depuis notre arrestation, alors je crus devoir courir de suite chez

Carnot, car je pensai que c'était à lui que je devais d'avoir été oublié en prison tant de mois, je pensais aussi que je pourrais lui devoir la liberté de mon père s'il était encore temps ; mais je tremblais en me livrant à cette espérance.

CHAPITRE XVI.

Une Émeute aux Tuileries.

J'ATTENDIS trois heures Carnot; il était à la Convention, et quand il entra il ne me reconnut pas d'abord; mais quand je lui rappelai où nous nous étions vus, un nuage de tristesse se répandit sur son front, mais en même temps il mit une sorte de bienveillance dans son accueil et me dit :

— J'aimais beaucoup ce jeune parent, que vous avez vu mourir et près du cadavre duquel vous avez veillé ; je n'oublirai point cet acte de bonté. Ce pauvre insensé était amoureux de Marie-Antoinette, qu'il avait vue plusieurs fois dans le parc de Versailles ; cet amour lui avait fait tourner la tête, et pour l'empêcher de faire quelque extravagance qui le conduisit à l'échafaud, je l'avais fait enfermer, bien sûr de le soustraire à la mort. Vous savez comme il a fini ; j'ai été touché de votre pitié ; aussi je vous ai sauvé : dites maintenant, puis-je faire quelque chose pour vous ?

— Je nommai mon père en tremblant : Carnot sortit et fut assez long-temps absent. Je vous laisse à penser ce que je dus souffrir en l'attendant ; son retour allait m'apprendre si j'avais encore un père. Hélas ! tout dur qu'on accusait le ministre d'être, je lus cependant mon malheur sur sa physionomie attristée.

Mon père avait péri sur l'échafaud. Je ne vous répéterai point tout ce que le ministre me dit alors pour m'engager à m'attacher à lui ; je sais que de graves accusations pesaient sur sa tête, mais j'ai la conviction que ses intentions étaient droites et pures, ses sentimens élevés et nobles; quand à ses connaissances et à l'étendue de ses talens, ils ont été trop appréciés pour avoir besoin d'apologie.

Et moi je lui devais la vie, il me témoignait le regret de n'avoir pu sauver mon père, je m'attachai à lui, je ne le jugeai pas.

Heureusement la terreur était passée, une ère nouvelle, celle de la liberté, s'ouvrait devant nous; j'étais jeune, plein d'enthousiasme et je me jetai avec une ardeur sans égale et sans mesure, dans un système qui ramenait l'égalité parmi les hommes; je crus la république possible à établir chez un peuple qui venait de renverser un trône, parce qu'il se plaignait qu'on avait voulu empiéter sur les droits du citoyen; j'étais beaucoup trop jeune encore pour croire que jamais l'intérêt personnel dénaturerait et perdrait tout.

D'ailleurs ces espérances, quoique illusoires, étaient partagées par l'immense majorité de la jeunesse d'alors; elles n'étaient ni mensongères, ni extravagantes; tous les partis semblaient se rallier; Charette venait d'entrer à Nantes, avec son état-major royaliste, et fraternisait avec les républicains ; on venait de fonder l'école polytechnique sous le nom d'école centrale de travaux publics ; on commençait à réorganiser le gouvernement ; Barrère, Collot-d'Herbois, Varennes étaient mis en accusation, le sort de Robespierre leur était réservé s'ils n'eussent été défendus vivement par ceux de leurs collègues qui, grâce à leur immense talent si utile dans les circonstances d'alors, n'avaient pas été compris dans l'accusation ; à la tête et le plus vigoureux se montra Carnot, on rejeta tout sur Robespierre.

Cependant on était bien loin d'être tranquille, et une émeute épouvantable vint encore mettre Paris en feu. Le tocsin rassembla au milieu de la nuit des milliers d'ouvriers descendant des faubourgs ; ils se dirigèrent vers le château des Tuileries, plaçant devant eux les femmes et les enfans, afin que les troupes hésitassent à tirer, ils pénétrèrent ainsi dans les salles de la Convention en en brisant les portes, et demandant à grands cris du pain et la constitution de quatre-vingt-treize.

Des troupes essayèrent de s'opposer à ces excès, elles furent repoussées à coups de feu ; Féraud député, fut tué à la tribune, en cherchant à garantir Boissy-d'Anglas, dont la fermeté se montra inébranlable. Enfin, à minuit et après dix heures passées dans un effroi et une consternation épouvantable, les troupes se rendirent maîtresses de ces assassins sanguinaires et délivrèrent la Convention, qui eut le courage d'imiter son président en restant sur les bancs pendant ces terribles assauts.

Les ouvriers essayèrent de recommencer le lendemain et amenèrent même du canon devant le château des Tuileries; mais ils furent repoussés et de ce moment parut s'établir une sorte de tranquillité.

Carnot s'était réhabilité à cette époque, par la fermeté qu'il avait montrée; ses immenses talens étaient d'ailleurs suffisans pour le rendre précieux dans un moment où on avait tant besoin de talent et de caractère.

Après vous avoir rappelé cette époque funeste, continua Regnaud, je vais vous apprendre comment elle influa sur mes sentimens.

Jusque là aucune pensée de femme n'était venue m'occuper, car tout entier au chagrin de n'avoir pu sauver mon père et aux regrets que je donnais à ma mère qui ne lui avait pas survécue, je ne m'occupais que d'études et de choses sérieuses, et je n'avais rien d'un jeune homme du moins en apparence, car, sous cette écorce dure que la nature plus que cela les chagrins et l'époque où je vivais m'avaient imposé, je cachais des passions violentes et inflammables.

Au milieu de cette journée d'horreur où les portes de la Convention furent forcées, j'étais au château renfermé avec des papiers importans sur lesquels Carnot m'avait chargé de lui faire un rapport, et ce qui va vous étonner mes amis, c'est que j'étais dans le même cabinet où la reine avait caché ses diamans et où M. de Chavagnac a trouvé le corps de sa religieuse; depuis que le ministre Roland avait joué un rôle au château, ce cabinet n'était plus mystérieux, mais on pouvait s'y enfermer avec sûreté, et c'est ce que je fis quand j'entendis le tumulte affreux qui ébranlait les murailles du château, non que j'éprouvasse la moindre crainte pour moi, la mort ne me semblait pas redoutable, et ce n'était pas alors du courage que ce mépris de la vie, mais les papiers que je portais avec moi étaient de la plus haute importance et j'en avais répondu au ministre.

Cependant, au bout de quelques heures, mon travail étant terminé, j'ouvris doucement le panneau du cabinet; les pièces qui le précédaient étaient tranquilles et solitaires, tout le tumulte était vers la salle où était réunie la Convention, et cette salle était de l'autre côté du château.

Le bruit, qui d'abord avait été très fort, n'était plus maintenant qu'un murmure sourd et lointain; la nuit était profonde, elle était venue sans que je m'en fusse aperçu, le cabinet où j'étais retiré n'ayant point de fenêtres, j'y étais demeuré éclairé par des bougies.

Je m'étais avancé jusqu'au haut du grand escalier, quand au milieu d'une obscurité presque entière, car des lampes à demie éteintes éclairaient seulement cette partie du château, j'entendis un pas léger et le frolement d'une robe de soie; je retins mon haleine, je regardai avec une profonde attention, et je découvris une ombre légère de femme monter rapidement l'escalier, s'arrêter pour écouter, et arriver près de moi sans m'avoir aperçu.

Elle jeta un petit cri et s'évanouit, car elle venait de tomber dans mes bras, et sans doute elle se crut perdue. Je pensai que cette femme redoutait quelque danger, fuyait quelque persécuteur, et mon premier soin fut de l'y soustraire ; aussi, sans hésiter, je la transportai dans le cabinet mystérieux où nous ne pouvions être surpris.

Après en avoir soigneusement assuré le panneau en dedans, je posai la pauvre effrayée sur un fauteuil, et avant de voir si elle était jeune ou vieille, belle ou laide, je m'occupai de la ranimer.

Cette petite pièce où je n'avais aucun moyen de me procurer de l'air, très échauffée d'ailleurs par la lumière me servait mal; je ne possédais rien pour m'aider, mais la nature vint à mon secours; la dame jeta un long soupir, ouvrit les yeux, elle était belle comme un ange et dans tout l'éclat de la jeunesse ; elle me regarda avec une terreur qui se calma cependant un peu, quand je lui eus expliqué comment je m'étais trouvé sur son passage, et pourquoi je l'avais portée dans ce cabinet.

L'inconnue me balbutia à son tour une histoire

que son langage et toutes ses manières démentaient : elle me dit qu'elle était fille d'un ouvrier du faubourg Saint-Antoine, qui venue avec tous les autres pour attaquer la Convention, l'avait placée en avant avec plusieurs femmes et des enfans, pour arrêter les troupes qu'on leur opposerait.

Voilà comment j'appris la cause de l'horrible tumulte que j'avais entendu. Cependant l'inconnue trembla quand je lui proposai de la reconduire dans sa famille ; je devinai qu'elle me trompait, je n'osais pourtant le lui dire, car devant cette jeune femme j'étais embarrassé et timide ; en peu de minutes elle avait changé mes manières, bouleversé toutes mes idées. Je me bornai, sur son refus, à l'assurer que quelles que fussent ses volontés je les suivrais.

Les femmes se trompent rarement sur l'empire qu'elles exercent, et tel rapide que fut celui que cette jeune inconnue eut pris sur moi, elle en usa, et me pria de la quitter pour aller savoir où en était la révolte et s'il était possible de sortir du château.

Tout était apaisé, les troupes étaient maîtresses des assassins ; ce fut presque en hésitant que je vins dire tout cela à ma prisonnière; quoique je n'eusse pas cru son histoire tout entière, il me semblait impossible qu'elle ne fût pas venue avec quelqu'un, et peut-être était-il arrivé malheur à ces personnes.

Sur ce que je lui dis, elle s'écria qu'elle pouvait sortir, aller chercher.... puis elle s'arrêta embarrassée, rougissant; enfin, forcée par la nécessité, elle m'avoua qu'elle n'était point ce qu'elle m'avait dit, qu'elle était sortie de chez elle afin de chercher un médecin pour quelqu'un de bien mal, et qu'en route ces hommes s'étaient saisis d'elle et l'avaient forcée de les suivre aux Tuileries.

Je lui proposai alors de la reconduire, elle hésita long-temps; mais enfin, cet empire de l'amour, elle reconnut qu'elle l'exerçait sur moi, et je ne sais comment cela se fit, mais je la ramenai jusqu'à sa porte sans savoir son nom et si je la reverrais jamais.

Cette femme, au milieu de son isolement, de son abandon, conservait une si grande dignité et une telle retenue, qu'elle m'inspirait un respect que je ne pouvais vaincre et je n'osai rien lui refuser; elle prit seulement mon adresse, me promit de me donner de ses nouvelles et me quitta.

Et moi, malheureux insensé, je lui permis de me fuir, laissant dans mon âme un tourment qui devait durer plus d'un jour, tourment d'un premier amour, et d'un premier amour sans espoir; dès ce moment il n'y eut presque plus pour moi d'autre occupation que celle de cette jeune femme.

Dès le matin, je revins dans la rue où je l'avais conduite, devant cette maison où je l'avais vu entrer; mais cette maison était immense, je ne savais qui demander, et quand je l'aurais su, l'aurai-je osé? Cette femme seule, effrayée, et défendue par sa seule dignité, avait rempli mon âme d'amour et de respect.

A chaque heure je rentrais chez moi; elle m'avait promis de me donner de ses nouvelles, ma vie était dans cette promesse. Pendant quelques temps j'en attendis l'exécution avec assez de confiance, mais quand je vis les jours, les semaines s'écouler sans la voir se réaliser, je devins tout-à-fait malheureux; j'essayai d'oublier celle que je nommais une ingrate, car nous la trouvons toujours ingrate celle qui nous fait souffrir.

Je me jetai plus que jamais dans les affaires publiques; le ministre Carnot me donna une mission; ce fut celle d'accompagner les commissaires qui reconduisaient la fille de Louis XVI, sortant, après quarante mois de la prison du Temple. Le cabinet autrichien s'était enfin occupé depuis quelque temps de la délivrance de cette malheureuse princesse, qui montra un courage et une résignation admirable.

Je partais le lendemain au point du jour; je n'avais plus que quelques heures de la soirée à rester à Paris; eh bien! ma folie me poussa encore vers cette rue, à la porte de cette maison où j'avais conduit mon inconnue.

Arrêté là les yeux alternativement fixés sur toutes les fenêtres, me direz-vous pourquoi j'attachais une idée plus intime à une d'elle assez faiblement éclairée, placée au premier? cet étage était bas, les rideaux clairs laissaient apercevoir une ombre qui marchait par momens avec précipitation, puis s'arrêtait près de la lumière; cette lumière me semblait éclairer une table ou un bureau où était placé un homme qui paraissait écrire.

Enfin la croisée s'ouvrit, mon inconnue, car c'était bien elle, s'y plaça, regarda de tous côtés avec anxiété, jeta ses bras au ciel en signe de désespoir, puis referma la fenêtre et tomba avec découragement sur une chaise en portant son mouchoir à ses yeux; je voyais tout cela parfaitement, car pour ne rien perdre j'étais monté sur une haute borne placée tout en face.

Mais j'entendis marcher bien près de moi, je me hâtai de descendre pour ne pas éveiller l'attention; c'était un homme jeune et dont la figure était si remarquable, que, quoique de longues années se soient écoulées, il me semble la retrouver dans toutes les belles têtes que je vois.

Il entra dans la maison; j'étais sûr qu'il allait chez mon inconnue. En effet, je le vis pénétrer dans la chambre, la jeune femme se précipita dans ses bras, et moi je m'enfuis, car je sentis de la rage et du désespoir.

En arrivant chez moi, je trouvai le billet suivant.

CHAPITRE XVII.

Une Lettre.

« Je ne vous ai vu qu'une fois, mais cette seule » fois m'a suffi pour juger votre âme ; elle est » noble et généreuse j'en suis certaine, car » vous n'avez point abusé de l'affreuse position » où j'étais pour exiger mon secret. S'il avait été » à moi seul, votre délicatesse me l'aurait arra-

» ché : mais la vie d'un autre dépendait et dé-
» pend encore de ma discrétion. Voudrez-vous
» me sauver et faire bien plus encore, sauver
» un être à qui des devoirs sacrés m'attachent,
» et nous sauver sans chercher à nous con-
» naître ?

» Depuis plusieurs mois nous habitons cette
» ville, un miracle nous a dérobés aux yeux
» des cruels.... Ah ! pardon, je ne veux offen-
» ser personne ; mais, hélas ! nous avons tant
» souffert ! eh bien, c'est avec confiance que je
» remets notre vie et notre liberté entre vos
» mains. Vous pouvez nous soustraire au péril
» qui nous menace, car j'ai vu et j'ai su que
» vous étiez assez puissant pour nous aider à
» fuir. Ah ! je vous en conjure, procurez-nous
» les moyens de quitter cette France ensan-
» glantée, cette France jadis si riche, si riante,
» si belle.

» On nous a prévenu que demain, au point
» du jour, nous serions arrêtés : je porte cette
» lettre chez vous quelque danger qu'il y ait
» pour moi. Aussitôt que vous l'aurez reçue,
» venez où vous m'avez conduite, frappez à quel-
» que heure que ce soit, et demandez la mère

» Morin, garde-malade. A toute heure de la nuit » je vous attends, demain il serait trop tard. »

Une foule d'émotions puissantes se pressèrent dans mon cœur : d'abord ce fut la rage et de la crainte que cette femme ne fût pas libre, et puis ce fut la joie la plus pure et la plus vive de voir qu'elle avait besoin de moi, et qu'elle m'appelait à l'heure du péril. Je n'hésitai point, et il était près de minuit quand j'arrivai chez elle. Je n'avais aucune idée arrêtée sur ce que je pourais lui dire, je ne savais pas quel secours je pouvais lui offrir, mais j'allais la revoir, c'était ma première pensée, j'étais bien certain après que je la sauverais. Je suivis les instructions que renfermait la lettre, et je ne tardai pas à frapper doucement à la porte que m'avait indiqué le concierge.

En effet, une vieille femme vint m'ouvrir à moitié habillée, à moitié endormie.

Je balbutiai que je voulais voir une jeune dame qui occupait une chambre sur le devant. Je désignais encore mon inconnue quand elle parût elle-même, elle était très pâle, très agitée, elle me tendit la main, et m'entraîna dans une autre pièce.

— Eh bien ! me dit-elle, ai-je trop préjugé de votre générosité, est-ce la liberté ou la mort que je vous devrai ?

— Je vous sauverai, m'écriai-je, je ne sais comment, mais je vous sauverai ou je mourrai avec vous. Mais dites moi quels sont ces liens, quels sont ces devoirs sacrés dont vous me parlez ; et plus encore, quel est ce jeune homme dans les bras duquel vous vous êtes jetée ce soir ?

— Ah ! répondit-elle en reculant avec effroi, vous l'avez donc vu : alors nous sommes perdus, car d'autres que vous sans doute.....

Non, non, j'étais devant cette fenêtre, et j'ai tout remarqué seul. Mais est-il votre époux, votre amant ?

— Non, me répondit-elle avec un accent si calme que je fus persuadé à l'instant ; cependant je ne puis rien vous dire, il m'est défendu de rien vous apprendre, et si vous voulez être généreux vous n'avez pas de temps à perdre.

— Et quelle sera ma récompense, m'écriai-je en l'entourant de mes bras, car une passion plus forte que ma volonté exaspérait ma raison, et brûlait mon sang. Serez-vous ma femme, si vous êtes libre ; m'appartiendrez-vous ne fût-ce qu'une heure, si vous ne l'êtes pas?

— Laissez nous périr, dit-elle en se dégageant avec dignité, je suis mariée, et c'est mon époux qu'il faut sauver avec moi.

Je reculai, elle leva sur moi des yeux si beaux, si tristes, et si tendres que je me rapprochai d'elle à l'instant. Pourtant j'essayai encore de balbutier que je ne pouvais sauver qu'elle.

— Eh bien donc! reprit-elle, je mourrai avec lui, laissez moi.

Elle fit un geste pour me quitter, je l'arrêtai : alors elle revint à l'espérance, et me dit rapidement :

— Nous avons de l'or, des diamans, ne pourrait-on se procurer une voiture, pourriez-vous nous acheter des passe-ports.

— Hélas! m'écriai-je, pourquoi avoir attendu si tard.

— Ah! c'est que mon mari a été très malade des suites de ses blessures; qu'il était hors d'état d'être transporté, et que ce n'est d'ailleurs que ce soir, à neuf heures, que j'ai été prévenue que nous devons être arrêtés demain matin. Eh bien! votre souvenir est venu me rassurer, j'ai pensé que vous pourriez, que vous voudriez nous sauver.

— Mais ce jeune homme, ce jeune homme, répétai-je avec impatience ?

— Ne vous ai-je pas dit que j'étais mariée.

Je me promenai avec agitation dans la chambre, et elle me suivait des yeux avec anxiété.

J'entendis du bruit dans la pièce voisine, elle me quitta et laissa la porte entr'ouverte.

—Que faites-vous enfin, Élisma, dit une voix d'homme ?

— Élisma, s'écrièrent à la fois M. de Villebois et M. de Verneuil, êtes-vous bien sûr que votre inconnue se nommait Élisma.

— Sans doute, sans doute, reprit Regnaud, et comme vous Verneuil, j'ai pensé que ce nom était porté par la même personne qui vous fut chère et dont vous nous avez tant parlé. Eh bien ! mon cher, si cela est, nous avons passionnément aimé la même femme, mais dans mon cœur la passion fut si aveugle, si pleine d'ardeur que je consentis à tout ce qu'elle voulut. Je m'engageai à l'emmener avec moi le lendemain au point du jour; mais ce n'était pas là ce qu'il y avait d'extraordinaire, car alors, en lui rendant service, je satisfaisais ma passion. Mais je m'engageai à sauver son mari, et, je dois l'avouer, je n'étais si généreux que dans l'espoir qu'elle m'aimerait.

Je la quittai en lui disant d'être chez moi avant le point du jour. Je ne chercherai à justifier ni ma folie ni le sentiment plus fort que ma raison qui me fit promettre une chose que je ne savais comment tenir, et qui pouvait m'exposer aux plus grands dangers. Mais j'avais cédé à cet ascendant que la femme que l'on aime exerce avec tant de puissance ; elle eût exigé un crime que je crois que je l'aurais promis.

Rentré chez moi, je me demandais comment j'exécuterais l'engagement que je venais de prendre, et à force de chercher, je ne vis qu'un moyen, c'était de faire passer le mari pour mon domestique et la femme pour une personne qui devait accompagner Madame. La difficulté était d'arranger tout cela en si peu de temps, mais la nécessité est le maître le plus actif et le plus intelligent. Je jouissais d'ailleurs d'un crédit que personne ne songeait à me contester, en ce que, placé dans une position assez obscure, je n'avais rien fait pour m'en tirer, et que je paraissais sans ambition.

Je n'avais en effet qu'un amour sincère pour mon pays et le désir qu'il fut heureux et puissant. L'idée surtout qui me dominait était que l'injustice du sort avait seul fait des nobles et des riches, des plébéiens et des misérables, d'hommes formés du même limon, créés par le même être. Cette pensée me garantissait de la soif du pouvoir que j'aurais pu satisfaire comme un autre. J'étais placé sur un théâtre, où, alors comme depuis, il ne s'agissait que de crier bien fort et de faire peur aux autres. Mais je ne pensais pas à cela, j'étais un sincère républicain et pas autre chose, et je vous ai épargné, je m'épargne à moi-même le détail des nombreuses preuves de civisme et de dévoûment que je donnai à ma cause. Depuis, je l'avoue, j'ai connu le monde, son frottement a émoussé ce beau zèle; j'ai encore de la haine pour les grands et la puissance, j'adore encore la liberté, mais je ne la crois plus possible en France, c'est un pays où le luxe est trop nécessaire, l'argent trop indispensable pour payer les plaisirs et les folies, pour que la liberté s'y établisse; d'ailleurs le caractère français est trop sujet au changement, trop impressionnable, trop léger pour s'attacher long-temps à la même idole : quelques cœurs brûlans, quelques têtes passionnées sacrifieront bien leur vie à ce beau rêve de liberté, mais les prisons et le fer d'un bourreau en feront justice, et le pouvoir l'emportera tant qu'il faudra des équipages, des hôtels et des filles d'opéra.

Moi-même étais-je alors bien conséquent dans mes principes, je désirais sincèrement le bien de mon pays, et pourtant je voulais sauver une existence qui pouvait lui être dangereuse et à laquelle j'attachais follement la mienne. Car je ne pouvais douter que cette femme que j'allais aider à sortir de France n'appartînt à cette caste proscrite, nos ennemis éternels. Je n'en doutais pas, et pourtant je n'hésitai point, car j'aimais comme un insensé. Je fus éveiller Carnot au milieu de la nuit sous prétexte de me faire répéter encore mes dernières instructions, et puis, comme par souvenir, avant de le quitter, je lui demandai s'il n'aurait pas été convenable de mettre une personne de son sexe près de la fille de Louis XVI.

— Cela est vrai, très vrai, répondit-il ; mais que faire, il est maintenant beaucoup trop tard, comment trouver quelqu'un de sûr et qui convienne. Je suis réellement fâché de ne pas y avoir pensé plutôt.

J'ai notre affaire, m'écriai-je sans rougir, car l'amour m'ôtait l'horreur du mensonge que j'avais eu jusque là. Ma sœur est ici : si je n'avais pas le moyen de vous tirer d'embarras, je ne serais pas venu vous parler de cette difficulté.

Carnot m'approuva, et trouva très naturel aussi que je me fisse suivre par mon domestique, il signa l'ordre qui m'était nécessaire sans soupçon et sans hésitation.

Je revins chez moi heureux de la réussite de ma perfidie ; j'y trouvai Élisma et son époux qui m'attendaient.

Je l'avoue, à l'aspect de ce dernier un sentiment repoussant de haine me saisit, il me sembla que c'était la seule barrière qui existât entre celle que j'aimais et moi. Hélas ! c'était une erreur de mon amour-propre ; j'ai trop appris depuis qu'Elisma, libre, ne m'eût jamais aimé. Mais cette idée me dominait alors et donna à mon acceuil quelque chose de plus froid, de plus repoussant encore.

— Monsieur, dis-je à l'époux d'Elisma, je n'ai qu'un moyen de vous sauver; je le lui fis connaître, voulez-vous accepter, continuai-je ?

Il s'inclina avec une dignité que sa haute et majestueuse taille rendait plus remarquable encore.

— Je dois consentir à me sauver à cause de ma femme qui ne veut point s'éloigner sans moi, me répondit-il, et puisque vous voulez bien m'y aider, j'accepte le seul moyen qui soit en votre puissance.

Elisma, remettez à monsieur une partie de votre écrin. Vous nous pardonnerez de ne pas tout vous offrir, continua-t-il, mais il faut vivre n'importe où le sort va nous jeter; un jour j'espère mieux reconnaître vos services.

— Monsieur, m'écriai-je avec une hauteur presque égale à la sienne, je ne fais point métier de sauver la vie des hommes, et je ne reçois ni or ni diamans pour faire une bonne action, madame m'a donné sa confiance, je ne la trahirai point; c'est pour elle, uniquement pour elle, que j'expose ma vie pour sauver la vôtre.

Pressons-nous, car voici le jour, et j'entends la voiture qui doit nous emmener.

Sans différer davantage, j'aidai Elisma à faire prendre à son mari un habillement encore plus simple que le sien, celui qu'il revêtit avait quelque chose de plus prolétaire, mais nous avions beau faire, toujours ce diable d'homme avait l'air grand, majesteux, et plutôt que de le prendre pour mon domestique, j'aurais, je crois, passé pour le sien, et je murmurais en moi-même contre cette noblesse que je détestais, mais qui, nous avions beau faire, nous écrasait de sa dignité et de ses manières distinguées.

Quant à sa femme, il était impossible d'être plus simple et pourtant plus remarquablement belle, mais il n'était pas défendu à ma sœur d'être belle, et j'étais tranquille sur l'effet qu'elle allait produire. Elle paraissait pourtant fort inquiète même quand nous fûmes montés dans la voiture; j'avais fait placer son mari sur le strapontin, je lui avais recommandé de se faire remarquer le moins possible, mais cependant de tâcher de se rendre utile afin de n'éveiller aucun soupçon.

Nous arrivâmes au Temple où la voiture qui devait enmener Madame et les commissaires était déjà. J'entrai avec eux dans la prison où depuis quarante mois gémissait la fille de Louis XVI, où elle était devenue orpheline, où chaque jour elle attendait l'arrêt de sa mort. Quelle était intéressante cette jeune victime, pâle, abattue par les larmes! quels longs regards de regret elle jeta pourtant sur la prison qu'elle abandonnait! Hélas! c'était là qu'elle avait reçu la dernière bénédiction de son père, le dernier baiser de sa mère!

Le jour nous éclairait à peine, un brouillard épais remplissait l'air. Je lui annonçai respectueusement qu'elle trouverait dans la voiture une personne de son sexe. Cette nouvelle parut lui être agréable. Madame se plaça dans le fond de la berline, un des commissaires se mit à sa droite, Madame fit signe à la jeune femme que je lui avais présentée de se mettre à sa gauche. Ce fut alors qu'elle put sans doute la remarquer davantage, et qu'elle tressaillit en la reconnaissant. Moi seul, heureusement, je remarquai ce mouvement qui pouvait me perdre ainsi qu'Elisma. Il me confirma, ce dont je m'étais douté, c'est qu'Elisma était une femme noble, titrée, appartenant à la cour de Louis XVI, et son mari un de ces grands seigneurs qui avaient mesuré leur distance d'avec le peuple avec tant de hauteur et de cruauté ; et c'était pour un tel homme que j'exposais ma vie! Ah! Dieu, à quelles honteuses folies nous entraîne l'amour! Mais du moins pendant ce voyage je la voyais constamment cette femme que j'aimais comme un fou, ses yeux si doux me parlaient de sa reconnaissance, et j'étais délivré de l'odieuse présence de son mari qui était resté dans l'autre voiture de suite, et qui du moins ne l'approchait pas; car la nuit comme le jour Elisma ne quittait pas la princesse.

CHAPITRE XVIII.

Échange de Madame.

Pendant ce voyage la fille de l'ancien roi se montra pleine de patience et de dignité, et je dois le dire, dans plusieurs villes sur son passage, elle reçut des marques de l'intérêt qu'elle inspirait ; elle parlait peu, mais toujours avec une extrême politesse, et sans doute Elisma, qui ne la quittait point, m'avait présenté sous un jour avantageux à ses yeux, car les regards de Madame s'arrêtaient souvent sur moi avec confiance et bonté. Je la vis plus d'une fois aussi, mais avec beaucoup de prudence, en jeter quelques uns sur le mari d'Elisma, surtout quand il remplissait les fonctions relatives à la position dans laquelle il était placé pour le moment. Sans doute la princesse le plaignait beaucoup de son abaissement; moi je sentais à ma haine que je faisais beaucoup pour lui en le sauvant.

Nous arrivâmes à Riesen, près de Bâle, où devait s'effectuer l'échange de Madame contre les conventionnels Lamarque, Quinette, Bancal, Camus, l'ex-ministre Bournonville, tous cinq livrés aux Autrichiens par Dumouriez; Maret, Sémonville, ex-envoyés diplomatiques de la Convention, arrêtés par les Autrichiens, et Drouet, maître-de-postes de Sainte-Ménéhould, fait prisonnier; c'était le même qui avait arrêté Louis XVI.

Ce ne fut que par un calcul profondément politique que le cabinet autrichien s'occupa du sort de la fille de Louis XVI, puisque l'espoir seul qu'un mariage, l'unissant à un de ses cousius, frères de l'empereur, aurait le pouvoir de faire rentrer l'Alsace et la Lorraine dans le domaine de l'empire d'Autriche, l'y détermina.

La jeune prisonnière quitta pourtant cette France arrosée du sang précieux de son père et de sa mère avec les yeux baignés de larmes, et montra un caractère plein de fermeté et de grandeur en résistant avec un courage au-dessus de son âge et de son sexe, aux menaces, aux prières, à l'obsession la plus continue, pour l'engager à recevoir la main d'un archiduc. Mais heureusement pour cette princesse, cet archiduc était le prince Charles, dont le caractère magnamine fit bientôt cesser par son désistement les persécutions qu'éprouvait son infortunée parente, qui, dans la tour du Temple, aux pieds de son père, avait fait le serment solennel de s'unir au duc d'Angoulême. Mais revenons à l'instant qui devait changer ma position, puisque nous étions arrivés sur une terre étrangère et qu'Elisma allait devenir libre de me quitter. Mais peut-être craignait-elle de ne pouvoir le faire sans danger et sans résistance, si je m'y opposais; peut-être la passion, que mes regards lui décélaient assez, l'embarrassait-elle, car ce fut Madame qu'elle pria de me parler sous le prétexte de me remercier de lui avoir procuré ma sœur comme compagne de voyage. Avant d'être remise aux envoyés de l'Autriche, la princesse me manda devant elle ; là elle me dit qu'elle connaissait la générosité que j'avais montrée, et qu'elle m'en offrait personnellement ses remercîmens.

— Quelle que soit votre opinion, monsieur, ajouta-elle avec une touchante dignité, vous avez été généreux pour une femme, et c'est une femme qui vous en remercie. Mais ce n'est point assez ; pour éloigner tout soupçon il ne faut pas que vous retourniez avec ceux qui m'ont escortée, car on s'apercevrait facilement que votre sœur ne vous a point suivi, et cette pauvre Elisma ainsi que son mari pourraient être alors poursuivis, et leur sort serait encore plus affreux, après surtout avoir eu l'espoir d'échapper. Hélas ! je ne puis plus rien pour elle, ajouta la princesse, rien que de vous prier...

Extrêmement ému j'allais répondre quand on vint avertir madame qu'on l'attendait pour partir.

Elisma se précipita sur ses mains qu'elle baisa

en pleurant ; la fille de Louis XVI leva les yeux au ciel, et prononça les mots de patience et de résignation.

Resté seul avec celle que j'avais sauvée, les sentimens qui m'agitaient furent mêlés de bons et de mauvais mouvemens ; sans doute ma première pensée avait été généreuse, et j'y avais cédé en soustrayant Elisma au danger ; mais durant la route je m'étais enivré de sa présence, et mon amour, qui était mon premier amour, avait pris un empire chaque jour plus puissant ; aussi quand Madame fut partie je me demandai si je laisserais ainsi échapper Elisma, si je me condamnerais au supplice de ne plus la revoir ? Je l'avais trop éprouvé ce supplice pendant le temps où je croyais l'avoir à jamais perdue, pour ne pas frémir de sentir recommencer cet enfer ; et avec une extrême violence, et sans aucune mesure, je le déclarai à Elisma ; elle pleura amèrement d'abord, en appela ensuite à ma générosité, et me demanda enfin ce que je voulais qu'elle devînt ainsi que son époux.

— Sous le prétexte d'une indisposition, lui répondis-je, nous resterons ici, et les commissaires qui ont amené Madame partiront seuls.

Alors votre mari passera en Allemagne, en Angleterre, où il voudra, que m'importe, je vous ramenerai de suite et sans danger en France.

— Et moi, interrompit-elle avec une froide dignité, et moi, sans doute pour vous récompenser d'une belle action, je m'avilirai dans l'adultère et l'infamie.

— Pourquoi voulez-vous que je respecte, repris-je avec violence, toutes ces vertus, tous ces crimes de convention, font-ils rien pour le bonheur. Elisma, votre époux est beaucoup plus âgé que vous, sa froideur est visible, et j'en suis sûr, vous n'êtes point heureuse. Eh bien, vous le serez avec moi, j'en suis convaincu. Le divorce est permis, d'ailleurs c'est le droit de toute femme d'émigré, ainsi il n'y aura entre nous ni crime, ni adultère, votre bonheur sera ma seule occupation, et vous m'aimerez un jour j'en suis persuadé, car je vous aimerai tant qu'il sera impossible que vous ne vous attachiez pas à moi. Et puis, vous vous souviendrez que vous me devez la vie et celle d'un autre; n'hésitez pas, vous ne savez pas de quoi je suis capable.

— Ecoutez-moi, répondit-elle avec une fermeté que le malheur lui avait sans doute donnée, car dans votre récit, Verneuil, vous nous avez dit que votre Elisma en manquait entièrement; écoutez-moi, si vous persistez dans votre projet, si mes représentations, mes prières, sont inutiles, je vais déclarer à l'instant même à mon mari que vous voulez profiter de notre position pour me déshonorer et me forcer à l'abandonner. Je le connais, il n'hésitera pas, et se livrera à l'instant aux commissaires qui sont ici, nous serons conduits à l'échafaud, je le sais, mais vous serez plus malheureux que nous, car je vous laisserai le remords. Mais je dois encore vous croire généreux, et je veux m'adresser à votre cœur, il m'entendra sans doute.

Elle continua: quand j'aurais le malheur d'oublier mon devoir, quand la peur de la mort me ferait accepter l'infamie et commettre une mauvaise action, quand je me jeterais dans vos bras, savez-vous qui vous y presseriez?... Une femme qui depuis des années ne peut chasser un souvenir coupable, qui, séparée de celui qu'elle aime par l'autorité et la force, n'a pu l'oublier un instant. Hélas! depuis le moment où j'ai eu la faiblesse de consentir à l'hymen qui m'enchaîne aujourd'hui, j'ai été punie non seulement par la froideur, mais par la méfiance dont j'ai été l'objet. Je n'ai échappée à la mort peut-être que par une entière abnégation de moi-même, et j'ai versé tant de larmes que je ne puis plus pleurer ; cependant tous ces mauvais traitemens ne m'ont point guérie de mon fatal amour, et j'ai supporté toutes mes peines comme une expiation!

Eh bien! ajouta la douce créature en me tendant la main, suis-je assez à plaindre, et voulez-vous encore ajouter à mes maux sans rien ajouter à votre bonheur. Ah! dites-le moi, que feriez-vous d'une femme dont le cœur est plein de l'image d'un autre?

Voilà ce que me dit votre Elisma, Verneuil, et c'était vous, j'en suis sûr maintenant, qui étiez l'objet d'une tendresse si constante. Heureux mortel! et vous osez pourtant vous plaindre du sort, lui demander compte de ses coups, quand vous fûtes aimé, et aimé avec autant de profondeur et de constance. Ah! un tel bonheur doit l'emporter sur tous les autres; mais moi, ce bonheur je ne l'ai jamais connu, et sans doute je mourrai sans jamais le connaître, ajouta mélancoliquement Regnaud.

Mais je reprends mon récit, il me fatigue, il me tarde de le terminer, je ne croyais pas que le souvenir de ce que j'ai souffert jadis pût me faire encore autant souffrir aujourd'hui.

Les paroles d'Elisma abattirent, non ma passion, mais mon courage et ma résolution, et je lui promis de la laisser libre de me quitter; je lui demandai seulement en grâce d'éviter que je me trouvasse avec son mari. J'étais alors d'un caractère tellement violent que je n'aurais pas répondu de ne pas venger les mauvais traitemens dont je savais qu'il usait envers elle. Je vous afflige par ces détails, mon cher Verneuil, l'idée d'avoir été cause du malheur de celle qui vous fut si chère vous désole sans doute, mais la connaissance de tout ce qui s'est passé entre Elisma et moi était nécessaire à la vérité de mon récit.

Quand le calme fut un peu rétabli dans mon âme et que je lui eus juré de respecter son repos même dans l'avenir, elle me parla avec confiance de ses projets; elle voulait aller retrouver Madame à Vienne, et son mari, qu'elle évitait toujours de nommer et sur le nom duquel je ne fis jamais la moindre question, devait rejoindre Monsieur, frère du roi, qu'Elisma appelait dès lors Louis XVIII. Mais j'ai encore, ajouta-t-elle en me regardant avec une expression suppliante, j'ai encore une grâce à vous demander, peut-être me refuserez-vous?

— Ah! parlez, parlez m'écriai-je; je consens à vous perdre et vous craignez d'exiger d'autres sacrifices; ne savez-vous pas qu'après celui-là vous pouvez tout attendre de moi?

— Eh bien! me dit-elle en tirant une petite croix d'agathe de son sein et une longue mèche de cheveux, qu'à leur remarquable couleur je reconnus être ceux de Marie-Antoinette, voulez-vous accomplir le dernier vœu, la dernière prière que Madame, si malheureuse, si intéressante, adresse à un Français?

Je m'inclinai. Elle reprit :

— La princesse avait, au temps de sa prospérité, plusieurs personnes auxquelles elle faisait du bien; dans sa captivité même, ne pouvant les secourir avec de l'or, elle travaillait pour eux avec madame Elisabeth; et depuis seule, avec le fruit de son travail, car je vous étonnerai sans doute quand je vous dirai, que les ouvrages de la jeune princesse étaient payés au poids de l'or, elle soutenait encore une grande partie de ces familles infortunées. Admirable charité qui lui faisait oublier ses maux personnels pour secourir ceux des autres! Admirable religion du cœur qui lui donna du courage, quand les têtes augustes de ses parens tombèrent sous la hache du bourreau.

Avez-vous su, continua Elisma, exaltée par ses propres paroles, avez-vous su que ce fut elle qui soutint la force de sa mère et de sa tante quand des cris horribles, des vociférations effrayantes, leur apprirent qu'elles n'avaient plus ni époux, ni frère? Alors Madame, qui pourtant n'avait que quinze ans, trouva une éloquence puissante et évangélique pour consoler sa mère. A genoux devant-elle, tenant son frère dans ses bras, elle le pressait sur le sein maternel, elle provoquait les larmes de la reine, car elle serait morte si elle n'avait pu pleurer. Mais la fin de cette malheureuse mère ne fut éloignée que de quelques mois, et plus à plaindre que son époux, qu'on laissa à sa famille jusqu'au moment où on le conduisit au supplice, Marie-Antoinette fut jetée dans un cachot de la Conciergerie, où la veuve d'un roi, la fille de Marie-Thérèse, eut manquée des choses les plus nécessaires à la vie, sans la pitié de la femme du concierge de sa prison.

Mais vous savez tout cela, prononça Elisma avec crainte, et avec vos opinions peut-être approuvez-vous.

— Ne nous occupons que du désir de la fille de Louis XVI, interrompis-je ; sans doute il est malheureux que la liberté coute tant de sang ; mais vous ne pourriez me comprendre ; ainsi n'en parlons pas, et dites ce que vous attendez de moi.

— Eh bien ! reprit Elisma, parmi celles qui avaient part à la bienfaisance de la princesse, il est une jeune personne, née le même jour qu'elle, et qui de ce jour aussi, jusqu'à celui ou Madame put le faire elle-même, fut l'objet de la sollicitude de la reine ; cette jeune personne est fille d'un officier suisse qui a succombé au dix août ; tout son sang a coulé pour ses maîtres, aussi Madame jura-t-elle de ne jamais abandonner sa fille ; elle fut si fidèle à ce serment, que le jour où la famille royale fut arrêtée pour être conduite au Temple, Madame trouva le moyen de remettre sa jeune protégée aux mains d'un ancien serviteur du roi nommé Cléry. En rejoignant le roi en prison, Cléry assura Madame que l'objet de sa bienfaisance était en sûreté ; mais à l'instant de la mort de son maître, Cléry fut forcé de quitter le Temple; Madame ignore ce qu'il est devenu, ainsi que la jeune fille qu'elle lui avait confiée.

En écoutant le récit de votre généreuse conduite envers moi, Madame a espéré que vous ne refuseriez point de chercher cette jeune fille et de tâcher de la faire parvenir sûrement en Suisse, sa patrie.

Je suis persuadée, ajouta Elisma avec confiance, que vous réussirez dans cette mission ; aussi, ai-je assuré la princesse qu'elle pouvait être tranquille ; alors, elle m'a confié cette croix d'agathe et cette petite clé, pour que vous les remettiez à la jeune Eudoxie ; ils lui donneront une confiance entière en vous.

Je promis d'exécuter tout ce que désirait la princesse, ou plutôt tout ce que voulait Elisma ; et sentant que si je restais davantage près d'elle je ne pourrais plus m'en séparer, je courus prévenir les commissaires que je ne repartirais pas avec eux, voulant conduire ma sœur jusqu'à Bâle;

j'y menai en effet Elisma et son époux, et là je quittai, pour ne plus la revoir, celle qui m'était si chère, celle pour qui j'aurais donné ma vie, et qui peut-être ne me donna pas un regret.

CHAPITRE XIX.

La Chambre de Madame.

Je revins à Paris, continua Regnaud, plus malheureux que je n'en étais parti, car je n'avais plus d'espérance ; et dans le premier moment, où ce consolant et trop souvent trompeur sentiment nous quitte, on ne sait pas si on pourra en supporter la perte ; mais peu à peu cependant la raison reprend son empire, et il est plus heureux de ne plus y croire; on en prend son parti et on est guéri plus vite.

Pourtant je fus encore bien long-temps à ne pouvoir oublier Elisma; mais plusieurs travaux et une mission importante que je reçus de la Convention, m'empêchèrent de tenir ma promesse, en cherchant la jeune fille qui m'avait été recommandée; une circonstance assez légère me fit pourtant un remords de cet oubli.

J'étais au château des Tuileries et précisément dans l'appartement de la reine, dont on avait fait à cette époque une espèce de cabinet de travail, où les membres du Directoire, qui venait de s'établir, se réunissaient souvent pour délibérer. L'heure sonna à cette majestueuse horloge du château où se marqua tant d'époques si différentes, où se marqua aussi, pour ses habitans, et des heures de plaisir et des heures d'angoisses. Je tirai machinalement ma montre pour savoir si elle s'accordait avec l'horloge, et mes yeux se portèrent involontairement sur la petite clé qui m'avait été remise par Elisma, et que je devais remettre à mon tour à celle que j'avais promis de chercher et d'aider pour rentrer dans sa patrie.

Le regret et le remords pénétrèrent dans mon âme à la pensée de mon coupable oubli, et l'appartement où j'étais ne fit que les augmenter. De la chambre de la reine on passait dans celle qu'occupait jadis Madame ; elle était presque entièrement démeublée ; la cheminée en marbre blanc était cassée en plusieurs endroits, et les tentures délabrées attestaient un déplorable abandon ; on voyait épars plusieurs ornemens dorés, qui naguère soutenaient le baldaquin du lit virginal de la fille de Louis XVI, et une corbeille de roses blanches artificielles tenait encore à une délicate balustrade ; c'était un souvenir, mais un souvenir plein de tristesse et d'abandon. De cette chambre je passai dans un petit cabinet, formé de l'une des fenêtres et pris dans les épaisses murailles, c'était une sorte d'oratoire où la pure et naïve princesse venait chercher la solitude; il n'y avait presque là de place que pour elle et pour Dieu. Un très joli autel en marbre blanc, d'une extrême délicatesse, s'élevait au milieu de ce cabinet; en me baissant, pour examiner le travail qui paraissait rare, j'aperçus dans l'encoignure un petit bouton doré, qui devait être parfaitement caché quand l'autel était en bon état, et qui se découvrait facilement à présent qu'il était à moitié brisé; Je poussai avec force le bouton, une plaque de marbre se dérangea et me découvrit une très petite porte; dans ce moment une idée subite entra dans mon esprit; je courus fermer de mon côté celle qui communiquait dans la chambre de la reine, et prenant la petite clé que j'avais attachée à la chaîne de ma montre, je la présentai à la serrure de l'armoire, après quelques légers efforts elle tourna facilement.

Mes amis, c'est ici que je remercie Dieu d'avoir permis que la réflexion arrêtât ma main, car jamais, non jamais je ne me serais pardonné cette infraction aux lois de l'honneur et de la délicatesse; je devais remettre fidèlement cette clé aux mains de celle à qui on l'envoyait, et profiter du hasard qui me livrait ce secret, eût été une action indigne si je l'avais commise; heureusement ma main demeura immobile une seconde, et la seconde d'ensuite j'avais retiré la clé, repoussé le ressort, et caché, le plus adroitement possible, tout ce qui pouvait faire concevoir la moindre trace de ce secret.

Je sortis du château heureux d'avoir échappé à une action que je me serais reprochée toute la vie, et je me déterminai à commencer dès le jour même mes recherches sur la jeune personne que j'avais promis de protéger. Mais ce n'était pas chose facile que de réussir dans la découverte de Cléry; il s'était dit-on retiré dans une province éloignée, dont on ne pouvait même me dire le nom, et quoique la tourmente révolutionnaire fut tout-à-fait calmée, il n'était pas prudent de montrer beaucoup d'intérêt aux personnes qui tenaient par quelque lien que ce fût à la famille des Bourbons; les chefs du gouvernement étaient faciles à alarmer sur cet article; aucun d'eux n'aurait compris d'ailleurs la délicatesse qui m'engageait à protéger une personne qui m'avait été seulement recommandée par Madame; mais si j'avais douté d'une providence, la circonstance qui m'aida à découvrir ce que je cherchais, m'eût prouvé qu'il en existait une. Vous verrez plus tard que, si ce fut pour l'acquit de ma conscience, ce ne fut pas du moins pour mon bonheur.

Mais qu'importe, continua Regnaud d'une voix triste ; j'ai fait mon devoir ; il suffit. Le ministre Carnot me fit appeler un jour d'assez bonne heure, et me montrant du doigt un grand coffre, il me dit :

— Il faut examiner avec soin tout ce qui est renfermé là dedans : ces effets, ces jouets ont servi au fils de Louis XVI ; à l'époque de sa mort on renferma dans ce coffre tout ce qui lui avait appartenu, avec l'intention de le visiter avec soin, mais on l'a négligé jusqu'à ce jour ; cependant, comme il faut en finir avec cette famille, chargez-vous Regnaud de voir s'il n'y a rien d'essentiel dans tout ceci, et puis vous livrerez ce qui ne le sera pas aux flammes.

J'appelai pour qu'on transporta ce coffre dans mon cabinet particulier, et une fois seul devant ce qui restait de ce malheureux enfant, je me sentis atteint d'une profonde tristesse. Il était mort à peine entré dans la vie, et mort d'une mort cruelle, amenée par les mauvais traitemens, le manque d'air et de nourriture. Peut-être même le poison avait-il abrégé sa vie ; ce dernier soupçon n'était pas entièrement dénué de fondement, si l'on considère que c'est depuis la mort de Robespierre qu'on l'a isolé de sa sœur ; qu'on a redoublé de rigueur et qu'il est mort, au moment où l'expédition de Quiberon se disposait avec un appareil formidable ; et qu'enfin, le célèbre Dussault, le médecin qui la soigné dans les premiers temps de sa maladie déclarée, mourut subitement ; on ne peut donc s'étonner que la fin presque instantanée d'un enfant, sur qui les ennemis de la royauté ne pouvaient distiller la calomnie, ait été attribuée à un motif extraordinaire. Si le crime a eu lieu, il a sans doute été commandé par une politique que l'intérêt de la nation demandait, mais dont le cœur gémissait quand la raison l'approuvait.

Je faisais toutes ces réflexions en visitant un à un tous les objets renfermés dans le coffre. Je trouvai d'abord une petite carte géographique, avec des notes écrites derrière de la main de Louis XVI ; puis une Bible fort simple, avec une prière écrite de la même main ; cette prière était en faveur des Français, la date portait précisément le jour où il avait appris sa condamnation à mort ; ensuite une bourse, brodée avec des cheveux de Marie-Antoinette ; je pensai à sa fille et ne la brulai pas ; puis un carton, renfermant plusieurs dessins et des paysages assez mal faits; l'un d'eux représentait une petite métairie, entourée d'arbres, arrosée par un ruisseau, au bas de la page était écrit : Métairie de Cléry, près de Tours.

Un cri de joie faillit m'échapper, et je ne crus pas commettre un grand acte d'infidélité envers le gouvernement en m'emparant de ce dessin, où je venais de trouver un renseignement si utile; peu de jours après, ayant été chargé d'une mission qui ne m'éloignait pas beaucoup de la route de Tours, j'en profitai pour me rendre dans cette ville, et prendre des informations sur le compte de Cléry. Plusieurs personnes ignoraient sa demeure, d'autres hésitaient à me donner des renseignemens certains pour la trouver, car peut-être ils me redoutaient; mais ayant insisté de manière à faire taire tous les soupçons, l'on me désigna d'une manière si précise la demeure de l'ancien serviteur de Louis XVI, que je ne pus me tromper, et que même, tout mauvais que fût le dessin que j'avais apporté avec moi, je le trouvai fidèle, et je reconnus parfaitement la métairie quand j'y entrai.

CHAPITRE XX.

Eudoxie.

Cléry était dans son jardin quand j'arrivai chez lui; il n'entendit pas le bruit de ma voiture, ou du moins elle ne le dérangea pas. En vrai philosophe, il cultivait des fleurs; je dois même dire que je feignis de ne pas remarquer d'énormes touffes de lys, qui me parurent parfaitement soignées; mais je ne fus pas tout-à-fait aussi indifférent à la vue d'une jeune personne qui était assise près de lui; sa taille était droite et élancée, son teint éclatant de fraîcheur. Je demandai à Cléry, si ce n'était pas la protégée de la fille de Louis XVI? Il hésita d'abord à me répondre; mais je montrai la croix d'agathe de la princesse, on ne me cacha plus rien; alors je communiquai en entier le message de Madame; j'ajoutai, que j'avais les moyens de faire passer sûrement la jeune personne à Neufchâtel, où était né son père et où il lui était resté de la famille.

—Sans doute, répondit Cléry, c'est le parti qu'il faudra qu'elle prenne la pauvre enfant; je ne suis pas riche, et j'attends d'un jour à l'autre mon neveu, sa femme et ses trois enfans; je suis le seul appui de tout cela, et je craindrais qu'Eudoxie ne fût pas très bien vue au milieu d'eux; d'ailleurs je ne pourrais ni l'adopter, ni lui rien laisser, et après moi que deviendra-t-elle? Il est donc indispensable qu'elle aille dans son pays natal; mais ce ne sera qu'avec crainte et terreur.

Le père d'Eudoxie s'était marié contre la volonté de son père, qui, sous le prétexte de le punir, épousa une servante qu'il avait chez lui depuis long-temps. Ces mariages révoltans ont toujours des suites funestes pour les enfans; et le père d'Eudoxie vit sa jeune et charmante épouse souffrir de la misère; alors il prit du service en France et l'enmena avec lui. Cependant quand son père, si dur et si sévère, le sut au moment de partir, il lui proposa de lui envoyer l'enfant dont sa femme était enceinte; la pauvre mère n'y aurait jamais consenti, mais elle mourut en donnant le jour à sa fille. Alors, le père songeant à l'avenir, crut devoir céder aux sollicitations de son père, et l'enfant partit pour la Suisse; mais bientôt on apprit que la pauvre petite était horriblement maltraitée par la belle-mère.

La Reine, si bonne et si habituée à découvrir toutes les douleurs, connut celle du père d'Eudoxie, et lui dit de faire revenir son enfant dont elle prit soin. Ce qui avait rendu la bienfaisance de Marie-Antoinette plus active, c'est que, par un heureux hasard, Eudoxie était née le même jour, la même année, la même heure que Madame; aussi, quand celle-ci fut assez raisonnable, Marie-Antoinette remit à sa fille tous ses droits sur Eudoxie.

Vous voyez, continua Cléry, que la jeune princesse n'a rien oublié ; mais elle n'a pu assurer la fortune de sa protégée, et son sort est d'autant plus triste qu'elle est douée de mille talens, et que son éducation a été fort soignée; son caractère est doux, charmant, et son âme d'une sensibilité extrême ; elle mourra de chagrin, si elle n'est pas traitée avec douceur et bonté.

Je ne savais trop quels conseils donner à ce sujet à la jeune fille et à Cléry ; et, comme je comptais repartir le lendemain de bonne heure, je me bornai à les assurer que je serais toujours à leurs ordres quand ils auraient pris un parti. Mais je ne me plus pas moins le reste de la journée à admirer les grâces modestes et naïves d'Eudoxie.

Elle ne possédait pas sans doute l'éclatante beauté d'Elisma, beauté qui s'emparait à la fois du cœur et des sens, mais sa figure douce et délicate se fixait dans le souvenir ; car elle semblait promettre le bonheur, par le charme de ses manières et son angélique sourire.

Je devais partir au point du jour, et me trouvant un instant seul le soir avec Eudoxie, car j'avais accepté l'hospitalité de Cléry, je lui remis la petite clé; elle ignorait ce que pouvait renfermer l'armoire, car elle m'avoua, avec une grande simplicité, que cette petite clé en ouvrait une placée dans l'oratoire de la princesse; alors je lui observai que peut-être dans cette armoire, y avait-il un dépôt auquel la princesse pouvait tenir beaucoup; qu'il serait sans doute nécessaire qu'elle vînt un jour à Paris pour s'en rendre maîtresse.

— Il est à craindre qu'il ne soit trop tard alors, me répondit-elle avec simplicité; M. Regnaud, vous m'avez déjà montré tant de bonté, ajoutez-y celle de me remplacer; voyez ce que renferme cette armoire, et restez-en dépositaire autant que cela sera nécessaire. Si c'est une commission de ma bienfaitrice, je suis sûre que vous la remplirez fidèlement.

Je le lui promis, et je fis mes adieux à la jeune fille avec plus de regrets que ne le comportait notre connaissance encore si légère. J'avais donné l'ordre qu'on me réveillât de bonne heure; mais cet ordre était inutile, je ne fermai pas l'œil de la nuit; une agitation extrême, une préoccupation, que je n'osais m'avouer, m'empêcha de trouver le moindre repos, et j'étais prêt pour mon départ bien avant l'heure que j'avais fixée. Un peu honteux, avec moi-même, d'être si facilement distrait d'un amour que je croyais éternel, je ne m'avouai pas encore que l'image d'Eudoxie effaçait celle d'Elisma; mais le fait est, que je quittai la demeure de Cléry si ce n'est amoureux, du moins bien près de l'être.

Je ne sais si l'amour ou le hasard voulut punir mon inconstance, mais je n'étais pas à trois lieues de la retraite de Cléry, que ma chaise de poste versa avec violence, et que j'eus le bras cassé. J'étais heureusement près de la poste, l'on m'y transporta; fort heureusement aussi le hasard fit trouver là un chirurgien, assez adroit pour ne pas rendre le mal plus grand qu'il n'était, et mon bras fut remis; mais il me fallait du temps pour que je pusse quitter ce lit de douleur où j'étais étendu, et force à moi fut de m'armer de patience.

Cependant le village où j'avais été forcé de m'arrêter était le seul endroit où l'on pût se procurer des nouvelles et des provisions, et

Cléry y venait souvent ; il rencontra mon domestique qui lui raconta mon accident, et je le vis entrer dans ma chambre seulement disposé à me pardonner de ne pas l'avoir fait avertir, si je me laissais transporter immédiatement chez lui.

Quoique physiquement j'en dusse souffrir beaucoup, j'étais trop heureux de sa proposition pour me faire long-temps prier, et je me trouvai bientôt établi chez Cléry et soigné comme un frère par cette charmante Eudoxie dont chaque instant rendait l'image plus puissante sur mon âme. Ah ! qu'ils sont doux les secours, les consolations des femmes : comme elles savent nous rendre nos souffrances chères par leur douce pitié. Sexe si faible et pourtant si puissant pour notre bonheur, si rempli de vertus et pourtant si cruel ; sexe que j'aurais dû fuir à jamais, et que mon sort est de toujours aimer!

— Enfin pour en finir, reprit Regnaud presque honteux de montrer le fond de sa pensée en parlant des femmes ; pour en finir, je quittai mon lit après plus d'un mois de souffrance, aimant la jeune protégée de Madame avec une ardeur qui ne me permettait plus de songer à me séparer d'elle pour toujours.

J'étais jeune, je croyais n'avoir rien pour déplaire, et je demandai avec confiance à Cléry la main de la charmante Eudoxie.

CHAPITRE XXI.

Le Vendéen.

J'AI toujours ignoré, continua Regnaud avec la précipitation qui dénote assez qu'un sujet nous est pénible à traiter, j'ai toujours ignoré si Cléry employa d'autres moyens que ceux de la persuasion pour amener Eudoxie à m'accorder sa main; mais ce qu'il y a de certain, c'est que quand je la revis, elle paraissait fort triste, mais ne fit aucune objection à l'accomplissement de mes vœux.

Je ne demandai que peu de jours pour venir réclamer l'exécution de la promesse qu'elle venait de faire, et je partis heureux comme un insensé, assez fou pour placer son bonheur dans la possession d'une femme.

Quand j'arrivai à Paris, je trouvai beaucoup de changement, Carnot était exilé, le directoire frappait des coups plus violens que sûrs, et Bonaparte annonçait déjà ce qu'il serait un jour. Mais déjà aussi sa réputation militaire devenait européenne, et j'eus comme beaucoup d'autres la sottise d'imaginer que celui qui faisait de si belles choses sur un champ de bataille ne porterait jamais atteinte à la liberté qu'il défendait avec tant d'ardeur.

Le lendemain de mon arrivée à Paris je fus témoin des sermens qu'il prononça dans la cour du Luxembourg sur un autel qui y avait été dressé, le frère de Cambacérès y officiait. C'était une belle, une merveilleuse cérémonie. Bonaparte dit de fort belles choses, en promit encore plus, et ne tint que ses sermens à la gloire.

J'avoue que, tout occupé de ma folle passion, je fis d'abord très peu d'attention à ce qui se passait à Paris, et que je fus même peu sensible à la disgrâce de Carnot qui m'ôtait pourtant mon emploi. Je rêvais que j'allais être heureux par l'amour au sein des jouissances domestiques, et je calculais alors ma fortune avec plaisir, je supposais à Eudoxie des goûts très simples, et je ne prévoyais rien qui pût empêcher ou troubler ma félicité. Je rassemblai facilement de mon côté les papiers qui m'étaient nécessaires pour mon mariage : mais j'eus assez de peine à me procurer l'acte mortuaire du père d'Eudoxie tué le 10 août; et puis il me fallut écrire à Neuchâtel pour d'autres pièces essentielles : tout me retenait plus long-temps que je n'aurais voulu, car mon cœur impatient comptait les jours deux fois; d'ailleurs je tenais à remplir la mission que m'avait confiée Eudoxie relativement à la petite clé qui m'avait été remise par ordre de Madame; mais maintenant il m'était beaucoup plus difficile de parvenir aux Tuileries.

Ce fut alors, mon cher Verneuil, qu'on me parla de vous comme d'un concierge tout-à-fait à part, et que sans nous demander nos mutuelles opinions, nous nous liâmes d'une amitié qui n'aura, je l'espère, d'autre terme que notre vie.

Barras logeait aux Tuileries, et quand sur la foi de votre belle et noble physionomie, je vous eus confié le désir que j'avais d'entrer un instant dans l'ancien appartement de la reine, vous m'en facilitâtes les moyens avec une extrême obligeance, je tremblai en revoyant cet appartement d'y remarquer quelque changement en ce qui concernait l'oratoire de Madame; mais il n'avait rien pour fixer l'attention, et je retrouvai dans le même état et l'autel en marbre blanc, et le petit ressort qui ouvrait l'armoire. Vous aviez eu la délicatesse de me laisser seul, et j'en fus bien aise, car j'étais honteux de l'émotion que je ressentais. Je ne saurais trop expliquer quelles étaient mes craintes, je ne croyais pas non plus trouver un trésor, mais peut-être avais-je quelques vagues pensées qu'il y aurait là quelque découverte qui mettrait obstacle à mon union avec Eudoxie. Cependant l'armoire se trouva entièrement vide, et ma première idée fut qu'on avait découvert le ressort et enlevé ce qu'elle contenait, pourtant nulle marque de violence à cette armoire ni à la petite serrure ne dénotaient que mes soupçons fussent justes. Je cherchai avec encore plus d'attention, et je découvris encore un autre petit ressort qui s'ouvrit comme l'autre et montra à mes regards une boîte d'un travail précieux, renfermant un chapelet en pierres fines, puis une croix de Saint-Louis dont le ruban était taché de sang, et enfin une lettre adressée à Eudoxie. Elle était ouverte et signée du nom de son père. Il lui recommandait d'obéir avec respect, et tout le reste de sa vie, à la reine et à sa famille ; de les suivre quelque fût leur sort, et de vouer une haine éternelle à ceux qui n'auraient pas pour ces bienfaiteurs la même idolâtrie, le même dévoûment qui lui faisaient envisager la mort sans crainte.

Cette lettre était datée du 10 août, et le soir même le digne serviteur fut tué sur les marches du trône qu'il défendait. Cette lettre pouvait me séparer pour jamais d'Eudoxie ; pourtant je n'eus pas une minute la pensée de ne pas la lui remettre, mais le désespoir entra dans mon âme à la seule idée que je pourrais perdre cette jeune fille qui m'était si chère.

Je partis le plus promptement possible pour finir mon anxiété.

Eudoxie pâlit beaucoup en me revoyant, et me parut même plus froide que quand je l'avais quittée. Elle courut s'enfermer avec la lettre de son père que je lui remis. Cléry à qui je communiquai mon impatience et mon inquiétude se montra embarrassé, pensif, et m'apprit que son neven et sa nièce étaient chez lui.

Ils traitent très bien Eudoxie, ajouta-t-il, parce qu'ils savent qu'elle va se marier; mais s'il en était autrement, que deviendrait la pauvre enfant; aussi je ne souffrirai point que des idées ixagérées troublent le bonheur qu'elle peut goûter avec vous.

Il se préparait à me quitter pour rejoindre Eudoxie, quand il s'arrêta, et me dit avec quelque embarras :

— A propos, ma nièce m'a amené un de ses parens, un jeune homme fort remarquable. Si je ne vous estimais pas autant, et si vous ne m'aviez pas prouvé la bonté de votre cœur, je ne vous confierais pas avec autant d'abandon ce qu'est ce jeune Raoul, le parent de ma nièce, en un mot, c'est un Vendéen, et qui mieux est, un aide-de-camp de Charette.

— Et comment est-il ici, m'écriai-je ?

— Vous savez que Charette est entré à Nantes, et a fraternisé avec les républicains, continua-t-il ; cette bonne intelligence n'a pas duré long-temps, mais pendant qu'elle existait, Raoul est venu voir sa mère qui est tombée malade de la petite vérole, il a gagné cette affreuse maladie en la soignant, mais heureusement elle n'a fait aucun ravage sur sa belle figure, et c'eût été vraiment dommage. Il part dans quelques jours, jusque là la moindre indiscrétion pourrait le perdre. Mais c'est moins celle des autres que la sienne propre que je redoute ; c'est la violence de ses opinions qu'il ne sait ni taire ni calmer. Il ne peut entendre le moindre mot sur le parti qu'il sert, et je craindrais qu'il ne s'élevât facilement une querelle entre vous si je n'avais, mon cher Regnaud, compté sur toute votre générosité.

J'assurai Cléry que je me ferais un devoir de ne point m'offenser de ce que pourrait dire son hôte devant moi, mais que je croyais cependant prudent de le faire éloigner le plus tôt possible, car on attendait d'un instant à l'autre un envoyé du directoire qui venait juger de l'esprit du pays. J'ajoutai que je pensais que le jeune Vendéen courrerait de grands dangers s'il tombait entre ses mains.

Quand je parlais ainsi je n'étais animé que par un mouvement généreux, il allait s'y joindre bientôt un sentiment d'antipathie personnelle que la vue de ce jeune homme fit naître en moi. Vous allez voir si ce n'était pas un pressentiment trop certain du malheur qu'il devait amasser sur ma tête.

A l'heure du dîné je le vis; qu'il était noble, beau, et qu'Eudoxie me parut froide et embarrassée avec moi devant lui! Leurs regards, il est vrai, se détournaient l'un de l'autre, et cependant une fois il me sembla qu'ils s'étaient fixés, et qu'une expression d'amour avait jailli sous leurs paupières baissées : qu'ils étaient jeunes, intéressans l'un et l'autre, ils semblaient si bien faits pour s'aimer! et pourtant égoïste ou fou que j'étais, je pressai, je demandai une réponse à Cléry, et sans doute il plaida ma cause, ou abusa de son pouvoir sur Eudoxie, car elle m'accorda sa main en cachant ses larmes.

Le jeune Vendéen devait partir le soir qui précéda mon mariage; je ne dormais pas, c'était dans une chaude nuit d'août, et je me mis à la fenêtre de ma chambre pour prendre un peu d'air; on m'avait logé dans un pavillon un peu éloigné de la maison, mais d'où cependant on distinguait parfaitement au dehors. La lune était belle, brillante, et je vis bientôt attaché près de la porte, et battant la terre de son pied impatient, un cheval que je reconnus pour être celui de ce Raoul. Je voyais qu'il allait partir, et j'étais aussi pressé que son cheval de le sentir bien loin.

Il parut enfin, et sans faire aucune attention à son noble compagnon de voyage qui l'attendait, après avoir regardé autour de lui si personne ne le voyait, il fut se placer sous une fenêtre que je savais être celle d'Eudoxie.

Elle parut, il me sembla qu'elle était bien pâle et portait son mouchoir à ses yeux. Mais je voulus me persuader que c'était le reflet de la lune qui la rendait ainsi. De même je voulus voir un simple hasard dans la chute de son mouchoir qui tomba précisément dans les mains du Vendéen, et qu'il cacha sur son cœur.

Mais le fait est du moins, que quand j'eus aperçu la fenêtre d'Eudoxie se refermer, entendu le galop du cheval qui emportait Raoul, je me couchai très rassuré, me répétant que rien ne devait m'inquiéter, puisqu'elle m'avait accepté malgré même le dernier vœu de son père, et que le lendemain je la menai à l'autel, toute pâle, toute changée qu'elle fût, et que le soir je ne pressai dans mes bras qu'une pauvre et froide femme qui ne m'aima jamais, qui me trahissait déjà dans le fond de sa pensée. Juste et digne punition de mon égoïsme. Je l'aimais, je n'avais voulu voir ni sa répugnance ni ses larmes, elle n'avait qu'obéi, je n'avais moi, que ce que je méritais.

Je la menai à Paris, je l'entourai de fêtes, de plaisirs qui renaissaient chaque jour plus vifs depuis que la terreur était passée. Ma femme était une des plus parées, une des plus brillantes. Je l'accablais de soins, de cadeaux, je m'enivrais de sa vue, et je me crus heureux quelque temps, car j'étais fort amoureux, et par conséquent fort aveugle. Mais ma pauvre Eudoxie dépérissait chaque jour, et son pâle visage amaigri m'éclaira enfin sur sa situation. Je la conduisis en Italie, elle s'y déplut, et me demanda de retourner en France, je l'a transportai à plusieurs eaux; mais tout était inutile, elle se mourrait d'une maladie dont le bonheur est le seul médecin, elle éprouvait une passion qui la dominait, je crois, malgré elle, mais qui la dominait enfin.

Tout à coup elle revint à la vie, ses joues se colorèrent, sa bouche inaccoutumée au sourire en reprit l'habitude, mais sa froideur pour moi ne diminua pas, au contraire on eût dit qu'elle craignait encore davantage de me voir près d'elle, que ma présence lui était cent fois plus importune; et puis ce n'était plus la solitude qu'elle cherchait : elle sortait sans cesse, et quand je ne voulais pas la quitter, elle m'entraînait dans les fêtes, dans les lieux publics.

On eût dit qu'elle y cherchait quelqu'un; hélas! c'était la vérité, mais je ne le sus que trop tard, et je n'étais pas le seul mal instruit; car la police même n'avait pas le moindre soupçon de l'évènement qui se préparait.

Un matin Eudoxie m'avait pressé pour que je courusse lui louer une loge à l'Opéra : j'y avais réussi, quoique la foule dût s'y porter, le premier consul devant y aller. Eh bien! quand je rentrai, enchanté d'avoir réussi, je trouvai ma femme très agitée et plus malade que je ne l'avais vue depuis long-temps. J'espérais que cela se calmerait ; mais plus la journée avançait, plus elle paraissait souffrante. Comme elle était très avide de fêtes et de spectacles depuis quelque temps, j'essayai de lui persuader que la musique lui ferait du bien ; mais elle résista à mes prières, et ses maux s'accrurent tellement vers l'heure du spectacle que je voulus envoyer chercher son médecin. Dans ce moment, pâle, les yeux égarés, hors d'elle-même, elle écoutait avec une attention que je ne pouvais comprendre, la machine infernale éclata. Le bruit de l'explosion fut terrible pour nous, car nous demeurions rue de Richelieu.

Presqu'au même instant j'entendis passer la voiture du premier consul. Je le vis parfaitement lui-même à la lueur des lanternes de sa voiture, et je ne me doutai nullement de l'affreux danger qu'il venait de courir. Cependant ma femme paraissait si mal que je me pressai de faire venir le médecin, et que je ne sus quelque chose de certain sur l'évènement qui venait de se passer qu'à son arrivée.

Mais Eudoxie ne répondait rien aux questions du docteur, retirait sa main avec violence quand il voulait consulter son pouls; demandait des nouvelles avec instance, voulait savoir si on avait arrêté quelqu'un, et si les auteurs du crime.... non elle ne disait pas le crime, elle ne savait ce qu'elle disait, criait ou pleurait comme une insensée, et ce ne fut qu'à force de calmans et d'opium qu'on parvint à l'endormir.

Je la quittai alors un instant, je courus jusqu'à l'Opéra. J'entrai dans cette loge que j'avais louée, elle était occupée, mais je ne songeai pas à m'en plaindre; j'obtins seulement qu'on me laissa voir le premier consul. Le calme le plus parfait régnait sur son front, on a prétendu que c'était un comédien, que tous ses mouvemens étaient préparés d'avance, que son sourire et son regard étaient de commande. Je ne le crois pas, mais si c'était un comédien, c'en était un sublime.

Le spectacle fini, mille acclamations accompagnèrent celui que la mort venait de menacer d'une manière si audacieuse, et à laquelle il avait échappé par un miracle. Je revins chez moi, Eudoxie dormait, je crus pouvoir aller moi-même chercher un peu de repos; mais inquiet de ma femme, agité par l'étrange événement qui venait d'arriver, je ne parvins à m'endormir que fort tard. Vous allez savoir quel fut mon reveil.

CHAPITRE XXII.

Catastrophe.

Il était plus de dix heures quand je sortis d'un sommeil lourd et fatigant; comme le froid était assez vif depuis quelques jours, on avait l'habitude de faire de bonne heure du feu dans mon appartement, cependant j'attendais toujours mon domestique qui m'apportait mon journal que je lisais dans mon lit; mais comme je n'avais rien entendu, que mon feu n'était pas allumé, et comme également le jour était très sombre, je crus me tromper en voyant la pendule marquer dix heures : je voulus m'en assurer, et je me jetai à bas de mon lit, je sonnai avec violence, commençai à m'habiller en attendant qu'on se présentât. Personne ne vint, je me précipitai dans l'antichambre, il n'y avait aucun de mes gens.

Tout effrayé que j'étais, j'eus cependant la précaution d'entrer doucement chez Eudoxie, j'ouvris ses rideaux avec la même prudence; mais le lit était inoccupé, et ma femme n'était dans aucune pièce de son appartement. Je courus, j'appelai, enfin le concierge de la maison monta, et à force d'instances, de prières, de menaces, j'appris que mes domestiques étaient à la recherche de leur maîtresse absente depuis sept heures du matin.

Je restai confondu, jamais Eudoxie ne sortait à une telle heure, et cette inovation était encore plus extraordinaire dans l'état de santé où elle se trouvait la veille. Je demandai avec fureur au concierge, pourquoi, s'il l'avait vue, il ne l'avait point empêchée de sortir.

Il m'assura d'abord qu'il ne l'avait point remarquée, ce qui n'était pas étonnant dans une maison où il venait tant de monde; puis il me demanda aussi de quel droit il aurait pu retenir un locataire : il avait raison.

Je retournai dans l'appartement d'Eudoxie, je cherchai si elle n'avait point laissé quelque indice qui m'apprît où elle était allée. Je ne trouvai rien : mais, ô terreur! j'entrai dans mon cabinet pour prendre de l'or, afin d'en répandre pour attirer les recherches; j'avais de forts beaux pistolets d'un travail précieux, et qui étaient toujours sur mon bureau. Il en manquait un : était-ce elle qui l'avait pris? ou mes gens qui en avaient disposé? Mais comment ces misérables ne m'avaient-ils pas avertis à l'instant où il s'étaient aperçus de la disparition de leur maîtresse.

Hélas! ma violence et ma rudesse les avaient effrayé sans doute, et peut-être d'ailleurs n'avaient-ils appris qu'assez tard qu'elle n'était plus chez elle.

Cette dernière supposition était juste, et le

concierge me dit enfin que vers quatre heures du matin ma femme s'était réveillée pour demander à boire, et avait exigé que sa femme de chambre fût se reposer, se sentant, disait-elle, très bien. La pauvre fille hésita long-temps à obéir, mais sa maîtresse lui ayant plusieurs fois réitéré le même ordre, elle était enfin passé dans sa chambre qui était voisine de celle de madame, et qu'après avoir plusieurs fois écouté sans rien entendre, elle s'était enfin endormie. Pouvais-je lui en faire un crime, j'avais bien dormi moi.

Je sortis sans savoir de quel côté porter mes pas. Eudoxie n'était intimement liée avec personne ; je ne connaissais pas une femme chez qui elle pût aller à pareille heure. N'importe je fus chez plusieurs, elles dormaient presque toutes, et celles qui me reçurent s'étonnèrent, me questionnèrent et ne m'apprirent rien.

Je rentrai plusieurs fois chez moi ; mes domestiques y avaient reparu, et étaient ressortis sans en savoir plus que moi sur le compte de ma femme. Alors je me décidai, quoique avec une extrême répugnance, à m'adresser à la police pour la retrouver. Je n'avais plus aucun autre moyen ; il était plus d'une heure, je n'avais rien découvert qui pût me guider en la moindre chose, et je me mis en route pour la préfecture de police.

Alors je me rappelai en chemin qu'Eudoxie allait souvent aux bains Vigier, qu'elle y restait ordinairement fort long-temps, et n'emmenait pas toujours sa femme de chambre, quelque observation que j'aie pu lui faire sur cet article. Sans doute il était invraisemblable de penser que dans l'état de faiblesse où l'avait dû mettre la longue crise qu'elle avait ressentie la veille, elle fût allée aux bains sans réveiller ni avertir personne. Mais enfin je m'attachai à cette pensée, je me dis qu'elle s'était sans doute trouvée trop mal pour pouvoir revenir, et je marchai avec précipitation vers les bains.

Mon cœur battit d'effroi, mes artères se pressèrent avec force, un pressentiment affreux me saisit, car une foule qu'on cherchait vainement à éloigner, environnait, encombrait le parapet et l'escalier qui descendait aux bains : elle était là la bouche béante cette foule avide d'apprendre un crime ou un malheur, oubliant l'événement si récent de la veille pour une nouvelle émotion qu'elle paie avec de la pitié ou de l'indignation, mais qu'il lui faut pourtant ; car c'est son bien, au peuple, que ces tragédies en plein air, dont le dénoûment lui déplaît quand il n'est pas assez tragique, et qui pourtant est prêt d'exposer sa vie pour l'empêcher.

J'eus bien de la peine à me faire jour au milieu de cette foule, et plus encore à recueillir quelques renseignemens.

Les uns prétendaient que c'était un voleur qu'on avait arrêté dérobant du linge ; d'autres, que c'était un homme qui s'était noyé. Mais à mesure que j'avançais, j'entendais que les plus près des bains, c'est-à-dire ceux placés aux premières loges pour bien juger la tragédie dont ils étaient si avides, parlaient de femme morte au milieu de son sang et de chirurgiens...

Je n'en écoutai pas davantage, et au risque de m'exposer aux plus mauvais traitemens je parvins jusqu'à la première sentinelle : elle me répondit brusquement qu'elle ne savait pas pourquoi on l'avait mise là. J'avançai avec peine jusqu'à la dernière placée auprès du bureau qui était soigneusement fermé.

— C'est une femme morte, me dit froidement le militaire, et il recommença sa faction avec une passive exactitude.

Je frappai violemment à la porte à tout hasard, je criai que j'étais un parent de l'infortunée. Hélas! j'espérais à peine que je ne disais pas la vérité.

On entr'ouvrit.

— C'est une jeune femme, blonde, faible, malade, m'écriai-je.

— On me répondit que oui, et l'on me conduisit par un long corridor où se voyait de chaque côté les cabinets des bains. L'un d'eux était ouvert et présentait un aspect horrible; la baignoire était remplie d'une eau teinte et épaissie de sang, le plancher en était inondé; un groupe de femmes placé dans le fond du corridor entourrait quelque chose que je ne pouvais encore distinguer; elles s'écartèrent pourtant à la vue de mon agitation et de mon désespoir.

Je pus voir alors; c'était elle, c'était Eudoxie. Elle était couchée sur un lit de sangle qu'on avait couvert à la hâte de linge blanc, et elle-même enveloppée d'un long peignoir, semblait dormir du dernier sommeil. Elle était là, entièrement immobile, son teint avait une effrayante lividité et ses lèvres pâles et serrées lui donnaient l'apparence d'un cadavre ; cependant elle n'était pas morte, et quand je m'approchai, quand mes larmes tombèrent sur sa main, elle fit un léger mouvement, mais ne parla pas.

— Des chirurgiens, des médecins, m'écriai-je ?

On en a appelé trois qui ne l'ont point quittée pendant deux heures, me répondit-on, et dans ce moment ils sont dans la pièce à côté où il rédigent un procès-verbal à cause de la maison, et puis on ne savait à qui appartenait cette jeune dame ; qui avertir ?

— C'est ma femme, m'écriai-je ! mais, que lui est-il arrivé, a-t-elle quelque blessure enfin ?

Cinq ou six voix de femmes s'élevèrent pour me raconter l'évènement, mais la maîtresse de la maison les fit taire, et m'éloignant doucement du lit d'Eudoxie, elle me dit :

— Quoique cette pauvre jeune dame ne puisse parler, peut-être nous entend-elle, et il faut l'éviter car les médecins ont ordonné le plus grand calme, il faut qu'il ne reste qu'une seule personne près d'elle.

Après avoir ainsi tout arrangé, elle me força, pour ainsi dire, à l'écouter, car elle était femme, et elle avait un récit à faire.

CHAPITRE XXIII.

Trahison, Malheur.

— SANS doute, monsieur, me dit-elle, votre jeune compagne avait quelque grand sujet de chagrin, quelque douleur dont elle ne pouvait se consoler.

— Je l'assurai que je ne lui connaissais aucun motif d'en avoir; que je ne négligeais rien pour son bonheur ; mais qu'elle était d'une santé fort délicate et avait même été très malade la veille.

— Ce sera alors un accès de fièvre chaude, qui l'a portée à la violence dont elle s'est rendue coupable, car il faut bien vous l'apprendre, monsieur, cette jeune dame a attenté à sa vie, et quand on a eu soigneusement pansé sa blessure et noué ses ligatures elle a tout arraché.

— Je poussai un long gémissement et des larmes s'échappèrent de mes yeux par torrens. Elle était donc bien malheureuse celle que j'aimais passionnément? Cette découverte était horrible ; mais que ne me suis-je arrêté là? Malgré mes larmes, et les efforts impuissans que je faisais pour les retenir, la maîtresse des bains poursuivit son récit avec un imperturbable sang-froid.

— Il était dix heures, ou plutôt neuf heures et demie, reprit-elle avec une scrupuleuse exactitude, je m'étais placée moi-même au bureau, pour donner le temps à celle qui le tient ordinairement d'aller déjeûner; quand je vis s'approcher une jeune dame qui paraissait très faible très souffrante; sa pâleur surtout était extrême ; ses yeux égarés me frappèrent.

Elle demanda une carte de bains, jeta une pièce d'or et en oubliait la monnaie ; je la rappelai ; elle entra ensuite dans le corridor des bains et ordonna qu'on lui en prépara un à l'instant même.

Pendant qu'on lui obéissait, elle s'assit près d'une fenêtre ouverte et regardait l'eau avec beaucoup d'attention. La demoiselle du bain lui fit observer qu'il faisait bien froid, qu'elle risquait de se rendre malade en restant ainsi ; mais elle ne répondit rien ; non plus quand on lui demanda si elle désirait quelque chose.

Cependant, comme elle paraissait très faible et très souffrante, on s'approchait de temps en temps du cabinet où elle était enfermée ; mais on n'entendait rien.

Pourtant plus d'une heure s'étant écoulée, et craignant qu'il ne fût arrivé quelque chose à cette dame, on vint me demander ce qu'il fallait faire. Je me rappelai parfaitement la personne qu'on me désignait, je suivis la fille de service jusqu'à la porte du cabinet, en lui disant d'y entrer comme si elle avait cru entendre sonner ; j'étais restée tout auprès de la porte, un cri effrayant me la fit pousser avec précipitation.

J'aperçus la jeune dame renversée dans sa baignoire teinte de sang et qui débordait déjà ! ses beaux cheveux blonds trempaient dans cet horrible bain, et sa pâleur me la fit croire morte.

Nous avions peu de monde à cause du froid ; cependant je craignais d'effrayer, et je mis la main sur la bouche de la baigneuse pour qu'elle se tût. Les autres filles étant venues nous joindre, elles m'aidèrent à sortir de l'eau ce que je croyais un cadavre ; heureusement il n'en était rien ; nous enveloppâmes la jeune dame de linges chauds, nous arrêtâmes le sang comme nous pûmes, et j'envoyai chercher des chirurgiens.

Ils bandèrent les bras de la malade où étaient à chacun un coup de lancette, pansèrent le coup de canif qu'elle s'était donné à la poitrine ; mais dans un moment où on la croyait tout-à-fait tranquille, elle arracha et appareil et ligatures. On a pris le parti de lui tenir les mains ; mais depuis plus d'une heure elle est tombée dans un tel accablement, qu'on ne peut plus craindre cette violence.

Les chirurgiens, ajouta la maîtresse de la maison, pourront vous en dire davantage sur son état ; mais pas plus sur les circonstances de ce malheureux évènement, qui, comme vous le voyez, malgré toutes mes précautions, a pourtant ameuté tant de monde ici.

Ah ! j'oubliais, voici un mouchoir de batiste, le reste de la monnaie de la pièce d'or qu'a changée madame, tout le reste de ses effets est en sûreté, et je vous prie de croire, monsieur, ajouta-t-elle, qu'aucun soin, qu'une précaution n'a été négligée.

J'essayai de la remercier, et je la priai de me dire où je trouverais les médecins. Tout en la suivant pour me rendre dans la pièce où ils étaient réunis, je tenais dans mes mains le mouchoir d'Eudoxie, et je sentis le frottement d'un papier noué dans un des coins, mais je ne m'en occupai pas dans le moment.

Je trouvai les chirurgiens qui finissaient le procès-verbal ; l'un d'eux disait aux autres :

— Pressons-nous messieurs je vous en prie ; je me rendais chez le premier consul quand on m'a appelé sur le quai ; mais je ne puis différer davantage, car c'est aussi une catastrophe, et une bien plus importante, qui me conduisait au château des Tuileries.

Un des hommes arrêtés cette nuit et fortement soupçonné d'être un des auteurs de l'attentat d'hier soir, s'est brûlé la cervelle ce matin dans sa prison.

Le premier consul doit être d'une colère épouvantable, continua-t-il, car il tenait à avoir les renseignemens les plus positifs, et j'allais vers lui pour lui donner les détails, car c'est moi qui.....

— Et ma femme, m'écriai-je en l'interrompant, ma femme, monsieur, que pensez-vous de son état? Il est impossible que vous puissiez l'abandonner dans ce moment, je reconnaîtrai vos soins au poids de l'or.

— Monsieur, me répondirent-ils de concert, nous ne pensons pas que la blessure de la jeune dame soit ni grave, ni profonde, mais nous craignons que sa faiblesse causée par la quantité de sang qu'elle a perdu, ne l'empêche de supporter la fièvre de suppuration qui va s'établir, d'autant plus que sa tête paraît fortement ébranlée.

Cependant à force de soins, de ménagemens, on pourra peut-être la sauver, et ils s'engagèrent à venir alternativement et d'heure en heure visiter la malade.

Comme Eudoxie ne pouvait être transportée, je me fis donner une chambre où l'on posa doucement le lit, sur lequel elle était toujours presque sans mouvement.

J'envoyai chez moi chercher sa femme de chambre et tout ce qui pouvait lui être nécessaire, et je m'assis, abattu et sans courage, près de celle qui était hélas mon seul lien sur la terre! J'allais le voir rompre peut-être, et je n'aurais pas la consolation de pleurer Eudoxie, sans mêler à mes larmes l'amertume et le mépris.

O femmes! femmes! êtres inconcevables, mélange de passions nobles et de faiblesses inexcusables; si bien créées pour la vertu, si promptes à céder au vice; assemblage bizarre de grâces et de talens, d'aberrations et de désordre; sachant mourir pour l'amour, même pour un faible caprice contrarié, et ne pouvant vivre pour remplir un devoir.

J'ouvris le billet, qui était noué dans le mouchoir d'Eudoxie, il était ainsi conçu :

Je suis arrêté, mon Eudoxie, arrêté depuis

hier à minuit; mais tu vois que je tiens mon serment en t'apprenant mon sort sans retard. Tu tiendras aussi le tien, j'en suis sûr, car tu me l'as juré sur notre amour, sur notre amour que ton froid et parjure hymen ne regarde pas; car que m'importe à moi tes sermens à un autre, ceux que tu m'as faits ont été les premiers entendus par le ciel; hélas! comment as-tu pu les oublier un instant? Comment a-t-on pu te conseiller de te laisser souiller du nom que tu portes?

Mais je me tais; je t'ai pardonné et tu m'as promis de m'aider à mourir noblement; tu m'as promis de m'aider à me soustraire au fer de cette méprisable nation qui s'est souillée du meurtre de son roi.

Eudoxie, avec de l'or que je t'envoie, tu parviendras jusqu'à moi. Souviens-toi de ta promesse; souviens-toi de notre amour; je suis enchaîné, je ne pourrais même briser ma tête contre les murs de ma prison. Pense que je t'attends pour mourir, comme je t'avais attendu pour aimer.

Pendant que je lisais, continua Regnaud, une atroce douleur, un étouffement insupportable s'était emparé de ma poitrine, et je ne la soulevais qu'avec un effort plein de désespoir. Je [illegible] mes amis [illegible] ma violence [illegible] extrêmes, et je ne [illegible] guère la [illegible] eur, et [illegible] échappèrent d'[illegible]

Je [illegible] la chambre où j'étais renfermé avec [illegible]; mais [illegible] ma rage, car elle était aussi cruelle qu'inutile devant cette [illegible] créature [illegible] fille presque [illegible] exis- tence [illegible]

[illegible], je tirai avec violence l'anneau de mariage que j'avais mis à sa main; cette main retomba pâle et insensible sur sa couche, et les yeux de l'infortunée [illegible] Un enfer était dans mon âme; je ne pouvais tenir en place; aussi quand les médecins furent venus, qu'ils eurent dit qu'il fallait seulement continuer à faire passer entre les lèvres de la malade une potion calmante, mais qu'il n'y avait rien autre chose à essayer; je la laissai entre les mains d'une garde expérimentée et de sa femme de chambre, et je m'élançai à la prison qu'indiquait le billet de Raoul.

Car, mes amis, dit Regnaud en s'interrompant d'une voix plus sombre, je n'ai pas besoin de vous apprendre que c'était lui qui était aimé d'Eudoxie.

Je trouvai facilement la prison où la veille on avait conduit plusieurs personnes convaincues d'avoir trempé dans l'horrible évènement de la rue Saint-Nicaise. Je nommai Raoul, je le désignai au greffe.

— Attendez, attendez me répondit un des employés; Raoul, c'est bien comme cela que s'appelle, je crois, le jeune prisonnier qui s'est tué ce matin; c'est un grand malheur, car il aurait sans doute nommé ses complices; et alors il me regarda avec méfiance.

— Mais je me nommai, je montrai mes papiers, car chacun était encore forcé pour sa sûreté de porter un certificat de civisme. Mon nom et les preuves que je lui donnai que j'étais loin d'être l'ami du vendéen, rendirent à l'employé une entière confiance, et il m'apprit que le prisonnier Raoul s'était tué avec un pistolet, qui lui avait été apporté le matin par une jeune femme.

— Sans doute sa maîtresse, ajouta-t-il en souriant un peu, car l'amour se fourre partout.

Et, enchanté de cette charmante plaisanterie, il m'apprit encore que le geolier était aux fers, pour avoir laissé pénétrer quelqu'un près du prisonnier; qu'il serait traité avec d'autant plus de sévérité que ce jeune Raoul tenait à une ancienne famille, et avait dit-on des relations fort étendues.

On l'a fouillé hier quand il est entré, continua-t-il; on a trouvé beaucoup d'or sur lui et des armes, mais aucun papier; il s'est laissé dépouiller sans résistance, seulement il a défendu comme un lion une longue tresse de cheveux blonds cachée sur son cœur; ma foi je crois qu'on la lui a laissée et qu'elle est restée sur son cadavre, qui est là continua-t-il, en montrant une petite porte basse; si vous voulez le regarder vous en êtes le maître, cela fait du bien, il me semble, de voir mort les ennemis de celui qu'on aime et qu'on révère, et j'écartelerais de mes propres mains ceux du premier consul.

Après cette belle sortie, que je dus sans doute

à mon nom et aux papiers que je lui avais montrés, l'employé se mit à répondre au sujet d'une autre affaire, et moi je pénétrai dans une salle basse et humide où était déposé le cadavre du vendéen. Les sentimens où j'étais un instant auparavant, me faisaient supposer que j'éprouverais comme de la jouissance à voir sans vie celui qui avait été si fatal à mon bonheur.

Mais quel ressentiment peut durer à l'aspect d'un être insensible, mort, et mort par sa seule volonté ! Il semble que ce courage, qui a su le soustraire à l'outrage et à la vengeance, répande sur son corps comme une auréole de gloire, et je ne vis plus dans lui un conspirateur, presque un assassin, je ne vis plus dans lui l'amant aimé de ma femme, mais un être au dessus du vulgaire, et ma colère s'éteignit devant son front calme et fier encore.

Il s'était tiré au cœur, et sans doute la mort ne s'était pas fait attendre, car ses traits n'étaient nullement altérés; qu'il était remarquable encore; ses beaux cheveux noirs et bouclés accompagnaient et faisaient ressortir sa figure pâle et expressive encore toute insensible qu'elle fût. Une mauvaise couverture enveloppait son corps; je l'écartai pour chercher sa poitrine, car sa poitrine cachait un trésor que ma jalousie lui enviait; elle était sanglante, et sa main gauche tenait l'objet qui avait été sa dernière pensée et qui dominait la mienne; les cheveux d'Eudoxie, souillés de son sang, étaient roulés autour de ses doigts qui semblaient encore les défendre.

Je reculai, et, je ne rougis pas de l'avouer, ma colère s'éteignit devant cette preuve d'amour, qui avait en quelque sorte survécu à la vie.

Garde ton trésor, prononçai-je d'une voix sombre, malheur à moi si, par vanité ou par colère, j'essayais de t'en priver; reçois aussi mon serment de ne point ajouter au désespoir de celle qui partagea ton fatal amour; si elle vit, je pardonnerai!

CHAPITRE XXIV.

L'Isolement.

Mais c'était bien vainement que j'avais promis de pardonner ; la mort, plus impitoyable que moi, devait se charger de ma vengeance, ou plutôt de me punir ; car, pourquoi avais-je épousé cette jeune fille? pourquoi n'avais-je pas voulu voir qu'elle en aimait un autre? L'amour et la vanité m'avaient trompé; j'avais cru que la raison pouvait influer sur le bonheur d'une femme; j'aurais dû savoir que, du moment qu'on voulait la mêler à sa destinée, elle ne lui offrirait aucun bonheur.

Malgré tous les soins, tous les secours de l'art et mon désespoir, Eudoxie s'éteignit le quatrième jour de la catastrophe qui avait amené la mort de son amant; et elle ne retrouva une seconde de connaissance, avant de la perdre pour jamais, que pour croiser ses bras sur sa poitrine et prononcer avec passion le nom de Raoul.

Elle n'eut ni un regard, ni un souvenir pour celui qui la veillait avec tant d'inquiétudes et d'angoisses; pour celui qui pleura sur sa tombe et la couvrit de fleurs, et qui demeura seul, jeune encore, mais vieilli par la méfiance et le chagrin.

Aussi, dès ce moment, je me demandai avec effroi ce que c'était que la vie, où tout est déception et mensonge; où la tromperie et la trahison germent dans le cœur des compagnes que le ciel nous destine, et empoisonnent notre passé, notre présent et même notre avenir? Car, de ce moment, ajouta Regnaud, je crus avoir renoncé pour toujours à laisser jamais prendre le moindre empire sur mon âme, à un sexe qui est rarement généreux quand il connaît son empire ; je n'ose répondre d'avoir bien tenu la promesse que je m'étais faite ; mais enfin, pendant du moins le cours de bien des années, je ne m'occupai que de choses sérieuses et de politique.

Cependant le temps était passé où ma chimère de liberté, qui aurait peut-être seule pu me consoler en la voyant triompher, m'offrait quelques consolations ; le colosse, qui commençait à peser sur l'Europe, l'emportait chaque jour sur elle en semblant la protéger ; chaque jour, en affectant de l'encenser, il rivait ses chaînes qu'il couvrait il est vrai de tant de gloire, que les Français, toujours les mêmes, s'applaudissaient de se voir encore sous le joug d'un maître, quand ce maître était le premier conquérant de l'univers. Mais qu'importait à la liberté de se voir remplacée par le diadème d'un empereur, ou la couronne d'un roi, dès qu'elle était perdue pour ses plus zélés partisans ; car le sceptre de Napoléon était une épée, et une épée à deux tranchans, et sûr de son pouvoir il ne s'amusa point à discuter avec les opinions, il les fit taire.

Sans doute les gens qui réfléchissaient, qui connaissaient l'esprit français, savaient bien que la révolution n'était pas finie, et qu'elle renaîtrait de ses cendres chaudes encore; mais qui aurait osé lever l'étendard de la révolte? quelque opinion que l'on eût, on se taisait.

Peut-être n'eût-il tenu qu'à moi alors d'obtenir un emploi, d'être quelque chose dans le gouvernement enfin; mais mes malheurs domestiques m'avaient autant lassé que nos secousses politiques, et puis, ce soldat si modeste, qu'il avait fallu forcer, a dit M. de Talleyrand, de sortir de son obscurité, ce soldat, depuis qu'il avait goûté de la puissance, ne voulait pas être entouré d'austères républicains; il lui fallait des courtisans et des flatteurs. Mais il fallait encore qu'ils portassent de grands noms, et la plus ancienne noblesse n'était pas trop noble encore pour l'attendre dans ses antichambres : les Talleyrand, les Larochefoucault, les Narbonne, les Turenne ne se refusaient plus à venir mendier un sourire de celui qui s'était fait roi, et pour qui était observateur, c'était une assez drôle de pasquinade que les levés et les cercles des Tuileries, où l'empereur commandait d'un regard et rassurait d'un sourire.

Pauvre château, où avaient dormi et conspiré tant de têtes couronnées; où avaient été fait et défait tant de puissances. Au milieu de ses murailles s'étaient pavané quelques vieux rois, qui s'étaient crus bien forts parce qu'ils ordonnaient des carrousels, et remportaient de loin quelques victoires à l'aide de leurs connétables et de leurs maréchaux!

Puis était arrivé cette horrible terreur, qui avait découvert combien la nation française pouvait être à la fois et légère et cruelle; ensuite la Convention avait assis sa puissance républicaine dans les salles encore fleurdelisées, et cette belle chimère de liberté s'était vue caressée un instant par un jeune guerrier qui promettait de la soutenir toujours; mais l'intérêt personnel, l'égoïsme lui crièrent qu'il était bien bon de s'arrêter quand il pouvait monter encore, et alors il avait changé son honorable épaulette de général en chef contre le manteau impérial, et le petit chapeau si révéré contre les diamans d'un diadême. Cependant, comme il n'avait point relégué au garde-meuble sa défroque de soldat, comme il commandait toujours lui-même ses armées, il était toujours aimé de ses vieux braves, et c'était avec enthousiasme, avec entraînement, qu'ils le suivirent des brûlans déserts de l'Égypte aux rives glacées de la Bérésina ; ils étaient sûrs de vaincre dans ce temps. A cette époque, que c'était beau à voir une revue aux Tuileries, au temps où ces belles masses d'hommes s'ébranlaient pour aller chercher la mort ou la victoire !

Oh ! alors, tout austère républicain que je fusse, continua Regnaud, je ne le cache point, j'étais glorieux d'être Français, et de ma bouche, peu accoutumée à la flatterie, s'échappait malgré moi le cri de vive l'empereur ! car il me semblait que je criais : vive la gloire !

Cependant, au milieu de ces prestiges, je regrettais toujours cette liberté qui s'éloignait chaque jour, car chaque jour le vainqueur devenait plus despote.

Dans les commencemens de son règne, ce n'avait été pour ainsi dire qu'en tâtonnant qu'il avait osé lui porter atteinte à cette liberté qu'il avait juré de défendre ; mais à peine fut-il empereur, que les républiques, instituées par lui pendant le Directoire, furent changées en royaumes; puis, arriva, à la prière du Pape, la suppression du calendrier républicain; puis la création d'une nouvelle noblesse; des principautés et des fiefs furent érigés pour les grands dignitaires, des duchés pour les maréchaux et la haute magistrature, des comtés pour les sénateurs, des baronies pour les préfets, des majorats pour les aînés; arriva enfin une sévère censure pour les journaux, qui de deux cents furent réduits à douze; puis nous eûmes la loi qui rétablissait l'esclavage des nègres dans les colonies rentrées sous la domination de la France par le traité d'Amiens.

Hélas! la domination de Napoléon se faisait sentir chaque jour davantage, et les républicains les plus prononcés cédaient tour à tour à l'ascendant de celui qui menait les hommes avec la gloire, des décorations et de l'or.

Que fis-je dans tout cela, poursuivit Regnaud? Je souffris et me tus; mais je prévis que les Français supporteraient tout tant que le bruit du canon et des victoires les étourdirait. Mais qu'ils murmureraient et se lasseraient à l'aspect des revers : la guerre d'Espagne avait commencé à irriter contre Napoléon, celle de Russie fit tant de familles malheureuses qu'on inventa d'odieuses paroles pour salir celui dont naguère on faisait un dieu.

Alors je vis cet empereur si admiré, accablé naguère de tant de cris et d'acclamations, passer sans qu'aucune voix s'élevât pour le saluer, sans qu'aucun chapeau s'abaissât devant lui. Il n'était plus vainqueur, on le jugeait. Puis arriva cette campagne de Leipsik où les dernières espérances s'évanouirent; il fallut défendre le sol sacré de la patrie, et quoiqu'il montra un courage admirable aux batailles de Montereau, de Champ-Aubert, comme il ne fut point vainqueur, on l'abandonna comme s'il devait être toujours invincible; il essaya de mourir, et ne put réussir, puis il abdiqua, et fut en exil, alors accourut cette vieille royauté qu'aucun de nos enfans ne pouvait comprendre, et ils se demandaient ce que c'était que Louis XVIII. Seulement le nom du comte d'Artois était un peu moins inconnu, car il rappelait à leur mémoire le souvenir des folies qu'ils avaient entendu raconter à leurs pères.

Pourtant on accueillit tout cela, car on était malheureux, et on voulait un changement, quelques anciens, j'étais du nombre, avaient espéré que la chute de l'empereur ramènerait la république; mais, bah! à qui convenait-elle? qu'au peuple, et depuis quand pense-t-on à lui.

D'ailleurs ce ne furent pas les Français qui choisirent, mais tous les rois de l'Europe qui crurent anéantir la révolution en nous imposant ceux qu'elle avait chassés.

Les Bourbons régnèrent quelques mois, ne commettant que des fautes, faisant du mal en voulant ménager tout le monde. Napoléon revint alors, il promit de ne plus être tyran, et de toujours vaincre; il fut jouer la comédie au champ de Mai, laissant le regret à ceux qui l'avaient admiré de le voir une fois ridicule. Puis il repartit encore, mais cette fois ce fut pour aller mourir prisonnier, lui qui avait fait tant d'esclaves!

Enfin, on accepta la tranquillité sans gloire, et une sorte de bonheur passif, et tour à tour tourmenté, cahoté, changeant de ministres et de lois, on se tut long-temps, car on était las. Mais, ma foi, on en vint à casser les vitres : comme il faisait beau temps et chaud, que le soleil était superbe pour se battre, le peuple, c'est-à-dire la jeunesse, se souleva d'abord, les autres s'en mêlèrent ensuite, et on renversa un roi, on exila un enfant, pour avoir la liberté. Tout cela était beau, tout cela était bien, mais il faut que les Français jouent de malheur, car c'est une chose qu'ils demandent sans cesse, pour laquelle ils hurlent comme s'ils ne pouvaient s'en passer; et pas de peuple cependant qui se contente mieux de belles paroles, et se laisse plus prendre à la glu du mensonge. Maintenant le voilà accablé, malheureux, presque fâché d'avoir fait une révolution qui l'a rendu plus misérable qu'il n'était encore, prêt à redemander ce qu'il a rejeté, vivant d'émeutes au jour le jour, et désirant la prison pour avoir du pain.

Voilà où nous en sommes, dit Regnaud en achevant son récit. Il est vraisemblable que la tranquillité est encore bien loin de nous; car au moment où nous causons là bien tranquillement au coin du feu, des Français se battent, et se tuent entre eux, et demain les prisons régorgeront de nouvelles victimes. Mais ma vie politique est finie, je ne me mêle plus de rien, et je n'ai plus qu'un désir, vous le connaissez, mon cher Verneuil, je ne sais pourquoi je dissimulerais devant nos amis. Je vous ai demandé votre Louise, et il me tarde d'avoir votre réponse et la sienne : mes années s'écoulent, et j'en ai peu maintenant à donner au bonheur.

Le père de Louise parut triste et embarrassé, et répondit pourtant à Regnaud qu'il espérait lui donner bientôt une réponse précise.

En achevant ces paroles, le vieux Verneuil rencontra les regards du comte de Villebois, et il y lut tant de douleur qu'il en fut vivement affecté ; mais il était très tard, et les amis se séparèrent.

CHAPITRE XXV.

Le Rival généreux.

Louise avait passé une de ces nuits douces et délicieuses que la Providence envoie de temps en temps pour rendre au corps de la force et à l'âme du courage, une de ces nuits où ce n'est pas au sommeil qu'on doit le bonheur, mais plutôt à une douce veille qui vous rappelle la félicité que vous venez de ressaisir, et la certitude de celle qui vous attend.

Cependant, il faut l'avouer, au milieu de cette joie enivrante Louise, comme nous l'avons déjà dit, s'effrayait un peu de l'effet que produisait sur M. de Villebois la présence d'Emmanuel. Mais peu à peu l'amour plus fort qu'une douce préférence, plus fort qu'une amitié de femme qui pâlit toujours devant la passion, lui fit chasser toutes ses craintes ; et quoiqu'elle n'eût pas dormi, elle se leva de bonne heure pour envoyer sa lettre à Emmanuel, car elle avait promis à son père de ne revoir M. de Ternan qu'en sa présence, et de ne pas aller chez madame Martin.

Le vieux Verneuil dormait encore, et Berthe n'était qu'à moitié éveillée ; aussi n'était-elle que peu disposée à se charger de la commission que lui donnait sa jeune maîtresse. La pluie tombait par torrens : elle avait son café à faire ; mais toutes ses raisons qu'elle trouvait si convainquantes avaient peu de crédit sur l'esprit de Louise, qui lui promit qu'elle ferait le café, qu'elle veillerait à tout ce dont son père pourrait avoir besoin, et moitié persuasion, moitié obéissance, la vieille gouvernante se disposait à sortir quand la servante de madame Martin entra dans la petite salle , l'air très ému et les larmes aux yeux.

— Mon Dieu ! s'écria Louise, à qui la contenance de la jeune fille annonça de suite un malheur. Mon Dieu ! qu'y a-t-il, madame Martin, et elle nommait celle-ci quoique ce ne fût ni sa première ni sa plus inquiétante pensée.

Madame n'est pas plus mal, dit la pauvre fille, mais elle est bien inquiète et bien tourmentée ; M. de Ternan n'est pas rentré depuis hier, nous n'en avons pas entendu parler. A huit heures du soir plusieurs hommes se sont présentés au nom du roi, ont demandé qu'on ouvrit sa chambre, et ont saisi toutes les papiers qui s'y trouvaient. Madame a assuré qu'il n'était arrivé que du matin, et que c'était pour cela qu'il n'était pas inscrit sur son livre, et aussi nous espérons qu'elle échappera à l'amende.

— Et qu'importe l'amende, interrompit Louise en retenant ses larmes; Emmanuel n'est pas rentré, on a saisi ses papiers, bien sûr il est arrêté ; et tout en parlant la jeune Louise relevait ses cheveux avec précipitation, chaussait ses brodequins, ne les lassait qu'à moitié, et faisait enfin avec promptitude ses préparatifs pour sortir.

— Où voulez-vous aller, ma chère demoiselle, s'écria Berthe; que voulez-vous faire pour ce jeune fou qui vous a déjà causé tant de chagrin? Laissez-le payer ses extravagances, et quelque chose qui arrive, ma foi, il ne l'aura pas volé. J'entends monsieur qui se lève, le déjeûner est prêt, il fait un temps épouvantable, on ne mettrait pas un chien dehors.

Mais Louise ne l'écoutait pas, et quoique devenue plus pâle et plus tremblante, elle jeta sur ses épaules le manteau qu'elle avait laissé la veille dans la petite salle, plaça sur sa tête son simple chapeau, et sans répondre à Berthe, ouvrit la porte et s'élança dehors.

Presque au même instant le vieux Verneuil entrait par l'autre côté, il sut tout de Berthe et de la servante de madame Martin, il s'approcha de la fenêtre et eut encore l'espoir de rappeler sa fille, mais elle était déjà loin.

— Savez-vous où elle va, prononça-t-il avec un grand découragement, et comment n'avez-vous pas essayé de la retenir, Berthe?

— Mon Dieu! monsieur, répondit celle-ci, je l'ai essayé, mais mademoiselle est si accoutumée à faire sa volonté ; elle est d'ailleurs si prudente, si réservée, que... Cependant depuis que ce jeune étourdi lui a tourné la tête...

M. de Verneuil lui fit signe de se taire, et engagea la servante de madame Martin à retourner près de sa maîtresse et à l'assurer qu'elle aurait des nouvelles de sa fille dans la journée. Puis il attendait le retour de Louise en se livrant aux plus désolantes conjectures.

Louise, qui abandonnait ainsi son vieux père aux plus vives inquiétudes, marchait avec rapidité vers son but, et ne faisait attention ni à la neige fondue qui tombait abondamment, ni aux regards des passans qui remarquaient son émotion et la précipitation de sa marche.

— M. de Villebois est-il chez lui ? demanda-t-elle vivement au concierge de l'hôtel où logeait le comte.

Celui-ci répondit que oui assez négligemment, et indiqua le numéro de l'appartement.

Louise monta légèrement l'escalier, mais arrivée devant la porte que indiquait le numéro, elle sentit un malaise, un embarras pénible que son émotion et le motif de son étrange démarche l'avaient empêché jusque là d'écouter; elle hésita à sonner ainsi elle-même chez un homme d'un extérieur aussi remarquable que celui du comte, et dont l'amitié pour elle était, elle n'en pouvait douter, extrêmement vive.

Elle redescendit donc, et pria le concierge d'appeler le valet de chambre de M. de Villebois; il vint, et reconnaissant mademoiselle de Verneuil chez qui son maître l'avait envoyé plusieurs fois, il ne crut pas, quelle que fût la position obscure de la jeune personne, ne pas devoir se montrer très respecteux envers elle, il la conduisit dans le salon qui précédait la chambre de son maître, en l'avertissant qu'il allait le prévenir.

Mais pendant le peu de temps que celle-ci demeura seule, son premier trouble étant un peu calmé, elle considéra la démarche qu'elle venait de se permettre, et elle en sentit toute l'inconvenance. Cependant, quand elle l'aurait voulu, elle ne pouvait retourner sur ses pas, car M. de Villebois entra avec empressement dans le salon où Louise, debout et indécise, l'attendait.

— Qu'y a-t-il, prononça le comte avec le plus vif intérêt, qu'avez-vous, Louise? et votre père que j'ai quitté si tard cette nuit?...

— Il est bien, très bien, répondit la jeune fille le front brûlant de rougeur et les yeux pleins de larmes. Mais, monsieur le comte, je suis bien malheureuse, et je viens à vous.

Le comte se douta à l'instant même qu'il s'agissait d'Emmanuel, et quelque fût sa générosité et l'empire qu'il avait sur lui-même, sa figure prit une expression de tristesse que Louise expliqua comme de la froideur. Elle dit alors avec beaucoup d'embarras et un peu de fierté:

— Je ne vous demande qu'un conseil, monsieur; je ne veux pas abuser des protestations d'amitié que...

Le comte lui jeta un regard de reproche; elle dit alors avec une douleur mêlée d'entraînement.

— M. de Ternan est arrêté, on a saisi ses papiers.

— Hélas! cela ne m'étonne point, répondit le comte tristement; mais, Louise, que voulez-vous y faire; vous qu'il a tant offensée, qui êtes séparée de lui, et qui enfin n'en aviez pas entendu parler depuis bien long-temps.

— Je l'ai vu hier, et je lui ai pardonné, murmura-t-elle en tremblant, et je ne puis supporter l'idée de son malheur.

— Eh bien! dit alors M. de Villebois avec effort, eh bien! alors, Louise, c'est à vous de me dire ce que vous voulez faire? Quant à moi, je sais qu'il faut que je ne néglige rien pour le sauver, à cause de vous, Louise, à cause de sa mère, à cause de ma conscience. Mais, dites-le moi, ajouta-t-il avec une fermeté qui glaça Louise, pourquoi ne pas m'avoir fait dire que vous désiriez me voir, auriez vous douté de mon empressement à vous obéir? avez-vous songé comment on pourrait interpréter la démarche que vous faites aujourd'hui? Hélas! il faut que votre amour soit bien fort et bien violent pour vous compromettre ainsi en vous mêlant de la destinée de ce jeune homme qui a bien mérité son malheur.

— Ah! songez où il est, s'écria Louise, et quels dangers l'environnent.

— Vous l'aimez, et vous voulez que je le plaigne, continua tristement le comte; vous l'aimez, et vous venez me demander de le sauver.

Puis faisant effort, le comte reprit avec fermeté :

— Vous avez bien fait Louise, et votre confiance ne sera point déçue. Mais, rentrez chez vous, je vous en conjure ; tâchez de vous calmer et de cacher à tous les yeux l'inquiétude qui vous agite. Je verrai, je m'informerai de ce qu'est devenu M. de Ternan, et, je vous le jure sur l'honneur, Louise, je ne négligerai rien pour le sauver; mais de votre côté, jurez-moi de ne rien faire qui puisse vous compromettre.

— Ai-je donc rien fait qui vous donne le droit de me croire si légère, et la preuve de confiance que je vous ai donnée en venant ici, monsieur le comte, méritait-elle une si dure observation.

— Chère Louise, reprit M. de Villebois, vous êtes à mes yeux l'être le plus pur et le plus digne de respect, et j'exposerais cent fois ma vie pour défendre la vôtre; mais vous avez pardonné, Louise, vous avez pardonné malgré les torts affreux de M. de Ternan; il faut que son empire sur vous soit bien puissant.

Louise se tut, car elle sentait que le comte avait raison; et lui, honteux d'avoir laissé deviner tout l'empire que l'amour avait sur son âme, pria de nouveau mademoiselle de Verneuil de rentrer tranquillement chez son père, et lui jura qu'il sacrifierait tout au monde pour sauver M. de Ternan.

— Louise, je vous le jure, répéta-t-il plusieurs fois avec fermeté, je le sauverai, et dans quelques heures vous aurez de mes nouvelles; attendez-les avec confiance.

En écoutant ces paroles de M. de Villebois, Louise lui tendit la main et lui promit de suivre ses conseils.

— Si je puis le voir, reprit-il, que voulez-vous que je lui dise, Louise? car, en vous conseillant la prudence, je ne veux pourtant pas faire souffrir votre cœur et celui d'Emmanuel.

— Hélas! répondit la jeune fille, dites-lui que je suis bien à plaindre; qu'il ait toute confiance en vous; dites-lui que vous êtes l'ami le plus tendre et le plus généreux.

— Oh! je lui dirai combien vous l'aimez, prononça tristement le comte; s'il le faut même je lui apprendrai. . . .

Louise le regarda avec étonnement, mais il ne s'expliqua pas davantage, et la conduisant respectueusement jusqu'à la porte, il la quitta ensuite précipitamment.

Le premier soin de M. de Villebois fut de se munir de beaucoup d'or et de courir d'abord à l'état major; mais on ne savait rien d'Emmanuel, seulement qu'il devait être à Paris ou aux environs, car son congé avait encore plus de quinze jours à courir. Il ne douta plus alors qu'Emmanuel ne fût entre les mains de la police, et il se trouvait encore plus embarrassé pour le parti qu'il allait prendre, quand il rencontra Regnaud. M. de Villebois songea qu'il pouvait lui procurer quelques moyens pour découvrir Emmanuel, et il allait lui en parler quand celui-ci prévint sa question en lui demandant quelques minutes d'entretien. M. de Villebois allait objecter de pressantes affaires; mais, sans écouter sa réponse, Regnaud l'entraîna dans un café, et commanda à déjeûner avec la précipitation qu'il mettait dans tout, ensuite il dit:

— Venons au fait, mon cher comte, et veuillez mettre avec moi franchise pour franchise; vous aimez la fille de Verneuil, j'en suis sûr, moi j'ai la sottise d'en être amoureux comme un fou, vous avez fait votre demande n'est-il pas vrai? et elle vous préfère. J'aime mieux savoir tout de suite la vérité.

— Mais, répondit le comte en souriant à demi, l'amour est un sujet sur lequel il n'est pas toujours facile de le dire. Hier je savais bien que Louise était charmante, que je la préférais à toutes les femmes, mais ce matin seulement je me suis convaincu combien était profond l'amour que j'avais pour elle.

— Comment ce matin, interrompit Regnaud, qu'est-il donc arrivé?

— J'ai la certitude qu'elle aime toujours Emmanuel de Ternan.

— Ah! si ce n'est que cela, nous n'avons, ni vous, ni moi, beaucoup à craindre, l'imprudent jeune homme a été arrêté hier et est au secret à la Conciergerie; on dit qu'il est fortement compromis dans cette échauffourée des Prouvaires qui a éclaté cette nuit. Vous verrez que, suivant la coutume, le pauvre diable payera pour les autres, ils le perdront pour se sauver; c'est ainsi qu'ils font toujours.

— Et quand il est si malheureux, dit le comte, serait-il généreux de chercher à lui enlever celle qu'il aime? Vous en êtes aussi incapable que moi, n'est-il pas vrai, mon cher Regnaud? laissons passer ce mauvais moment pour lui, ensuite nous verrons, si toutefois cependant il est prudent à nous de vouloir conquérir un cœur tout à un autre.

— Sans doute, sans doute, dit Regnaud en avalant brusquement une tasse de thé, et je devrais être bien dégoûté de l'amour, car il m'a assez mal traité, et ce sera encore trop s'il me reste un rival comme vous, mais n'importe, d'ailleurs je ne vous cache pas que la position de ce jeune homme me touche malgré moi. J'ai été très lié avec lui dans le temps où il montrait tant d'honneur et de courage. C'est même moi qui, avec mon bonheur ordinaire, l'ai présenté chez Verneuil. Mais qui allait se douter que cette jeune fille et lui s'attacheraient l'un à l'autre, qui allait se douter surtout que Louise l'aimerait encore après son intrigue avec cette Saint-Firmin. Ah! pardon, j'oubliais que vous l'avez encore supplanté là; je suis curieux de savoir comment vous arrangez cette intrigue avec votre amour pour Louise.

— Vous ne me croiriez pas, répondit le

comte en souriant, mais, mon cher Regnaud, il faut que je vous quitte, il est déjà midi, et j'ai une affaire essentielle à cette heure. Mais puis-je compter que vous serez bon, généreux, comme de coutume? vous le savez, je connais la mère de M. de Ternan, et vous-même, mon cher Regnaud, vous seriez empressé d'aider au salut de son fils.

— Que voulez-vous dire, s'écria Regnaud? mais n'importe, je vois que vous êtes pressé, et je puis vous assurer que je vais m'occuper à l'instant même de cette affaire. Il me reste encore des amis qui pourront nous servir, nous disputerons ensuite, quand M. de Ternan ne sera plus en danger, cette petite part de bonheur si chanceuse quand elle dépend d'une femme. Au revoir donc, vous pouvez compter que je ne perdrai pas un moment.

Et ils se quittèrent. Le comte se jeta dans un cabriolet, et ordonna qu'on le conduisît chez la comtessse de Saint-Firmin. Elle était encore au lit, mais on le fit entrer dans le boudoir de la grande dame, qui le fit assurer qu'il n'y resterait pas long-temps seul.

CHAPITRE XXVI.

La Confiance bien placée.

Le cœur de madame de Saint-Firmin avait tressaillit à l'annonce de la visite de M. de Villebois, car sa tête était plus montée que jamais pour lui, et quelque fut le motif qui l'amena, il devait en avoir un pour se présenter plus tôt que de coutume, après surtout qu'ils s'étaient quittés si tard la nuit dernière ; quelque fût le motif de cette visite, elle y voyait une raison pour le croire occupé d'elle, et cette pensée la rassurait, car elle l'avait trouvé au bal triste et distrait, cependant il lui avait donné la main jusqu'à sa voiture ; il n'avait paru occupé d'aucune autre femme, mais enfin il ne s'expliqua pas, et madame de Saint-Firmin commençait à s'étonner de tant de retenue, d'autant plus qu'Emmanuel n'était plus là pour donner de la jalousie au comte ou pour l'empêcher de s'avancer.

Au grand contentement de madame de Saint-Firmin, il était disparu ; mais elle ne s'était nullement occupé de ce qu'il était devenu, elle avait à peine écouté la veille son beau-frère lui disant qu'il craignait que l'affaire de la rue des Prouvaires ne fût manquée, il avait ajouté, il est vrai, qu'il était tranquille, que ni elle, ni lui, ni les grands personnages à qui elle avait donné à dîner, ne seraient compromis.

Peut-être, avait-il ajouté avec un froid égoïsme, peut-être quelques mauvaises têtes, quelques jeunes gens qui se sont mis en avant paieront pour tous, mais d'abord pourquoi ont-ils voulu se faire conspirateurs, laplupart d'ailleurs n'ont-ils pas été payés? En tout et par tout, il faut des victimes, avait-il ajouté avec cette froide tranquillité que la vieillesse a presque toujours en parlant des autres; et puis, pour se mettre à l'abri de toute inquiétude, il avait proposé à sa belle-sœur de se charger d'un paquet de papiers qu'il ne voulait pas détruire, mais qu'il avait des raisons pour ne pas garder chez lui.

Une jolie femme, avait-il ajouté avec une douce flatterie, car il avait besoin d'elle, sera plutôt soupçonnée de recéler des billets doux que des projets de conspiration.

Il lui avait laissé tous les papiers qu'elle avait jeté dans un petit meuble qui ornait son boudoir et qui fermait à peine, tant la futile et frivole comtesse y mettait peu d'importance. Elle en attachait bien plus à paraître avec avantage devant M. de Villebois dans l'élégant négligé qu'elle revêtit à la hâte. Mais elle n'était plus à l'âge où une toilette du matin se fait précipitamment, à cet âge où ce qu'on laisse voir est une coquetterie bien entendue. Il lui fallait de l'art dans une toilette du matin, et l'art ne s'emploie pas promptement. Aussi le comte avait-il eu le temps de rêver à la manière dont il s'y prendrait pour toucher le cœur d'une femme qu'il croyait remplie d'une coquetterie froide, égoïste et incapable d'aucune sensibilité. D'ailleurs M. de Villebois n'était pas un fat, et quoiqu'il connût assez le monde et les femmes pour s'apercevoir qu'il ne déplaisait pas à la comtesse, il ne s'imaginait pas que son empire sur elle fût aussi bien établi, il craignait d'échouer dans une démarche qu'il regardait comme bien importante puisqu'il s'agissait de la vie d'Emmanuel et du bonheur de Louise.

De Louise, à la pensée de la jeune fille un profond découragement s'empara de Pétrowski; il s'avoua lui-même qu'il souffrait de son sacrifice et qu'il aimait passionnément. Mais ce n'était point à son âge, ce n'était point avec l'empire qu'il avait sur lui-même, que le comte devait hésiter à servir Emmanuel et à se sacrifier. Il sauverait le jeune homme par honneur, par justice et peut-être par intérêt pour lui-même, car il connaissait le cœur humain, et celui des femmes pour hésiter.

Il était encore plongé dans ses réflexions, quand la comtesse entra brillante, parfumée, le sourire sur les lèvres et la coquetterie dans les yeux.

— C'est une bien aimable surprise que votre présence, monsieur le comte, dit-elle, en se plaçant contre le jour et en se laissant tomber avec grâce sur le divan où elle l'engagea à s'asseoir près d'elle. Du reste si vous avez aussi peu dormi que moi, vous avez dû être réveillé de bonne heure.

— J'ai pensé toujours à vous depuis que je vous ai quitté, reprit le comte avec une galanterie presque tendre ; je vous voyais belle, et charmante, et bonne surtout comme j'espère que vous le serez toujours.

La comtesse jeta à Petrowski le regard le plus encourageant, il reprit :

— Je viens vous demander de m'aider à faire une bonne action, à sauver un infortuné. N'est-il pas vrai que vous ne me refuserez pas?

— N'en doutez pas, s'écria la comtesse, quoique assez gênée dans ce moment, je puis cependant donner de l'or, ou bien faire quelques démarches dans les ministères, quand ce serait pour un étranger, il suffit qu'il vous intéresse.

— Je n'attendais pas moins de vous, dit le

comte en lui baisant la main qu'il retint dans la sienne. Mais il ne s'agit pas d'un étranger, mais de ce jeune Emmanuel de Ternan, de cet ami de votre fils, et qu'à ce titre vous receviez souvent.

La comtesse laissa échapper un signe très marqué d'humeur, et dit :

— Je ne croyais pas, monsieur le comte, que vous viendriez me demander quelque faveur pour M. de Ternan, je croyais même qu'il vous plaisait peu.

— Sans doute, sans doute, dit le comte qui sentait qu'il fallait mentir ; son assiduité auprès de vous me contrariait, et je ne vous l'ai pas caché ; mais je connais sa mère, je lui ai juré de sauver son fils qui sera perdu si vous ne venez pas à son secours, d'autant plus que je mettrai une condition à votre générosité si nous parvenons à le tirer du mauvais pas, c'est qu'il quittera la France.

— Mais ne serait-ce pas plutôt, s'écria la comtesse avec inquiétude, pour éloigner Emmanuel de cette jeune fille dont vous êtes, dit-on, très occupé, monsieur le comte ?

— En vérité, répondit celui-ci avec effort,

je m'étonne que vous puissiez croire ainsi tous les mensonges, ou toutes les inepties que la méchanceté, ou plutôt le désœuvrement font tenir. Je vais quelquefois, souvent même, chez l'ami de Chavagnac qui est le mien, la fille de M. de Verneuil est d'une beauté remarquable, il est vrai, et de suite on a bâti une fable aussi inconvenante qu'invraisemblable. Je crois du reste que cette jeune personne est constante dans ses affections, et que s'il est possible de sauver son amant et de lui faire quitter la France, elle le rejoindra peut-être un jour.

Il serait généreux à vous, belle comtesse, d'aider au bonheur de ces amans.

— Et vous, monsieur le comte, vous ne songez pas à quitter Paris ?

— Je serai toujours à vos ordres, répondit M. de Villebois en s'inclinant et évitant de répondre directement.

— Mais, reprit-elle, comment puis-je aider à sauver M. de Ternan, quel rapport...

— Aucun, je le sais, interrompit M. de Villebois, mais une femme aussi charmante que vous a bien de l'empire sur qui elle veut en avoir. On murmure qu'il y a dans tout ceci un faux complot dans lequel de grands seigneurs se sont prêtés, de concert avec la police pour s'assurer de la fidélité de quelques jeunes têtes autrefois républicaines, et devenues, dit-on, carlistes par opposition.

Vous pourriez, chère comtesse, continua-t-il en pressant tendrement la main de madame de Saint-Firmin, tâcher de savoir parmi vos connaissances s'ils auraient quelques preuves contre ce malheureux jeune homme, qui ne peut manquer de vous intéresser puisqu'il est du même régiment que votre fils, que vous avez honoré de quelques bontés, et, j'en suis sûr, avec cette finesse et cette grâce qui vous distinguent, vous pourriez les retirer de leurs mains; une femme est si habile quand elle veut faire le bien, et puis vous me prouverez l'empire que me donne mon amitié, empire dont vous me devez du reste d'autres preuves.

La comtesse essaya de rougir, mais ne répondit rien.

— Si vous me refusez, Albertine, reprit le comte, avec un dépit bien joué, je penserai que vous ne voulez pas donner à M. de Ternan les moyens de quitter la France.

En finissant ces paroles, il fit un geste comme pour se lever, madame de Saint-Firmin l'arrêta en lui disant :

— Il faut faire tout ce que vous voulez, prononça-t-elle avec passion, je ne puis surtout vous laisser le soupçon que vous manifestez. J'avoue donc que je suis dépositaire de papiers qui peuvent perdre M. de Ternan, ils me sont confiés, mais je vous donne ma parole de ne pas les rendre, et ils ne sortiront pas de mes mains.

— Il faut faire plus, s'écria le comte, il faut les détruire ou me les remettre.

— Impossible, c'est un dépôt, que dirai-je?

— Vous direz qu'on vous a avertie que vous étiez soupçonnée, qu'on devait visiter chez vous, et que dans l'intérêt de tous vous les avez détruits.

— Mais songez donc, s'écria-t-elle étourdiment, que je tiens ce dépôt de mon beau-frère, et que j'ai tout intérêt à le ménager puisqu'il me chicane sans cesse pour les affaires de la tutelle de mon fils, et que...

— Albertine, s'écria le comte avec emportement, si mes désirs ne sont pas plus puissans sur vous que toutes ces considérations, vous ne m'aimez pas!

— Ingrat! je n'ai jamais aimé que vous, prononça la coquette.

C'était peut-être le vingtième homme à qui elle adressait la même phrase. Alors commença entre elle et le comte une de ces scènes de tendresse et de tromperie où une femme amoureuse pour le moment ne sait quel sacrifice faire à sa passion. Le comte, de sang-froid, rougissant peut-être au fond de son âme de l'étrange rôle qu'il jouait, songeait pour en supporter le fardeau qu'il avait promis à Louise qu'elle serait heureuse, et puis ne faisons pas trop de mérite aux hommes de ce genre de sacrifice; il se peut qu'ils n'y trouvent pas le bonheur, mais le plaisir du moment, qui n'a, il est vrai, que la durée de l'éclair. Mais à quoi ce plaisir engage-t-il? A rien.

Mais la pauvre comtesse n'était plus la maîtresse de rien refuser au comte, et ce fut presque en maître qu'il reçut d'elle le rouleau de papiers que son beau-frère lui avait remis la veille. Mais que voulez-vous en faire, prononça-t-elle timidement?

— Soyez tranquille, lui répondit-il avec fermeté, je veux sauver la tête d'un homme, que je ne pourrais souffrir voir tomber sous la hache du bourreau; mais ces papiers ne sortiront de mes mains que pour être livrés aux flammes; fiez-vous en à mon honneur, Albertine.

Et il se disposa à la quitter.

— Déjà, s'écria-t-elle; mais vous reviendrez bientôt au moins? si ce n'est avant, je vous attends ce soir. Enfin, songez que je ne puis plus me passer de vous.

Il essaya de paraître partager l'empressement de la comtesse, lui promit de revenir le plus tôt possible, et dès qu'il l'eût quittée, il sentit seulement se soulever le poids de la chaîne qu'il venait de s'imposer.

Quand Emmanuel et Louise seront heureux, je quitterai la France pour toujours, se dit-il.

CHAPITRE XXVII.

Le Dévoûment.

Le comte courut se renfermer chez lui, ordonna qu'on ne laissa entrer personne, et développa devant lui les papiers qu'on venait de lui remettre. Il ne s'étonna pas; mais il frémit, en lisant les noms connus tracés au bas de ce pacte, écrit en entier de la main d'Emmanuel et signé de lui. Puis il trouva plusieurs lettres fort claires, fort positives, et qui pouvaient perdre beaucoup de monde; trahison d'autant plus indigne, qu'elle partait de gens employés par le gouvernement et recevant des marques de sa faveur.

M. de Villebois était trop homme d'honneur pour abuser du moment de faiblesse d'une femme, et il fut au moment de jeter tous ces papiers aux flammes; cependant, il pensa qu'il devait les conserver comme une sauve-garde pour Emmanuel; mais il crut, avec assez de raison, que ce dernier n'avait plus grand'chose à craindre, si on n'avait point trouvé chez lui de papiers pouvant le compromettre.

C'est ce qu'il était essentiel de savoir; mais pour cela il fallait arriver jusqu'à lui, et il était au secret; et quand le comte y parviendrait, serait-ce à celui qu'il haïssait, que M. de Ternan accorderait sa confiance? et pourquoi cependant le haïssait-il? C'était une question que M. de Villebois avait pu se faire long-temps, mais qu'il pouvait résoudre maintenant que les amans étaient réconciliés.

Oui, je suis, ou plutôt j'étais son rival, se

dit-il en soupirant, car j'aimais Louise, je l'aime encore passionnément! Hélas! à quoi donc m'ont servi tous les orages de ma vie, et les malheurs dont j'ai été le témoin et la victime, si je ne sais pas commander à mes passions?

Et il tomba dans le silence, se recueillit un instant et se trouva plus calme; car la réflexion apprend à l'homme qu'il ne faut pas qu'il s'étonne quand le bonheur lui échappe; d'ailleurs la réflexion lui disait aussi qu'il avait de grands devoirs à remplir envers ce malheureux jeune homme égaré, et il n'hésita plus; il ne se plaignit plus, car il n'avait point un instant à perdre. Il courut chez Regnaud.

Celui-ci n'était pas rentré, et sa vieille gouvernante grondait déjà entre ses dents de ce qu'il laissait refroidir son dîner, car il était dans la destinée de l'austère républicain d'être toujours mené par les femmes.

M. de Villebois annonça qu'il l'attendrait; heureusement pour son impatience il ne l'attendit pas long-temps; Regnaud arriva, la figure assez bouleversée, et s'écria en entrant que tout était perdu.

— Perdu ! répéta, avec terreur, M. de Villebois, qu'y a-t-il donc ?

La ménagère annonça que le dîner était servi ; et, malgré tout l'intérêt que ces messieurs mettaient à leur entretien, il fallut le quitter pour aller se mettre à table, et renoncer à toute conversation sur un article si important, car Regnaud connaissait la curiosité de sa gouvernante ; aussi le repas fut-il promptement expédié, et ils rentrèrent dans le salon.

— Le jeune de Ternan a été interrogé ce matin, s'écria enfin Regnaud, depuis ce temps il est resserré plus sévérement encore ; défense expresse de laisser approcher personne de lui ; enfin il est perdu, car on a trouvé chez lui des papiers qui le compromettent extrêmement, et puis on prétend qu'il y a des témoins très dangereux contre lui ; on va jusqu'à dire que les plus acharnés seront de jeunes républicains avec qui M. de Ternan a eu jadis de grandes relations d'amitié, et qu'il a, si ce n'est trahis, du moins abandonnés ; et puis, ces lâches carlistes pour se sauver lui mettront tout sur le corps, et il sera sacrifié !

— Quant à cette dernière crainte, répondit le comte, j'ai le moyen de l'empêcher; mais ces papiers, ces témoins, cette rigoureuse prison....

— Ah! oui, tout cela est affreux, s'écria Regnaud, mais nous n'y pouvons rien; d'ailleurs cet imprudent n'a-t-il pas mérité son sort? puis quel intérêt si grand pouvez-vous lui porter? il a trahi Louise; il s'est déshonoré.

— Mon cher Regnaud, reprit le comte avec gravité, tout cela peut-être vrai sans doute; mais qui, dans sa vie, n'a eu rien à se reprocher? Tenez, plus j'ai vécu, plus je suis devenu indulgent sur les fautes que les passions font commettre. Il est vrai que vous n'avez jusqu'à ce moment que votre bonté naturelle qui vous engage à vous intéresser au sort de ce malheureux jeune homme; mais moi, un devoir sacré, un devoir que je ne pourrais pas oublier, m'ordonne de sacrifier ma fortune, ma vie même pour sauver la sienne; je vous étonne, je le vois, mais l'instant est aussi venu pour moi, où je dois, par une confiance entière, répondre à celle que vous m'avez montrée; cependant, dans ce moment, le temps me manque, et d'ailleurs ce doit être en présence de M. de Verneuil. Qu'il vous suffise seulement de savoir que le penchant que vous éprouvâtes jadis pour Emmanuel n'a rien d'extraordinaire, car il sort d'un sang qui vous fut bien cher; madame de Ternan n'est autre que cette Elisma que vous avez tant aimée.

— Impossible, s'écria Regnaud!

— Rien n'est plus vrai, et voici ce qu'elle me marque pour vous dans sa dernière lettre :

Je reconnais bien, dans le portrait que vous m'en faites, l'austère mais le bienfaisant Regnaud, à qui j'ai dû la liberté et sans doute la vie. Si dans la route dangereuse dans laquelle mon fils s'est jeté, il avait besoin du secours d'un autre ami que vous, n'hésitez point à dire à M. Regnaud que je suis la mère d'Emmanuel. J'en suis sûre, il n'aura pas plus oublié l'objet de sa générosité, que je n'ai oublié mon bienfaiteur.

— Non, non, s'écria Regnaud, en bondissant sur son siége, je ne l'ai point oubliée; je sauverai son fils. Mais comment? . .

Et ils demeurèrent long-temps cherchant un moyen, mais ne trouvant que dangers et obstacles. M. de Villebois osait espérer de la justice et du peu de preuves qu'on avait peut-être contre Emmanuel.

— Ne vous flattez pas de cela, répondait Regnaud avec colère; si on le juge, il est perdu.

Depuis plus d'une heure ils cherchaient vainement ce qu'ils pourraient faire, quand un cri de joie sortit de la poitrine agitée du républicain; puis, avec l'entraînement et la véhémence qui lui étaient habituels, il parla en ces termes à M. de Villebois :

— J'ai été détenu, comme je vous l'ai dit, assez long-temps à la Conciergerie; parmi nos geoliers, il y en avait un, plus humain qu'on ne l'est dans son état et véritablement brave homme, chargé d'une nombreuse famille, et par conséquent misérable et nécessiteux. Son fils aîné, un grand garçon à peu près de mon âge, ne savait ni A ni B, et, quoiqu'avec un bon cœur, il faisait du mal par ignorance et par bêtise; j'entrepris de le déniaiser un peu; je lui enseignai à lire et à écrire, et plus tard, quand mes moyens et ma position me le permirent, je plaçai les autres enfans; enfin je fis toujours du bien à cette famille, par une suite d'habitude que j'avais contractée, et puis parce que le cœur humain se fait ainsi un besoin de bienfaisance.

Depuis des années donc cette famille m'est entièrement dévouée ; le père est mort, Mathias, son fils aîné, a succédé à sa place ; comme son père, il a eu plusieurs enfans, et j'ai encore placé tout cela. Maintenant Mathias est seul, sa femme est morte, ses enfans ne sont pas avec lui, et il se grise régulièrement tous les soirs. Il a laissé une fois s'échapper un prisonnier, et il a subi six mois de prison ; il faut que cela arrive encore ; mais cette fois, non par le hasard. Cependant, comme les suites pourraient en être plus fâcheuses pour lui, que d'ailleurs nous devons lui payer le temps où il se grisera entre quatre murailles, nous lui donnerons de l'or.

— Autant qu'il en voudra, s'écria le comte. Ah! mon cher Regnaud, vous serez encore une fois le sauveur d'Elisma ; car, j'en suis certain, dans l'état de santé où elle est, elle ne pourrait supporter la perte de son fils ; elle saura que c'est à vous qu'elle doit son salut ; elle le saura, Regnaud, c'est moi qui vous le jure ; elle viendra elle-même vous en témoigner sa reconnaissance.

— C'est bon, c'est bon, répondit celui-ci avec

préoccupation ; nous n'en sommes pas encore malheureusement aux remercîmens ; non que je doute que Mathias fasse ce que je lui demanderai, mais il faut d'abord que son tour de service vienne ; car vous saurez que les geoliers ont chacun leur tour.

— Mais où trouverez-vous cet homme à une heure aussi avancée et sans éveiller des soupçons, s'écria le comte.

— Au cabaret, s'il n'est pas de service, et chez lui s'il l'est. Dans ce cas, je viendrai comme pour lui annoncer que je suis très mécontent de son fils que j'ai placé en pays étranger ; et, si je ne puis l'entretenir seul avec sûreté, je trouverai bien le moyen de l'avertir qu'il vienne me parler cette nuit même, ou du moins le plus tôt possible. Demain enfin je verrai ce que je puis faire pour le mieux ; attendez-moi ici, ou plutôt chez Verneuil.

— Mais j'y pense à présent : quel parti allons nous prendre avec cet ami ? ne devons-nous pas lui dire tout ce que nous ferons pour Emmanuel, puisque sa fille l'aime toujours ?

— Quant à celle-ci, répondit Regnaud, j'espère pourtant qu'elle fera quelques réflexions, et que vous ou moi, mon cher Villebois, nous pouvons nous attendre a des sentimens. . .

— De reconnaissance, sans doute, interrompit le comte.

— Bah! de la reconnaissance, s'écria Regnaud; est-ce donc mon sort de n'obtenir que cela des femmes? Mais j'espère encore que Louise réfléchira, pour conserver son cœur à ce jeune homme, dont, à présent, le seul mérite à mes yeux est d'être le fils d'Elisma. De bonne foi, Louise ne serait-elle pas vingt fois plus heureuse avec un homme comme vous ou comme moi?

— Mon cher Regnaud, prononça doucement le comte, les femmes ne pensent guère comme nous; et en fait de bonheur elles aiment assez à choisir elles-mêmes; et cette froide raison, qu'à votre âge et au mien on a déjà tant de peine à écouter, est encore bien moins entendue quand le bruit de la jeunesse vous étourdit. J'ignore du reste ce que fera Louise, et ce n'est point le moment de nous en occuper, pas plus que de notre rivalité avec M. de Ternan; nous verrons par la suite; en attendant je vais chez Louise, mais je ne lui dirai rien de positif; je ne lui donnerai que des espérances; je vais réfléchir à ce que nous ferons d'Emmanuel, si nous sommes assez heureux pour le sauver.

Mais ce qui va m'occuper encore davantage, c'est l'incertitude où nous sommes sur la réussite de votre projet.

En achevant ces paroles ils se séparèrent, mais pour se revoir bientôt.

Le comte trouva M. de Verneuil et sa fille fort tristes, fort inquiets. Louise était d'une pâleur frappante, et sous le prétexte d'une indisposition, qui n'était feinte qu'à demi, elle avait obtenu de son père de ne recevoir que leurs amis intimes; car elle ne voulait pas se retirer sans avoir vu M. de Villebois dont elle espérait quelque nouvelle consolante, aussi, à son approche, laissa-t-elle échapper une de ces exclamations que les femmes ne peuvent retenir.

— Mon cher comte, dit alors M. de Verneuil tristement, ma fille m'a tout dit: votre générosité ne m'étonne point et je vous en remercie. Je l'ai sérieusement blâmée cependant de l'avoir mis à une si forte épreuve; car quel droit avons-nous, quel droit M. de Ternan a-t-il de vous tourmenter ainsi de son sort? Du reste, Louise m'a assuré que vous pensiez comme elle, qu'Emmanuel n'était pas coupable, et qu'il y avait seulement du malentendu dans tout ceci; je l'espère pour elle, et il faut qu'il en soit ainsi, car sans cela. . . .

— Mon cher Verneuil, interrompit doucement le comte, tout s'arrangera je l'espère; et, comme votre Louise vous l'a dit, M. de Ternan n'a été qu'égaré, et je suis sûr qu'à l'avenir vous n'aurez qu'à vous louer de sa conduite. Le bon Regnaud s'occupe activement de son sort, je l'attends ici, et. . . .

M. de Chavagnac l'interrompit en entrant, et vint mêler de sages mais intempestives réflexions à tout ce qui se passait, car M. de Verneuil était trop lié avec lui, comptait trop sur son amitié, pour lui en faire un mystère.

— Que diable, répétait-il avec insistance, j'avais arrangé tout cela différemment moi; et cette réconciliation de Louise avec M. de Ternan déroute toutes mes idées; je croyais que ce n'était pas lui qu'elle aimait.

— Laissons tout cela, mon cher ami, interrompit à voix basse le comte; vous aviez rêvé et moi aussi peut-être.

Et la petite société devint froide et embarrassée, car Louise n'était pas contente d'elle, et sentait que, le moment de l'exaltation passé, le rôle qu'elle jouait dans ce moment était presque inconvenant.

Mais un pas lourd et violent se fit entendre.

— Victoire! s'écria Regnaud, victoire! Nous avons réussi; Emmanuel de Ternan sera libre dans la nuit de demain.

CHAPITRE XXVIII.

La Sévérité d'un Père.

Louise jeta un cri de joie en entendant ces paroles; M. de Chavagnac en parut surpris et demanda à Regnaud l'explication de ce qu'il voulait dire.

Celui-ci la donna; mais malheureusement pour Louise il ne le fit pas avec une délicatesse bien achevée, et M. de Verneuil ne put douter qu'Emmanuel ne fut plus coupable que ne le lui avait dit sa fille, ou qu'elle ne le croyait peut-être elle-même.

— Ainsi donc, s'écria-t-il avec violence, M. de Ternan est revenu à vous, ma fille, après avoir laissé dans le vice, où il s'est jeté avec tant d'imprudence, et sa réputation tout entière et toute espérance d'avenir ; car, s'il est sauvé par le moyen que Regnaud va mettre en usage, nul doute qu'il ne soit jugé au moins par contumace; nul doute alors que la honte ne s'attache à son nom. Faudra-t-il donc le considérer comme heureux de s'être évadé, et si Louise persiste dans son fol amour, ce sera donc un fugitif déshonoré qu'elle ira rejoindre ; car, si ce n'était pas son intention, que signifierait, dites-moi, et sa réconciliation si imprudente avec lui, et sa démarche auprès de vous, mon cher Villebois, démarche que j'ai d'abord blâmée, mais qui, à présent que je sais tout, me paraît plus qu'inconvenante ; et, comme je le disais tout-à-l'heure, de quel droit a-t-on été tourmenter nos amis de la destinée d'un homme...

L'expression dont M. de Verneuil allait se servir eût été si dure qu'elle eût cruellement blessé le cœur de sa fille, aussi M. de Villebois se hâta-t-il de l'interrompre ; d'ailleurs, les pleurs de Louise, qui lui était si chère, calmèrent bientôt M. de Verneuil, et il se repentit d'avoir été si sévère.

Alors se passa entre le père et la fille une de ces scènes attendrissantes, dont le résultat est toujours une complète réconciliation amenée par le malheur et l'indulgence.

Mais Louise avait trop souffert, était trop sensible pour ne pas se sentir très abattue, et elle obtint facilement de son père la permission d'aller se reposer ; ce ne fût pas sans que celui-ci l'eût assurée que son bonheur était ce qu'il désirait le plus au monde, et qu'il ne s'opposerait jamais à ses désirs que pour lui épargner des regrets.

Quand Louise fût sortie, M. de Villebois, qui avait long-temps gardé le silence, dit à M. de Verneuil :

— Mon ami, je suis bien aise que Louise nous ait quitté, car j'ai bien des choses à vous apprendre ; je ne dois plus les retarder, car il est vraisemblable que je vais bientôt abandonner la

France pour long-temps, pour toujours peut-être; d'ailleurs, une partie de ce que j'ai à vous dire vous calmera au sujet de ce malheureux jeune homme, que votre sévérité condamnait avec raison tout-à-l'heure, mais qui mérite pourtant quelque intérêt de votre part.

Mon ami, mon cher Verneuil, cette Elisma qui vous fut si chère, que vous avez séduite, et que le respect pour sa destinée et pour les ordres de la reine vous força d'abandonner, cette Elisma, tant aimée et que vous regrettez toujours, est la mère d'Emmanuel.

— Grand Dieu! s'écria M. de Verneuil, êtes-vous sûr. . . .

— C'est une vérité incontestable, reprit le comte; je l'ai appris ce soir à Regnaud, car, dans votre récit et le sien, j'ai acquis la certitude que votre Elisma est aussi celle qu'il a aimée et sauvée.

Maintenant, dites-le moi, ne sentirez-vous pas comme Regnaud, et plus que lui encore, le besoin de protéger le fils de celle à qui vous fûtes si fatal? car votre séduction a répandu le malheur sur le reste de la vie de madame de Ternan, et quel plus noble dédommagement pouvez-vous lui offrir que le bonheur de son fils. Aussi j'espère, mon ami, que vous ne forcerez pas Louise à lui montrer trop de sévérité, et que vous-même vous serez indulgent; croyez-moi, pour l'être envers la jeunesse, il ne faut qu'un retour de bonne foi dans le passé.

— Vous avez raison, répondit M. de Verneuil; aussi suis-je prêt à tout faire pour Emmanuel; j'offre ma fortune, tout ce que je peux donner. Pardonnez-moi cependant si je suis un peu plus timide pour le bonheur de ma fille; elle ne peut s'unir à lui dans ce moment; nous verrons plus tard ce que le sort en décidera; et si je ne pouvais moi-même m'occuper de son avenir, eh bien! mes amis, vous agirez pour moi.

Mais mon cher de Villebois, comment êtes-vous si lié avec la mère d'Emmanuel? Il me semble que vous avez bien des choses qui vous concernent à nous apprendre.

— Sans doute, sans doute, répondit celui-ci, et je ne veux pas retarder plus long-temps. Cependant, parlons encore de notre pauvre prisonnier, et laissons Regnaud nous dire ce qu'il a décidé pour son évasion.

— Comme nous en étions convenu, dit alors celui-ci en prenant la parole, j'ai été trouver Mathias; le hasard nous sert; il est de service cette semaine, et c'est lui qui tient Emmanuel sous ses verroux; il a même été le premier à me parler, avec une pitié qui est dans son caractère, de l'état cruel où était plongé le malheureux jeune homme en revenant de chez le juge d'instruction; il m'a confirmé qu'il était au secret le plus rigoureux, et il ne m'a point caché que la sévérité qu'on lui recommandait envers M. de Terpen, annonçait qu'on le regardait comme un prisonnier de la plus haute importance. Je n'ai cependant point hésité à aborder franchement la question de l'évasion de son prisonnier, et, je dois dire, que ce n'a pas été sans peine, que j'ai décidé Mathias à courir le danger d'une punition longue et sévère; mais il est bon père, il est surtout reconnaissant, il n'a pu se refuser à mes prières; et quand je lui ai eu bien répété que la somme que je lui remettrais assurerait le bonheur de ses enfans, et que pourtant je me croirais encore son obligé, il n'a plus hésité. Alors je suis convenu de me trouver demain soir à onze heures près d'une petite porte, que je connais parfaitement, et dont Mathias a la clé; là, il me remettra le prisonnier.

— J'aurai soin, m'a-t-il dit, de me munir de vin et d'eau-de-vie, mais de n'en faire usage que quand j'aurai doucement ouvert au fugitif, ce qui ne me sera pas bien difficile, attendu que toutes les portes ne seront fermées qu'à un seul tour. Je n'ai pas besoin de vous recommander d'être exact, parce que la ronde de la prison a lieu à minuit; à cette époque j'aurai bu toutes mes provisions liquides, et on supposera que l'état dans lequel je me trouverai aura donné au prisonnier la facilité de s'évader; et puis après, à la grâce de Dieu; ma conscience ne me reproche rien, puisque ce jeune homme n'est pas un malfaiteur; d'ailleurs, M. Regnaud, s'il m'arrivait tout-à-fait malheur, je suis sûr que vous seriez un père pour mes enfans.

— J'ai rassuré Mathias, continua Regnaud, il sait si on peut croire à ma parole. Je lui ai dit, ce que je crois, c'est qu'au pis, il ne pourrait être condamné qu'à une prison un peu longue; et que, pour sauver ma propre vie, je ne voudrais pas exposer la sienne. Tout est donc convenu pour demain ; mais où allons-nous cacher Emmanuel dans ce premier moment? Comment sortira-t-il de France?

— Pour sa retraite, s'écria M. de Verneuil, c'est moi que cela regarde, et je suis convaincu que l'endroit où on viendra le moins chercher le prisonnier, c'est dans ce château, et c'est ici qu'il faudra l'amener.

— Ici, s'écrièrent-ils tous; mais vous recevez tant de monde; est-il convenable d'ailleurs, à cause de Louise. . . .

— Pensez-vous, répondit alors M. de Verneuil, que ce soit sous mon toit même que je songe à le cacher? Mais ce n'est pas inutilement que je suis depuis si long-temps un des concierges de ce château. Mes amis, la retraite qui servit à la mère d'Emmanuel, cet appartement, où je fus à la fois et si heureux et si coupable, sera le refuge du fils d'Elisma.

Au commencement du règne de Napoléon, ce fut le moment où on restaura le château, les appartemens les plus élevés furentloccupés. Je voulus revoir encore une fois cette partie du château qui me rappelait des souvenirs si chers, et je remarquai alors, que l'appartement qui avait été occupé par celle que j'aimais, allait être transformé en un cabinet de travail, ou plutôt de dépôt pour d'anciens manuscrits italiens, qui avaient été remis au général pendant ses campagnes en Italie, et auxquels il paraissait tenir beaucoup depuis qu'il était empereur; il voulait même ne les confier à aucun savant et les visiter lui-même; mais, n'en ayant pas le temps, il créa, du moins pour garder ces papiers avec soin, une petite place qu'il donna à un corse nommé Bertholozzi; celui-ci s'établit dans ce petit appartement, dont il finit même par ne pas sortir, car il devint infirme et impotent. On portait chez lui tout ce qui était nécessaire, et on se serait bien gardé de manquer aux égards que Napoléon voulait qu'on eût pour son compatriote.

Quand arrivèrent les malheurs de Napoléon, quand il quitta de nouveau la France, il me remit une somme assez forte, en me priant de veiller avec le plus grand soin sur le pauvre Bertholozzi. Hélas! le triste vieillard eut encore un beau moment : il vit de nouveau l'aigle impériale s'abattre sur le noble château, et il rendit le dernier soupir le jour où son protecteur partit pour Waterloo. Je fis rendre les devoirs au vieux Bertholozzi, et je fermai les portes de son asile.

Une fois, pendant la restauration, quelqu'un me demanda ce que je faisais de ce petit appartement? Je répondis simplement que j'y avais déposé des meubles, mais que je le rendrais si on le demandait. Rien n'était moins exigeant que ceux qui entouraient les Bourbons, et on ne m'en parla plus. Les clés en sont ici, et il y a bien des années que je n'y suis monté. A l'époque où Bertholozzi vint l'occuper, on fit faire un escalier particulier qui abrégeait beaucoup, et qui donne près de la galerie de Diane, où personne du reste ne va plus attendu qu'elle est trop élevée; elle ne sert maintenant que de garde-meubles; il n'y a donc aucune espèce de danger à conduire M. de Ternan dans l'appartement en question, et même de l'y laisser jusqu'à ce qu'on ait trouvé le moyen de le faire sortir de France avec sûreté.

— Je m'en charge, dit à son tour M. de Villebois; je vous ai dit que mon intention était de quitter la France; j'enmènerai Emmanuel avec moi; nous irons aux États-Unis, où sa mère, et peut-être Louise un jour, pourront venir le rejoindre. Il ne me sera pas difficile de faire passer Emmanuel pour un de mes parens ou pour mon secrétaire ; nous vivons dans un temps où les évènemens se succèdent avec tant de rapidité, que l'évasion de M. de Ternan sera à peine remarquée; aussi j'espère que tout s'arrangera parfaitement.

— Mais, mon cher comte, dit alors M. de Verneuil avec tristesse, vous quittez donc bien facilement vos amis? Ah! je ne vous le cache pas, j'aimais à me dire que vous seriez là pour me fermer les yeux, et que vous ne refuseriez pas d'être, avec mes deux autres amis, le protecteur de ma fille. Ne pouvez-vous faire partir M. de Ternan sans l'accompagner? à moins qu'un intérêt bien puissant ne vous attache à lui.

— C'est ce que vous allez bientôt savoir, répondit le comte; mais ce ne sera point encore pour ce soir, je suis trop préoccupé de l'évènement qui aura lieu demain.

Voyons Regnaud, convenons bien de nos faits. C'est vous qui recevrez M. de Ternan des mains de son geolier; une voiture bien fermée sera préparée et où la ferez-vous conduire, jusque. . . .

— Jusque chez moi, interrompit M. de Chavagnac, ne puis-je donc être utile à rien?

— Ce serait une imprudence, reprit M. de Villebois, car si on suivait cette première voiture, on serait bientôt sur les traces.

— Il ne faut aucun préparatif, aucune voiture, répondit Regnaud; moins nous serons de monde, moins nous en mettrons dans notre confidence, plus nous serons sûrs de notre affaire. Une fois que Mathias m'aura remis M. de Ternan, je réponds de l'amener ici sans dangers si on me laisse faire; alors cela regardera notre ami Verneuil qui lui donnera l'hospitalité.

— Mes jambes me refuseront le moyen de le conduire dans l'asile sûr dont je vous ai parlé, reprit celui-ci, mais je vous expliquerai le chemin de manière à ne pas vous tromper.

— Soyez tranquille, répondit M. de Villebois, je ne me tromperai pas de chemin, car je connais bien ce château et l'appartement dont vous parlez; mais ne m'interrogez pas; demain, quand Emmanuel sera en sûreté, je vous parlerai de moi.

CHAPITRE XXIX.

L'Évasion.

La nuit et la journée du lendemain s'écoulèrent dans une activité pénible et pourtant pleine d'espoir, et dans des démarches faites avec beaucoup de prudence pour l'évènement du soir; mais celui dont on s'occupait avec tant d'anxiété, ne ressentait qu'une sombre tristesse, qu'un découragement que rien ne venait distraire.

Renfermé seul dans une obscure prison, où un jour douteux paraissait à peine par le haut du soupirail, il n'avait d'autres ressources contre l'inquiétude et l'ennui, que de parcourir l'espace si étroit de sa prison, d'écouter si aucun bruit ne se faisait entendre, d'espérer, sans savoir pourquoi, l'arrivée de son geolier, et de doubler les heures dans sa pensée; ce fut ainsi qu'elles s'écoulèrent jusqu'à celle qui amena son évasion, à laquelle il était bien loin de s'attendre.

Tourmenté par d'affreuses pensées, d'atroces conjectures, le malheurenx prisonnier s'était enfin jeté sur son lit et s'était presque assoupi, quand il crut entendre qn'on tournait doucement la clé dans la serrure; un prisonnier fait tant d'attention à tout ce qui se passe, qu'Emmanuel avait remarqué qu'il fallait tourner la clé plusieurs fois pour ouvrir la porte; de cette fois elle s'était ouverte de suite et avec une extrême facilité; il avait à peine eu le temps de se mettre sur son séant, quand son geolier, dont il avait de suite reconnu la voix, lui dit de se lever et de le suivre.

La première idée qui se présenta à l'imagination effrayée d'Emmanuel, fut que c'était une trahison et qu'on voulait le conduire à sa perte; mais une seconde réflexion lui ayant fait sentir le tort de son hésitation, il suivit son gèolier, qui lui fit d'abord traverser un long et étroit corridor, descendre et remonter plusieurs escaliers, traverser une petite cour, sur les dalles de laquelle la pluie tombait avec assez de force, puis, après avoir écouté avec la plus grande attention, le geolier tira plusieurs verroux, mit une énorme clé dans une très grande serrure, et ayant ouvert une petite poterne qui donnait sur le quai, poussa Emmanuel sans prononcer une parole, rentra et referma la porte dans le même silence.

Quelque fut l'étonnement d'Emmanuel, il ne s'amusa pas pourtant à rester immobile; et après avoir aspiré un instant avec ardeur cet air humide imprégné de pluie que chacun évitait avec soin, car il n'y avait personne sur le quai, il se disposa à fuir rapidement, quand une main saisit son bras et l'entraîna.

C'était Regnaud.

— Pas un mot, lui dit-il.

Puis ils marchèrent avec vitesse, évitant néanmoins d'attirer les regards. Regnaud avait pensé avec raison qu'il était plus prudent de ne pas prendre de voiture, et ils arrivèrent directement à la cour du Carrousel.

— Mais où allons-nous, prononça Emmanuel d'une voix basse? il me semble qu'ici je suis plus exposé que partout ailleurs.

— Paix! dit Regnaud, laissez-vous conduire; et, sans entrer dans de plus longues explications, il traversa le vestibule où donnait le logement du concierge Verneuil, et, laissant sa porte sur la droite, il prit un long corridor mal éclairé, où était placé une sentinelle.

— Ou allez-vous? cria celui-ci.

— Au cabinet de M. le secrétaire, répondit tranquillement Regnaud, et voilà mon laissez-passer.

La sentinelle ne répondit rien et fit place; alors, après avoir monté le grand escalier du pavillon de Flore, Regnaud, qui connaissait parfaitement cette partie du château, avança avec assurance, en nommant tantôt une personne tantôt une autre, aux diverses sentinelles d'après les indications de M. de Verneuil; mais arrivé au troisième étage, il se serait trouvé assez embarrassé, s'il n'avait vu M. de Villebois sortir du fond d'un corridor et lui montrer le chemin du petit escalier, que l'empereur avait fait faire jadis pour conduire chez Bertholozzi. Arrivé tout au haut, après avoir écouté avec attention, le comte ouvrit la porte et introduisit Emmanuel et Regnaud.

Une bougie éclairait assez faiblement l'appartement; cependant M. de Ternan put reconnaître son second libérateur; il recula avec surprise.

— Eh bien! dit Regnaud, vous voilà, mon pauvre Emmanuel, si ce n'est tout-à-fait libre, du moins hors de danger. N'avez-vous donc rien à dire à M. de Villebois, que vous êtes surpris de voir j'en suis certain? Quant à moi, vous connaissiez mon ancien intérêt pour vous.

— Pardon, prononça Emmanuel avec émotion, croyez que je ne suis point ingrat; mais l'étonnement paralyse ma reconnaissance. Ah! monsieur le comte, que je suis coupable et que vous êtes généreux; et vous, M. Regnaud, vous ne l'êtes pas moins, car vous devez me croire bien. . . .

— Ne parlons pas de cela dans ce moment, reprit M. de Villebois; la soirée est avancée, et l'on attend avec impatience des nouvelles de notre entreprise. Reposez-vous sans crainte, M. de Ternan; vous trouverez, dans la pièce à côté, ce qu'il faut pour ne pas mourir de faim; c'est tout ce que j'ai pu faire pour n'éveiller aucun soupçon; vous avez aussi des livres, tout ce qu'il faut pour écrire et faire passer moins lentement les heures; car, par prudence, ni Regnaud, ni moi, nous ne viendrons ici avant le moment, qui ne sera cependant pas éloigné, où je viendrai vous chercher pour quitter la France.

— Quitter la France! s'écria Emmanuel avec terreur; ah monsieur! et ma mère, et. . . .

— Votre mère ira vous rejoindre, mon ami, répondit M. de Villebois touché de cette exclamation; quant à l'autre personne que vous regrettez, espérez tout d'elle; ne vous a-t-elle pas pardonné? Ayez donc confiance et courage, ne faites aucune imprudence, et si l'on frappait, gardez-vous d'ouvrir, car ce ne pourrait-être qu'une méprise. J'emporte la clé, soyez tranquille.

Emmanuel serra sur son cœur les mains de ses libérateurs; il écouta, tant qu'il put les entendre, le bruit de leurs pas; puis, après avoir pensé avec joie à ce que lui avait dit M. de Villebois au sujet de Louise, il se dit qu'il était trop heureux d'être aimé ainsi, et ensuite il fut chercher le sommeil en songeant avec charme qu'il allait se trouver sous le même toit qu'elle.

M. de Villebois et Regnaud se séparèrent au haut du grand escalier pour ne point donner de soupçons, et se rejoignirent à la porte du vieux concierge, chez qui ils entrèrent avec un calme affecté. Pour éviter tout commentaire, M. de Verneuil avait reçu sa société habituelle, et son petit salon était parfaitement garni.

On était venu avec empressement pour savoir des nouvelles de Louise, et heureusement pour elle, elle avait le prétexte de son indisposition de la veille, car il était impossible de ne pas remarquer son extrême pâleur et son changement; et M. de Verneuil, quoique maître de ses impressions, ne portait pas sur sa belle et noble physionomie sa sérénité habituelle; sa peine était cruelle, car il souffrait pour sa fille. M. de Chavagnac, lui-même, moins ému, et pourtant rempli d'intérêt pour tout ce qui se passait, affectait plus d'aisance et de gaîté que de coutume ; mais, avec de l'attention, on eût parfaitement deviné de l'inquiétude et de la préoccupation, et, quoique vieux courtisan, il ne sut pas bien cacher l'impression que lui causa l'arrivée de MM. de Villebois et Regnaud.

— C'est une singulière affaire, dit le chevalier de Senneterre, toujours assez bien instruit de ce qui se passait à la cour et affectant peut-être de l'être encore plus, c'est une singulière affaire que cette échauffourée de la rue des Prouvaires ; un complot carliste, dit-on, des armes, de l'or, un souper, tout cela pour venir au milieu de la nuit, par le Louvre dont ils auraient les clés, assassiner un roi et sa famille au milieu d'un bal où sont par milliers des fonctionnaires et des gens décorés, comme si la chose était probable, si on entrait aux Tuileries comme à la halle. Vous savez mieux que personne si cela se peut, monsieur de Verneuil.

— Sans doute, sans doute, reprit celui-ci, d'ailleurs qui peut deviner la vérité, les débats seuls l'apprendront, et peut-être cette grande affaire ne sera presque rien.

— En attendant, reprit le chevalier, il y a eu beaucoup de monde d'arrêté, Emmanuel de Ternan l'a été la veille, et l'on prétend même qu'il s'est brûlé la cervelle dans sa prison.

Ces dernières paroles, M. de Senneterre les avait prononcées à voix basse et seulement au petit cercle dont il était entouré. Pourtant Louise les entendit, et sa jolie tête tomba sur le dos du fauteuil où elle était assise, elle s'était évanouie. Le vieux Verneuil se traîna jusqu'à elle, et tout le monde se précipita pour offrir ses soins et ses secours.

Mais le comte de Villebois, avec cet air de supériorité qu'il conservait toujours, écarta les importuns, et fit doucement revenir la jeune fille.

— Imprudente, lui dit-il alors tout bas, ayez donc plus d'empire sur vous-même, il est en sûreté, il est dans ce château.

Louise lui jeta un regard de reconnaissance, et posa furtivement ses lèvres sur la main qui lui servait d'appui.

— Quoique mademoiselle de Verneuil soit

beaucoup mieux, dit alors le comte, elle fera bien, il me semble, d'aller prendre du repos.

Louise fut embrasser son père, et balbutia des excuses à toutes les personnes présentes, et acceptant le secours du comte, elle marcha vers la porte.

Mon Dieu! dit-elle, que vous m'avez fait de bien, ma vie sera-t-elle jamais assez longue pour vous témoigner ma...

— Demain sera le dernier jour où nous nous reverrons, car demain, dans la nuit, lui et moi nous quittons la France.

Il ne put s'empêcher de parler ainsi, car s'il y avait beaucoup de générosité dans son âme, il était homme, et le bonheur de Louise lui faisait mal.

CHAPITRE XXX.

Le Récit.

La soirée était avancée, et les personnes qui n'étaient pas de la société intime de M. de Verneuil se retirèrent, les quatre amis demeurés seuls causèrent avec empressement de tout ce qui concernait Emmanuel, du projet que le comte avait de le faire sortir de France.

— Oui, tous mes préparatifs sont finis, prononça celui-ci avec mélancolie, je me suis procuré aujourd'hui un passeport pour l'étranger sur lequel j'ai fait porter Emmanuel de Ternan comme mon secrétaire ; avec de l'or, car que n'obtient-on pas avec! j'ai gagné l'employé pour qu'il laissât en blanc le nom du port où j'embarquerai. Ainsi quand on ferait des recherches elles tireraient toujours en longueur, et nous aurions du temps devant nous. D'ailleurs je ne pense pas que l'évasion de M. de Ternan porte le moins de soupçon sur moi qui n'ai jamais eu ostensiblement la moindre relation avec lui, sur moi surtout qui n'a jamais donné lieu de penser que je me mêlasse de politique.

— Pourtant, dit en souriant M. de Chavagnac, on a eu l'idée que vous conspiriez pour Napoléon II, et je me souviens même, par parenthèse, que le vieux marquis de Valereuse m'a ce qui s'appelle chambré toute une soirée pour me faire mille questions sur vous, mais je m'imagine que depuis sa céleste belle-sœur, qui vous connaît plus particulièrement, l'a rassuré sur vos intentions. Mais je vous demandrai à mon tour, mon cher ami, comme Verneuil, quelle raison si puissante vous avez de vous expatrier.

— Je vois qu'il faut parler, répondit le comte en soupirant, vous comprendrez en m'entendant ma répugnance à vous occuper de moi, et vous me pardonnerez d'être aussi bref qu'il me sera possible. Le temps et le courage me manquent, d'ailleurs, pour revenir sur le passé, le présent me blesse trop.

On ne répondit rien, et le comte reprit avec précipitation :

— Vous savez de ma naissance tout ce qu'il est intéressant de savoir. Petit-fils d'un homme comblé de faveurs par Catherine, j'aurais dû être riche et puissant, mais mon père, quoique époux d'une femme charmante, avait une de ces imaginations faites à enflammer, et qui entraînent toujours au delà de la raison. Vous n'ignorez pas qu'il subit une mort violente pour s'être introduit dans le sérail du Grand-Turc.

Ma mère était restée avec deux enfans à Saint-Pétersbourg, j'avais huit ans, ma sœur en avait deux. Quels que fussent les torts de M. de Villebois envers sa compagne, il en était passionnément aimé, et elle ne put survivre à la nouvelle de sa mort. Les affaires de mon père étaient en désordre à cette époque, des étrangers, sous prétexte de les arranger, les embrouillèrent encore davantage, et il ne resta d'une fortune jadis immense qu'une somme très médiocre qui fut placée au trésor, et dont le modique revenu suffisait à peine aux frais de mon éducation et aux besoins de ma jeune sœur. Heureusment celle-ci était déjà si belle qu'elle avait attiré l'intérêt d'une étrangère qui n'avait point d'enfans, et qui s'attacha à elle autant que si elle eût été sa mère.

Cette dame l'enmena à Vienne, et ma sœur et moi nous fûmes séparés pour long-temps. On prétendait que j'avais d'heureuses dispositions et le germe de grands talens. Ce que je sais du moins c'est que mon âme était haute, fière, et que des sentimens nobles et élevés remplissaient mon âme.

Mais il me restait à savoir que la fierté sans fortune est presque un ridicule, et que la médiocrité vous en fait un tort; il me restait à apprendre que les hommes n'estiment que la richesse; il me restait enfin à savoir que la plupart sont bien méprisables. Mais je n'avais que dix-huit ans, et j'étais encore dans la persuasion que l'honneur, la bonne foi, une noble fierté et des talens peuvent conduire à tout. Je ne tardai pas long-temps à être désabusé.

Comme mon père était d'origine française, je n'avais de parens que du côté maternel; il serait trop long de vous raconter par quels torts mon grand-père et mon père, tous deux d'un naturel âpre et violent, s'étaient mal mis avec cette partie de la famille, mais le fait est qu'à la mort de mon père, ni ma sœur ni moi ne trouvâmes d'appui près d'eux; un étranger avait été nommé notre tuteur, aussi quand je sortis de l'asile où j'avais fait mon éducation, je n'avais pas un ami, pas un parent à qui demander conseil pour mon avenir. Mais persuadé que le nom que je portais était une recommandation auprès de Paul Ier, je lui adressai une supplique pour lui demander d'entrer à son service. Cette supplique et dix autres sur le même sujet demeurèrent sans réponse, et ma fierté me faisant regarder comme une offense le silence du Czar, je résolus d'aller chercher fortune ailleurs. Mais avant je voulus voir le monde, observer des peuples et des usages différens. La médiocrité de ma fortune me forçant à mettre beaucoup de retenue dans mes dépenses, j'en conclus que je pourrais observer avec plus de facilité, n'étant pas entouré de luxe ni d'éclat.

Mais avant de commencer cette grande tournée qui devait me retenir long-tems, je voulus aller embrasser ma sœur. Sa beauté était encore augmentée, ainsi que la tendresse de la personne, qui l'avait d'abord prise presque par pitié : j'étais au moins tranquille sur elle, car ma sœur était très aimée et parfaitement heureuse ; sa protectrice la faisant même passer pour sa parente. Aussi quand elle sut mes projets de voyage, elle exigea que je prisse une lettre pour la jeune archiduchesse d'Autriche devenue reine de France, Marie-Antoinette. J'acceptai, mais avec le projet de ne pas faire de long-tems usage de cette lettre. J'étais possédé d'un grand désir de voyager avec liberté, et, comme un jeune aiglon retenu trop long-temps, j'avais besoin d'étendre et de faire usage de mes ailes.

Je traversai le Tyrol pour me rendre en Italie ; les mœurs légères et faciles de ce pays m'entraînèrent bien à quelques folies de jeune homme ; mais ces plaisirs ne me plurent pas long-tems, et ce n'était point le séjour des villes gaies et brillantes qu'il fallait à mon imagination volcanique et romanesque. Je partis seul pour la Sicile, et seul je visitai ces campagnes ravissantes et l'Etna, devant qui le Vésuve n'est qu'une plaisanterie. Partout je cherchais une nature âpre et sévère, comme parmi les chefs-d'œuvre des peintres italiens je préférais Salvator Rosa et ses sombres inspirations. Vainement les plaisirs de Naples, les antiquités de Rome me réclamaient ; il me fallait d'arides montagnes : enfin, je cherchais des plaisirs et un bonheur qui ne resemblassent à ceux de personne.

Je partis pour la Calabre, j'avais une passion décidée pour le dessin, et ce fut là que je courus chercher des sites et des sujets pour mes crayons. La Calabre n'a pas été aussi bien décrite qu'elle le devait, car c'est un pays curieux et dont les habitans sont dignes d'observation : comme tous les montagnards ils sont en général francs, devoués pour ceux qu'ils aiment; audacieux, sobres et entreprenans, mais cruels et vindicatifs envers leurs ennemis. Du reste, comme je ne me présentais que comme un voyageur inoffensif et simplement curieux, j'eus autant d'amis que d'habitans, d'asile que de cabanne, je passai dans leurs montagnes un été aussi calme qu'heureux : mais l'hiver devait me chasser, et mes hôtes me disaient, en riant, que j'irais à Naples me rejouir au théâtre et aux Cassinos.

Je le croyais comme eux, car au milieu de mon amour de montagnes et de solitude s'élevaient par fois dans mon âme des idées de plaisir, où se mêlaient des images de femmes, et moitié entraînement de la nature, moitié crainte de finir par m'ennuyer, je fixai mon départ au lendemain de la fête du village que j'habitais. Cette fête, qui se célébrait au commencement de la mauvaise saison, est comme un gracieux adieu aux fleurs et au beau temps, aussi tous les habitans du village se couvrent de fleurs, c'est un luxe charmant qui donne un aspect pittoresque et gracieux aux robustes et élégans Calabrois. Les femmes sont charmantes ainsi parées.

Jusque là j'avais vécu chez mon hôtesse où il ne venait personne, les femmes surtout je les avais à peine regardées; mais ce jour là elles étaient toutes réunies, fraîchement ornées de fleurs à couleurs vives et éclatantes ; une surtout me charma et porta un trouble innacoutumé dans mon âme. Quand je demandai son nom on me répondit que je n'étais pas difficile, et que c'était la plus belle et la plus riche du village. Nella était enfin la perle de la contrée. Que vous dirai-je, mes amis, j'aimai, je fus aimé et avec un honneur rustique et ridicule peut-être, je crus que je ne devais point séduire une femme parce qu'elle était née au village ; que je ne devais point abuser de l'avantage que me donnait ma position sociale et mon éducation. J'épousai Nella et me fixai dans la montagne.

Mes modestes revenus joints au siens nous formaient une fortune considérable dans ce petit coin du monde, et j'eus le bon sens de me faire heureux sans consulter personne. J'avais vingt-deux ans, Nella en atteignait seize, tout nous promettait une longue destinée de bonheur, je croyais d'autant plus pouvoir y compter que je le demandais simple et sans ostentation. Mais la mort ne promène pas seulement sa faux sur les villes et sur la vieillesse, elle m'enleva Nella à dix-neuf ans, dans tout l'éclat de sa beauté, dans toute l'ardeur d'une union que jamais un seul mot n'avait troublée. Je la pleurai d'abord avec désespoir, et une profonde mélancolie devint ensuite mon humeur habituelle; j'en vins même à prendre en horreur les lieux où j'avais été heureux, et je me déterminai à quitter le bosquet où Nella dormait d'un éternel sommeil. Je pensai alors qu'après avoir payé ma dette à l'amour il était temps que j'embrassasse quelque carrière, et je me disposai à porter ma lettre à la reine de France.

Ce fut alors qu'en sortant de ma solitude j'appris confusément l'état où était la France, à mon passage à Vienne, quatre ans auparavant, la révolution commençait déjà sourdement, mais d'après ce qu'on m'apprenait il paraissait qu'elle avait marché à pas de géant. C'était le moment qui me convenait que celui de l'orage, et je m'empressai de quitter l'Italie. J'avais écrit à ma sœur mon projet d'aller en France. A Turin je trouvai sa réponse qui m'apprenait qu'elle avait perdu sa bienfaitrice, et que, d'après les ordres de la reine, elle se rendait elle-même à Paris. Le portrait de ma sœur accompagnait sa lettre ; elle semblait par cette attention me reprocher tacitement l'indifférence que je lui avais montrée depuis quatre ans.

Je devine, interrompit M. de Verneuil en posant sa main tremblante sur le bras du comte, je devine, vous êtes le frère de mon Élisma.

Oui, mon ami, je suis ce frère cruel qui vous sépara, mais écoutez les raisons qui m'y forçaient, peut-être me trouverez-vous moins coupable.

CHAPITRE XXXI.

La Rencontre.

Je n'étais que depuis vingt-quatre heures à Turin, et le lendemain au point du jour je devais me battre. Je fus insulté par un officier sarde servant dans la garde du roi ; il fut insolant, j'étais impétueux et fier ; l'affaire fut bientôt résolue. Je ne connaissais personne dans la ville, et pourtant le caractère qu'on s'accordait à donner à mon adversaire, le pays où j'étais, mon titre d'étranger, tout contribuait à rendre dangereuse une rencontre avec lui sans témoins. J'étais descendu à l'hôtel de l'Univers, et quand même il eût été dans mes goûts de faire facilement des connaissances, je n'en aurais pas eu le temps. Cependant je m'étais trouvé à dîner dans le même salon avec un homme d'un extérieur noble et sévère à qui j'avais entendu donner le titre de comte. Je savais qu'il était Français, et quand mon duel fut décidé, mon premier désir fut de le rencontrer et d'oser lui demander son assistance; le hasard me servit, il eut la bonté d'accepter. Comme mon duel pouvait avoir des suites funestes, je remis à mon témoin un paquet que j'adressais à ma sœur; mais cette précaution fut inutile, et soit justice ou bonheur je tuai mon adversaire. Le comte m'entraîna sans même me laisser le temps de lui faire la moindre objection, il me fit monter dans sa voiture qui était toute prête, et nous partîmes rapidement.

Ne vous étonnez pas, me dit le comte, quand nous eûmes fait assez de chemin pour ne pas nous croire poursuivis, si j'avais pris la précaution d'avoir ma voiture prête pour vous emmener. Sans protection, sans appui, la mort de cet officier vous exposerait aux plus grands dangers. Le roi de Sardaigne ne plaisante pas sur cet article.

Je remerciai le comte avec effusion et m'excusai de lui avoir fait prendre tant d'embarras pour un étranger, et d'avoir sans doute dérangé ses projets de voyage.

Vous n'êtes point un étranger pour moi ; prenez la peine de lire cette lettre.

Je vis qu'elle était adressée au comte de Ternan, et ce ne fut ni sans étonnement, ni sans reconnaissance que je sus qu'avec un grand nom, un titre et une immense fortune il s'était attaché passionnément à ma sœur qui n'avait point de dot, et qu'il avait vue à Vienne chez sa bienfaitrice. Je sus aussi par cette lettre que le comte avait reçu de la reine la promesse de l'unir à ma sœur, et que S. M. s'était déclarée la protectrice d'Elisma, parce qu'elle avait été aussi en partie élevée par la baronne de Rudner. Enfin je remarquai que tout était très avancé ; mon silence pendant les quatre années que j'avais passé en Calabre justifiait assez qu'on eût disposé d'Elisma sans mon consentement.

Et ma sœur demandai-je pourtant au comte, est sans doute heureuse de la perspective qui l'attend.

Elle doit être instruite depuis peu des intentions de la reine, et moi j'ai cru devoir jusqu'à présent respecter son extrême jeunesse, d'ailleurs je l'ai si peu vue, mais j'ai la parole de S. M., et j'ai cru devoir par reconnaissance me dévouer entièrement à son servive. Je vais en Vendée où j'ai déjà répandu des sommes considérables.

Mais Elisma est sans fortune m'écriai-je.

Qu'importe, me répondit le comte, ce qu'il me faut à moi c'est une femme modeste, vertueuse; car mon caractère naturellement jaloux me porterait aux plus grands excès si j'étais trompé. Le caractère modeste et timide de votre sœur me convient, aussi j'espère que vous confirmerez la parole que m'a donnée la reine.

Que devais-je faire, mes amis, je n'avais aucune raison de penser que ma sœur ne serait pas heureuse avec M. de Ternan, quoique plus âgé qu'elle, sa figure noble et belle, ses manières simples et pleines de dignité le rendaient encore très remarquable. Je n'avais aucune fortune à donner à ma sœur, je ne dus point balancer, et je confirmai au comte les promesses de la reine. Je lui remis même pour gage le portrait d'Elisma que j'avais trouvé à Turin.

Alors mon futur beau-frère me fit des offres de service que je refusai, mais qui montraient cependant une grande générosité. M. de Ternan se rendait en Vendée où s'arrangeait déjà sourdement la guerre de partisans qui ne tarda point d'éclater. Cette guerre nous semblait à l'un et à l'autre juste et généreuse, car il ne s'agissait point ici de conquérir des grades, et tous ces hochets de vanité avec lesquels on mène si facilement les hommes à la mort. C'était une guerre de parti, de dévoûment, et les Vendéens prononçaient aussi souvent le nom de Dieu que celui de leur roi.

Je promis à M. de Ternan de le rejoindre en Bretagne aussitôt que j'aurais revu ma sœur et la reine, car depuis que je savais cette dernière malheureuse, je brûlais de me présenter à elle.

Le comte m'ayant dit qu'il voulait arriver incognito dans la Vendée, nous nous quittâmes en route, et je me servis de sa voiture pour me rendre à Paris.

Muni de mon ancienne lettre de recommandation et du nom de M. de Ternan, j'obtins facilement une audience de S. M. Là je sus les raisons qui l'avaient engagée à laisser Elisma à Versailles, où S. M. croyait la tenir jusqu'au moment où elle comptait pouvoir la faire venir près d'elle sans obstacle, et l'unir à M. de Ternan.

Un hasard malheureux me fit trouver avec quelqu'un qui me raconta d'une manière aussi fausse que méchante la cause du duel de M. de Verneuil, qui y ajouta beaucoup d'alarmans détails sur sa conduite passée. Elle me paraissait alors d'autant plus coupable, que M. de Verneuil n'était point, me l'avait-on appris, un très jeune homme, et que je crus voir dans tout ceci une longue habitude de tromper et de séduire. Vous avez vu comment je me hâtai d'aller chercher ma sœur, après cependant avoir obtenu une prompte audience de S. M., qui m'assura que qu'Elisma serait parfaitement en sûreté au château des Tuileries. La reine était d'autant plus alarmée à cause de M. de Ternan, qu'elle paraissait lui avoir de grandes obligations. Il avait été à Vienne au péril de sa vie porter d'importantes communications; elle voyait aussi dans moi un nouvel appui pour sa cause, tout cela explique facilement le sacrifice qu'elle exigea de M. de Verneuil.

Vous savez comment je ramenai ma sœur à Paris, comment elle y fut établie. Deux mois environ après sa séparation d'avec celui qu'elle aimait, la reine lui annonça que j'arrivais avec le comte de Ternan, pour terminer son mariage. Elisma, intimidée par la crainte que je lui inspirais et par son respect pour Marie-Antoinette, n'osa point avouer qu'elle était indigne de devenir la compagne d'un homme estimable; elle paya sa timidité du malheur du reste de sa vie; elle eut d'autant plus tort de ne pas être franche avec moi que, quoi qu'il dût m'en coûter, je l'aurais unie à son séducteur; j'avais cependant remarqué sa profonde tristesse; je l'attribuais aux regrets d'un premier amour contrarié, et j'espérai qu'il céderait au temps et à d'autres affections; Elisma fut mariée dans le petit oratoire de Madame. La cour était alors trop sombre pour qu'on pût se permettre la moindre distraction, et tout se passa pour ainsi dire incognito. Mais il fut facile de voir après le mariage, que tout n'était pas comme il aurait dû en être entre le comte et ma sœur; elle paraissait d'une tristesse encore plus profonde, et lui, d'une froideur presque repoussante avec sa femme.

Ce fut à cette époque que le caractère d'Elisma parut tout à son avantage; dans une odieuse journée, où la vie de la reine fut menacée, madame de Ternan se jeta au devant des assassins, et, au risque de faire briser son bras, elle défendit la porte qui fermait l'appartement de S. M.; quelques jours après, le comte partit pour la Vendée, où il traînait sa femme avec lui; il avait même résisté au désir que lui avait témoigné la reine, de la laisser à Paris. Nous fûmes ainsi séparés, quoique nous aimant toujours ma sœur et moi, quoique parfaitement unis; mais il n'en fut pas de même avec son mari; nous nous étions quittés si froidement, que nous n'avions ni l'un ni l'autre le désir de nous revoir.

Je partis pour l'armée des princes; je fus porter à leurs altesses, de la part de leur malheureux frère et parent, l'ordre de ne point se battre contre la France, car la connaissance que j'ai de cet ordre est une justice que je dois rendre à Louis XVI. Mais l'épée était tirée; elle ne l'était pourtant pas comme je l'aurais voulu; aussi je m'attirai la disgrâce de Monsieur, depuis Louis XVIII, en reprochant hautement à la noblesse qui l'avait suivi, d'avoir abandonné le malheureux roi de France, et de ne pas s'être groupée autour de lui pour le défendre; comme j'étais fort mal vu près de Monsieur, je ne tardai pas à le quitter et à me rendre en Russie. Une circonstance extraordinaire me favorisa.

Paul Ier était à une chasse, que j'avais suivie par curiosité, son cheval s'abattit; un énorme sanglier allait lui enfoncer dans la poitrine ses défenses meurtrières, avant que personne pût venir à son secours; je me précipitai devant lui et je lui sauvai la vie. Ses premières paroles furent pour me demander mon nom, et le soir même je fus mandé en audience particulière au palais : le Czar m'offrit de l'emploi dans ses gardes; j'acceptai, mais en demandant à S. M. d'aller faire un court voyage en France, pour voir la reine et ma sœur; ce fut alors que S. M.

m'apprit l'emprisonnement au Temple de Louis XVI et de sa famille.

— Qu'irez-vous faire là, ajouta-t-elle ? Je ne puis rien pour eux ; l'Autriche a toujours craint la France ; elle ne peut, ainsi que moi, que faire des vœux pour la fin de malheurs dont nous profiterons peut-être, mais auxquels nos devoirs envers nos peuples nous défendent de prendre part.

Telle est l'atroce politique des rois, continua le comte ; plus je les ai vus de près, plus je me suis convaincu que toute générosité, toute justice s'éteint dans leur âme, le jour où ils la couvrent d'un diadême. Cependant, malgré l'observation du Czar, je persistai à me rapprocher de la France ; je traversai Vienne pour y revenir ; ce fut là que j'appris l'horrible attentat qui couvrait les Français d'une tache éternelle, l'assassinat de leur roi ; sans doute je pensais comme les plus éclairés d'entre eux que Louis XVI n'avait point assez de force, point assez d'énergie, pour tenir les rênes d'un état aussi bouleversé que la France ; mais, si c'était un mauvais roi, c'était du moins un honnête homme. Pourquoi ne pas l'avoir rendu à la vie privée ? Pourquoi ne l'avoir pas réuni à ses enfans? Il était trop modeste, trop pur, pour ne pas se trouver heureux; mais la mort de Louis XVI n'était que le commencement d'une suite de crimes que je n'ai pas besoin de vous rappeler. Dans l'espoir de sauver la reine, ou au moins ses enfans, je m'étais rendu en Vendée; mais vainement les fidèles sujets du Roi-Martyr versèrent-ils leur sang pour venger sa mort, ou prévenir la perte du reste de sa famille, il était décidé, que les Français ne seraient pas cruels à demi; la reine et madame Elisabeth portèrent leurs têtes sur l'échafaud, et les enfans de Louis XVI restèrent prisonniers au Temple.

Alors, on m'écrivit de Vienne que le cabinet autrichien agitait sourdement l'échange de Madame; je crus qu'il ne serait peut-être pas inutile, qu'un ami de cette malheureuse famille fût près du lieu où se décidait le sort d'un de ses membres; d'ailleurs c'était une satisfaction pour moi, de m'imaginer que je faisais quelque chose pour elle. Mais les conférences, et le parti qu'on voulait prendre, allèrent assez doucement pour donner le temps à Louis XVII de succomber aux mauvais traitemens et à la rigueur d'un cachot. Mais c'était une chose indifférente au cabinet autrichien; l'essentiel était d'échanger Madame : Regnaud vous a donné tous ces détails; je vous dirai seulement, que j'eus le bonheur de venir à la suite d'un des chargés de l'Autriche, pour négocier cet échange, et, à force d'or, j'obtins de parvenir jusqu'à Madame, et de lui annoncer le premier que sa captivité allait finir. Quoique j'eusse vainement cherché M. de Ternan en Vendée, j'ignorais qu'il fût à Paris; ce fut au hasard que je dus cette découverte.

J'avais cassé le ressort de ma montre; j'entrai chez un horloger pour le faire raccommoder; j'y trouvai une vieille femme, qui fit répéter trois ou quatre fois à cet homme, que bien sûr il rendrait la montre qu'elle lui apportait, au moins pour la nuit; la personne à qui elle appartient, répéta-t-elle avec insistance, ne pourrait s'en passer, et paiera ce qu'il faudra pour l'avoir de suite. L'horloger l'assura qu'elle serait prête à dix heures juste; et tout en m'écoutant lui parler de l'accident de ma montre, il regardait avec attention celle que lui avait remis la vieille femme; j'y portai machinalement les yeux, et ne tardai point à reconnaître, car le travail en était rare et précieux, une montre que j'avais vue entre les mains de M. de Ternan ; s'il m'était resté le moindre doute, la chaîne et un cachet, où était gravé une tête remarquable, et dont je m'étais plusieurs fois servi, ne me laissèrent aucun doute. J'interrogeai l'horloger, pour savoir si ce bijou lui était déjà venu entre les mains, ou s'il connaissait la personne qui l'avait apporté ; mais c'était la première fois qu'il voyait et la femme et la montre.

Comme il parut surpris de mes questions, je les cessai, car nous étions encore au temps où il était dangereux d'attirer l'attention ; mais je résolus de me trouver le soir à dix heures sur les pas de la vieille messagère, car je ne doutai point que la découverte de cette montre ne me mit sur les traces de ma sœur.

CHAPITRE XXXII.

Je la retrouve.

Je fus exact, reprit le comte, et quand la vieille sortit du magasin de l'horloger, je me mis sur ses traces; j'étais rempli d'impatience et surtout de crainte de voir encore manquer cette occasion de retrouver ma sœur; car, quoique nous eussions été séparés toute notre vie, j'aimais tendrement Elisma; et, depuis la mort de Nella surtout, je sentais le besoin de me rattacher à un lien calme et doux, car il me semblait qu'aucun sentiment violent et passionné, n'entrerait plus désormais dans mon âme; je suivis donc la vieille femme avec autant d'attention que d'anxiété.

Je la vis s'arrêter à la porte d'une grande maison, qui paraissait très habitée, et comme la vieille était remarquable, il me fut facile en la désignant de savoir que c'était une vieille garde-malade, pauvre, mais honnête femme; je ne doutai point qu'en me nommant et en m'y prenant d'une manière adroite, je ne sus quelque chose de M. de Ternan.

Ce fut alors, mon cher Regnaud, que vous me vîtes arriver; ma sœur, qui était dans une pièce voisine, reconnut ma voix quand je faisais des questions sur elle et sur son mari. Vous fûtes témoin de la joie de ma sœur à mon aspect; mais ce que vous ne vîtes point, ce fut l'accueil plein de sécheresse que me fit M. de Ternan; il répondit à peine à mes protestations d'amitié, à mes offres de service, et ne souffrit point que ma sœur me donnât aucun détail sur leur situation et leurs projets, je ne pus parler même seul à la malheureuse Elisma; je dis malheureuse, car je ne pus douter, à l'expression de ses regards, et aux manières de M. de Ternan avec elle, qu'elle ne le fût extrêmement.

Comme il était fort tard je me retirai avec l'espoir d'être plus heureux le lendemain, et de pouvoir causer seul avec ma sœur. Jugez quels devaient être mon désapointement et mon inquiétude quand je me présentai chez M. de Ternan, et que j'appris de leur vieille hôtesse qu'ils étaient disparus la nuit même sans rien laisser pour moi, sans dire où je les retrouverais. Je ne pus alors douter que ce ne fut pour m'éviter que le comte avait emmené ma sœur. Cette idée m'inquiéta tellement que je passai plus de deux mois à les chercher à Paris. Ne pouvant réussir à les retrouver, je partis pour la Vendée où on se battait toujours; mais Charette ayant paru s'arranger avec les républicains, je retournai en Russie où l'empereur voulut me marier....

Mais quelqu'aimables, quelque belles que fussent les femmes qu'on me présenta, aucune ne me donna l'envie d'enchaîner ma liberté. Le souvenir de Nella avait été et fut long-temps un empêchement à un nouvel amour; mais, comme notre ami Regnaud, mon indifférence est venue échouer devant la beauté naïve d'une simple et jeune fille, et comme Regnaud j'aime votre Louise, mon cher Verneuil. Mais j'espère que vous me connaissez assez pour croire que je veuille me faire un droit de cet aveu, qui du reste ne vous apprend je crois rien de nouveau. Ah ! quand je serais assez égoïste pour sacrifier le bonheur d'un autre au mien ; je serais assez sage pour me dire qu'il n'est point de bonheur en ménage quand un des cœurs renferme une pensée qu'il doit taire, un souvenir qui réveille un regret. D'ailleurs c'est un besoin pour mon âme qu'Emmanuel soit heureux; il le faut pour le repos de ma vie.

— Voilà ce que je ne concevais pas du tout avant de savoir qu'Emmanuel fût votre neveu, et même à présent je me demande si à ce titre il mérite encore que vous lui fassiez un si grand sacrifice, l'aider à se sauver, le faire sortir de France, donner une fortune pour cela ; je le conçois ; car on fait tous ces sacrifices par humanité et par bonté ; mais vous expatrier avec lui, quitter Louise, vos amis, j'avoue que si quelqu'acte de vertu pouvait m'étonner de votre part, ce serait celui-ci, dit Regnaud.

— Ah ! c'est que vous ne savez pas tout, vous ne savez pas que le remords impose de grands devoirs. Ah ! puis-je au prix des plus grands sacrifices parvenir à les remplir tous. Mais vous le voyez, mes amis, j'hésite, je balance, et quoique je compte sur votre amitié, sur votre indulgence, je me demande si vous ne cesserez pas de m'aimer, de m'estimer, si vous allez me trouver si coupable que....

— Allons, allons Villebois, interrompit M. de Chavagnac, votre conscience est trop timorée, c'est quelque affaire de femme, j'en suis sûr, quoique vous nous ayez dit qu'elles n'avaient plus eu d'empire sur vous, ou bien....

— Ne cherchez pas mon ami, prononça le comte d'une voix mélancolique, j'ai commis un crime, et un crime que je ne me pardonnerai jamais. Mais si je dois perdre votre estime, j'aurai du moins le mérite de ne pas avoir voulu la conserver en vous trompant....

Comme je vous l'ai dit, le général Charette ayant paru faire un compromis avec l'armée républicaine, j'étais revenu en Russie. Alexandre succéda à son père, et l'aurore de ses vertus annonçait tant de bonheur pour ses sujets, que je me fis une gloire d'en être un. Le Czar content de mes services m'attacha à sa personne comme aide-de-camp, et avec sa protection je parvins à rentrer dans une partie des biens de mon père qui m'avaient été injustement ravis.

Ce bonheur, si toutefois c'en est un, me rendait encore plus pénible d'ignorer la destinée de ma sœur, la justice, et plus que cela l'amitié me faisaient un devoir de partager avec elle la fortune que je venais de recouvrer. Puis une voix secrète me disait qu'elle devait être malheureuse, et maheureuse de ce supplice de tous les instans que vous impose un mauvais ménage. Les manières de M. de Ternan avec elle, sa froideur pour moi, la pâleur de ma sœur, son air timide et souffrant vis-à-vis de son époux, tout m'apprenait que je n'avais pas eu la main heureuse; car sans être bien informé, sans avoir sondé le cœur d'Elisma, je l'avais, pour ainsi dire, liée malgré elle. C'était un remords que cette pensée ajoutée à celui de jouir d'une fortune qu'elle ne partageait pas attristait ma vie, et ajoutait à ma mélancolie habituelle. Une circonstance qui paraissait frivole dans le moment influa sur mon sort d'une manière décisive.

Madame Lefèvre, française d'origine, jolie, coquette et gracieuse avait été long-temps la favorite de Paul Ier. On prétendait qu'elle essayait de prendre sur le fils le même empire qu'elle avait sur le père, si elle avait réussi; ce qu'il y avait de certain du moins, c'est que le nouveau Czar mettait beaucoup de mystère dans cette intrigue, et que par suite madame Lefèvre, accoutumée aux fêtes et à l'éclat, s'ennuyait beaucoup. J'attribue à cet ennui de femme l'attention qu'elle voulut bien prendre à moi; mais quelque fût le peu de sérieux de son caprice, la belle française montra si ouvertement sa préférence, que le Czar en prit excessivement d'humeur. Vous connaissez assez le cœur humain pour ne pas être étonné si je vous avoue que j'avais profité en homme peu touché, mais enfin en homme, de la bonne fortune qui s'offrait à moi, d'autant plus qu'il n'y avait rien de certain dans les bruits qu'on répandait sur le Czar.

Son humeur m'en apprit seul la vérité, d'ailleurs puis-je assurer que la certitude de la liaison de l'empereur avec madame Lefèvre m'eût arrêté? Ne cherchons pas à paraître plus parfait que nous ne le sommes; en définitif le résultat de cette intrigue fut pour moi la perte de la faveur du Czar, et la permission qu'il me donna très facilement d'aller faire un voyage pour chercher ma sœur. Pendant que j'étais en Russie la France s'était relevée sous le glaive d'un despote, mais d'un despote qui la couvrait de gloire; toutes les puissances avaient fini par reconnaître celui qui s'était fait lui-même. L'Angleterre seule n'avait jamais reconnu Napoléon, les Bourbons avaient été chercher un asile sur le sol britannique, et une femme et un vieillard avaient été chassés de la Pologne au milieu de l'hiver; ainsi l'avait voulu la politique des puissances. Je pensai que je trouverais peut-être ma sœur près de Madame, et je partis pour Hartwel.

Madame me reçut avec une bonté remplie de souvenirs; mais elle m'apprit qu'elle n'avait pas revue madame de Ternan depuis le voyage qu'elle avait fait avec elle. Ce fut alors, mon cher Regnaud, que je sus votre générosité, et que je vous bénis sans même savoir votre nom, car madame ne put me le dire. Puisqu'Elisma n'était point à Hartwel, il était vraisemblable qu'elle n'habitait pas l'Angleterre, cependant j'y restai une année espérant qu'elle y viendrait ou que quelque connaissance de M. de Ternan m'en donnerait des nouvelles. Mais cette espérance fut vaine, et je quittai l'Angleterre, toutefois après l'avoir parcourue avec soin, ainsi que l'Ecosse et l'Irlande; de là je passai en Hollande, et ce fut un avis que mon banquier me donna qui m'engagea, mon cher Chavagnac, à vous quitter si brusquement. A La Haie, on lui écrivait qu'un Français, sa femme et un enfant au berceau habitaient depuis quelque temps Arnheim dans la Gueldre, sur les frontières de la Russie; qu'il y avait acheté une assez jolie propriété qu'il ne quittait jamais, et où il ne recevait personne. On ajoutait que le signalement de ces Français était absolument conforme à celui que le banquier avait envoyé de M. de Ternan.

Je partis à l'instant même, et arrivai sans m'arrêter à Arnheim. C'était à la fin d'une belle soirée, avant de voir peut-être détruire une espérance qui m'était chère, je voulus me calmer par l'aspect plein de tranquillité que présentent les environs gracieusement meublés de châteaux et de maisons de campagnes ravissantes, entourées ou dominées par des bois, arrosées par des eaux abondantes et limpides, il semble que dans ce petit coin du monde toute passion haineuse ou violente doive s'éteindre, et c'était là cependant que je devais retrouver la plus cruelle, la plus injuste de toutes.

C'était bien M. de Ternan et ma sœur qui habitaient la petite maison qu'on avait décrite à mon banquier. Cependant un domestique hollandais commença à me répondre que le nom que je prononçais n'était point celui de son maître, et une nourrice qui survint pendant notre colloque me donna la même assurance.

Je faisais toutes mes interrogations à la porte d'un jardin qu'on avait ouverte à demi, et je ne savais plus quel moyen employer pour m'assurer de la vérité, quand je vis une femme paraître dans le fond du jardin, sa taille avait tant de rapports avec celle d'Elisma, qu'involontairement je prononçai son nom d'une voix si haute qu'elle m'entendit, me reconnut et vint se jeter dans mes bras.

Grand Dieu! quel changement si peu d'années avaient produit sur une femme si jeune encore! non, ne n'était point le temps qui l'avait ainsi stigmatisé de sa triste empreinte, c'était la douleur avec sa griffe terrible, sa griffe qui ne lâche pas sa proie sans y avoir laissé de terribles traces!

CHAPITRE XXXIII.

Un Crime.

Le comte poursuivit avec plus de précipitation, et une tristesse plus profonde encore.

J'avais suivi ma sœur, et je lui racontais ce qui m'était arrivé. Je lui apprenais avec bonheur que nous avions retrouvé une fortune indépendante ; mais elle m'écoutait à peine, soupirait, levait les yeux au ciel, et les reportait avec inquiétude vers la maison.

— Elisma, lui dis-je alors, expliquez-moi votre changement, surtout votre départ de Paris sans m'avoir averti. Aviez-vous dessein de me fuir ?

— Hélas ! ne me demandez rien, mon frère, je ne dois rien vous dire ; je ne veux accuser personne ; et ses larmes, sa pâleur, au moindre bruit, ne m'en apprenaient-elles pas assez ?

— Vous êtes malheureuse, ma sœur, m'écriai-je : ah ! si j'en étais sûr !

— Eh bien ! que feriez-vous ? dit le comte de Ternan, en sortant d'un bosquet contre lequel nous étions assis ? cette femme est à moi, je suis son maître enfin.

— Son maître ! m'écriai-je, quelle horreur ! quel langage ! Est-ce dans nos usages et nos mœurs qu'on traite une femme comme une esclave.

— Et que m'importent vos lois et vos usages ; et depuis quand vous, qui avez aidé à me tromper, vous croyez-vous le droit de me faire des représentations ?

— Trompé, exclamai-je ! ne vous avais-je

pas dit que ma sœur était sans fortune, et depuis que j'en ai recouvré une dont la moitié lui appartient, ne puis-je pas prouver que je l'ai cherchée pour la lui rendre?

— Que me fait sa fortune? interrompit le comte, avec une fureur sombre. Ah! plût à Dieu qu'elle fût venue à moi denuée de tout, même de sa beauté, et qu'elle eût été....

— Albert! interrompit à son tour ma sœur, avec dignité, songez que j'ai un fils, et que m'avilir c'est....

— C'est tout ce que vous voudrez, reprit M. de Ternan, avec une nouvelle violence; au surplus, madame, rentrez chez vous, et vous, monsieur, veuillez vous contenter de l'hospitalité que je puis vous offrir seulement pour cette nuit, mais une hospitalité solitaire, car je ne puis manquer à mes habitudes et je ne vois personne?

— Non, monsieur, m'écriai-je, je la refuse votre offensante hospitalité, je veux voir ma sœur, je veux la voir seule, et savoir enfin les motifs qui vous engagent à la traiter d'une manière si cruelle. Je reviendrai demain.

— Ah! mon frère, s'écria Elisma, si vous

passez cette porte, elle ne se r'ouvrira jamais pour vous.

Je restai et me laissai conduire dans un appartement où l'on me servit des raffraichissemens auxquels je ne touchai pas, et mes inquiétantes réflexions m'empêchant de chercher le sommeil je ne me couchai même pas.

Au petit jour j'entendis marcher doucement; on ouvrit ma porte avec précaution ; c'était Elisma ; c'était ma sœur.

— Le comte dort, me dit-elle, et quoique j'aie un Argus qui veille auprès de moi, j'ai pu m'échapper pour venir à vous, car il fallait que je vous parle, mon frère, il y va presque de ma vie.

— Ah! vous avez bien fait, lui repondis-je, et vous venez sans doute m'expliquer l'étrange traitement que vous supportez. Ne suis-je pas votre protecteur naturel, Elisma?

— Oui, me répondit-elle, en baissant son regard abattu vers la terre, mais vous ignorez ce qu'il en coûte pour avouer une faute, pour rougir devant un frère, vous surtout, Petrowski, dont le regard est si sévère!

— Et pourtant, lui dis-je, en l'embrassant,

jamais cœur plus sensible ne battit dans une poitrine d'homme. Ma sœur, je ne sortirai point de cette maison que je ne vous ai soustraite au sort affreux qui vous accable. Dites-moi toute la vérité.

— Eh bien! prononça-t-elle avec effort, quand vous m'arrachâtes de Versailles, presque malgré moi, j'ignorais que je fusse promise à M. de Ternan, et j'en aimais un autre. Malgré la captivité dans laquelle on me retenait, il parvint à me revoir, il obtint tout de mon amour et de ma faiblesse. Ah! mon frère, que je l'ai payé cher! M. de Ternan n'a pas cessé un seul jour de me le reprocher, et sa cruelle jalousie s'est étendue autant sur le passé que sur le présent. Il voulut que je lui nommasse celui qu'il appelait mon séducteur; je m'y refusai, car c'était sa mort ou celle de mon époux que j'aurais prononcée. Mais que d'affronts, que de tourmens n'ai-je pas souffert; que j'ai dévoré de larmes, encore si je n'avais été que maltraitée, mais tour-à-tour adorée ou avilie, objet d'une violence brutale ou d'un amour idolâtre, ma vie fut un supplice que je commence à trouver trop long. Encore s'il m'avait laissé jouir du bonheur d'être mère! mais le cruel me menace chaque jour de m'enlever mon fils, et quand il sera grand, il me répète, qu'il lui apprendra la honte de sa mère.

— Eh bien, dis-je, il faut invoquer les lois, ou me laisser vous arracher à lui.

—Il me tuerait plutôt que de consentir à me perdre, reprit Elisma, car il est cruel, mon frère, plus cruel que vous ne pouvez le croire, et mon parti est définitivemeni pris. Si vous consentez à m'aider, revenez dans dix jours à deux heures du matin, avec une voiture ; je trouverai le moyen de vous joindre.

Je voulus la faire expliquer davantage, mais elle me quitta. Je fis ce qu'elle m'avait recommandé, et je me séparai de M. de Ternan avec toutes les apparences d'une brouille éternelle.

Dans la crainte qu'il ne me fît suivre, je fus jusqu'à Amsterdam, et prenant mille précautions pour n'être pas découvert, je revins à Arnheim par une autre route. J'avais eu soin de me procurer une voiture solide et légère, parfaitement attelée. Mon intention était de ramener ma sœur en France par Bois-le-Duc et Liège. J'étais persuadé que le comte n'oserait nous y suivre, attendu qu'Elisma dans le voyage qu'elle avait fait à Paris n'avait pu obtenir qu'il fût rayé de la liste des émigrés. Nous ne courions ma sœur ni moi aucun danger étant sujets russes.

Le dixième jour, à deux heures de matin, je me rendis à quelques pas de la maison de ma sœur, des chevaux pleins d'ardeur, mais immobiles, devaient nous entraîner rapidement. Je prenais le plus léger bruit pour l'arrivée de ma chère fugitive ; elle parut enfin, et après avoir refermé doucement la petite porte par où elle était sortie, elle jeta la clé dans le bois, et se précipita dans la voiture.

— Et votre fils, lui dis-je tout bas ?

— J'ai dû le laisser, me dit-elle en pleurant amèrement, ai-je le droit de le ravir à son père ? et n'est-ce pas assez que je m'enfuie de chez lui en coupable ? Oh ! mon frère, votre présence seule me justifie peut-être, si une femme peut l'être toutefois d'abandonner son mari. Hélas ! je suis cruellement punie de ne pas avoir avoué la vérité à M. de Ternan avant mon mariage ; il croit que vous avez été complice de cette perfidie, voici le motif de sa haine pour vous.

Tout en me parlant de ses peines, en pleurant

son fils et même son époux, nous avancions rapidement, et je me crus hors de danger à Mons. Elisma et moi nous étions si fatigués que je pensai pouvoir nous arrêter dans cette ville sans imprudence.

Il était près de minuit, nous prenions un léger repas, le premier de la journée, quand on vint nous demander nos papiers. J'étais en règle sur cet article, mais pour les donner plus facilement, je tirai mon portefeuille et en même temps tout ce que j'avais dans mes poches. Ce fut ainsi que je posai sur la table un large poignard napolitain avec lequel je voyageais toujours. Comme l'appartement que nous occupions était au fond de la cour de l'hôtel, nous n'entendions aucun bruit, et je distinguai facilement qu'on était entré dans la pièce à côté de la nôtre. C'était une chose naturelle ; il me parut aussi d'entendre ouvrir la porte de notre antichambre, ce pouvait être quelqu'un de service, aussi je continuai de causer avec ma sœur, c'est-à-dire de la rassurer, de l'exhorter au courage, quand la porte de notre chambre s'ouvrit et M. de Ternan parut.

Elisma tendit vers lui ses bras supplians et

jeta un faible cri. Jamais visage d'homme n'offrit un aspect plus effrayant, une expression plus atroce ; ses cheveux hérissés sur son front, ses yeux pleins d'un feu sombre, tout lui donnait l'aspect d'un bourreau à qui sa victime est échappée.

— C'est ici que nous allons en finir, prononça-t-il avec des lèvres pâles et tremblantes. Vous avez des armes, monsieur, défendez-vous.

— Moi, m'écriai-je, me battre contre le mari de ma sœur !

— Dites son assassin, s'écria-t-il, car si vous ne me tuez pas, je l'assassinerai. Mais ne me parlez pas de vos odieux liens de famille, vous seriez mon propre frère que je voudrais votre mort, puisque vous l'avez aidée à me quitter. Ainsi défendez-vous.

Et il s'avançait un pistolet armé de chaque main. J'essayai de lui faire entendre raison, de lui dire que je serais prêt au point du jour. D'atroces injures, d'odieux blasphèmes sortirent de sa bouche, je me contins.

Mais quand je le vis s'approcher d'Elisma et serrer son bras avec tant de violence qu'elle jeta un cri de douleur, je saisis mon poignard.

— Mon frère, cria ma sœur d'une voix déchirante, mon frère, c'est le père de mon fils!

Ma main armée retomba, le comte tira alors sur moi un de ses pistolets, la balle effleura mon bras, il dirigea l'autre vers ma poitrine.

— Barbare! s'écria Elisma en se précipitant vers lui.

Il la saisit d'un bras féroce, la jeta à terre, la foula aux pieds; je ne pus me contenir et je repris mon poignard.

— Oh! vous ne voyez rien, reprit le comte; je vous dis que, si vous ne me tuez pas, je la tuerai votre sœur, et. . . .

Je n'en entendis pas davantage; et hors de moi, incapable de me contenir davantage, je me précipitai sur lui, et lui enfonçai mon large poignard dans le cœur.

CHAPITRE XXXIV.

Dénoûment.

Eh bien ! dit le comte en poussant un profond soupir, que dites-vous de mon malheur, ou plutôt de mon crime ?

— Ce que nous en disons, s'écrièrent presque à la fois tous ses amis, c'est que probablement nous n'aurions pas souffert si long-temps les atroces menaces, et surtout la barbarie du comte envers sa femme.

— Mais, mon ami, dit M. de Verneuil, que vous devez me haïr? car, c'est moi. . . .

— Allons donc, s'écria Regnaud, laissons toutes ces récriminations. Le récit de nos existences à tous, prouve assez qu'il vaudrait mieux n'être pas tourmenté par les passions; aussi comme cela n'est pas possible, résignons-nous à les subir. Mais dites-nous, Villebois, comment vous tirâtes-vous de cette triste catastrophe?

— Elle amena la prison, des dangers pour moi, et la perte de la santé de ma sœur, qui n'a jamais pu se remettre du choc qu'elle avait reçu. Du reste, comme on trouva que les pistolets du comte avaient été déchargés, que j'étais blessé, et que les marques du mauvais traitement de ma sœur étaient bien visibles, un avocat célèbre défendit ma cause et la gagna; mais je n'y laissai pas moins une partie de ma fortune. Ma sœur, qui s'était jetée dans la plus haute dévotion, crut que c'était un crime de me revoir; mais elle m'écrivit qu'elle me consulterait toujours sur ce qui la concernerait ainsi que son fils.

Elle passa quelques années dans sa maison d'Arnheim; mais ayant placé une partie de sa fortune chez un dépositaire infidèle, elle fut obligée de la vendre, et vint s'établir en France avec son fils; elle est à Tours, comme je crois vous l'avoir dit. Moi, je me mis à voyager : je visitai de nouveau l'Italie; je fus voir s'il restait des traces du tombeau de Nella; si c'eût été un monument précieux, le manque de soins, l'intempérie des saisons l'auraient détruit; mais un bosquet de myrthe et de roses devient au contraire plus beau chaque année. Nella dormait parmi des fleurs, et j'avais assez vécu pour envier son sommeil.

Je me rendis en Espagne, dont quelques provinces sont presque inconnues, ce qui me convenait, car ce pays porte à la mélancolie et à la réflexion; je visitai la Syrie, la Perse, la froide Norwége et même la glaciale Sybérie; partout, où je trouvai des hommes, je rencontrai les passions et le malheur; partout je m'aperçus que la vie était un triste voyage, qu'on allonge par des soins ennuyeux et des souhaits impuissans. Enfin, je me crus philosophe, parce que j'étais abattu; vous avez vu cependant que cette grande raison est venue échouer contre l'amour que m'inspire une jeune fille; mais, quand Emmanuel ne serait pas aimé, ne dois-je pas tout lui sacrifier, moi qui lui ai ravi son père? Je pars demain : j'aurais cependant désiré attendre des nouvelles de ma sœur, dont la santé est plus mauvaise que jamais, m'apprenait-t-elle dans sa dernière lettre.

J'ai donné ordre à mon domestique, en qui je puis avoir toute confiance, de me procurer pour demain une voiture et de la tenir le plus près d'ici possible, et je viendrai chercher Emmanuel; mais ne serait-il pas cruel de le séparer de Louise, sans leur permettre de se dire adieu?

— Si on l'aperçoit, s'écria-t-on?

— Nous n'avons guère à le craindre; on ne peut soupçonner qu'il est ici, et l'indisposition de votre fille vous autorise, mon vieil ami, à ne recevoir personne.

M. de Verneuil baissa la tête en signe de consentement; alors ses amis remarquèrent combien il était abattu et fatigué.

— Nous vous faisons veiller trop tard, s'écrièrent-ils.

— Il se peut, dit le vieux concierge, mais

bientôt je connaîtrai le repos; n'oubliez pas alors ce que vous m'avez promis; veillez sur Louise.

Tous l'engagèrent à chasser de si tristes pressentimens; mais ils répétèrent tous aussi le serment de veiller sur la jeune fille. On se sépara; personne ne passa une nuit paisible, et en se retrouvant le lendemain, ils étaient émus et presque sans courage.

Louise pleura amèrement quand elle sut qu'elle allait voir son Emmanuel; ce pouvait être une séparation longue, éternelle.

Neuf heures sonnèrent; M. de Villebois tressaillit et se leva.

— Je croyais, dit Regnaud, que vous vouliez attendre que votre domestique fût venu vous assurer que la voiture était prête.

— Vous avez raison, dit le comte en retombant sur son siége; peu de minutes après, le valet entra pour l'annoncer, et dit ensuite : Une lettre pour monsieur.

— De Tours, annonça le comte en pâlissant! un cachet noir, et ce n'est point l'écriture de ma sœur.

Il brisa le cachet : sa sœur était morte.

—Elisma, balbutia le vieux concierge, Elisma; et sa tête retomba sans force sur son fauteuil.

Sa fille se précipita dans ses bras, et quoiqu'il fut devenu très pâle et très abattu, on ne conçut encore aucune inquiétude.

—Allons, dit M. de Villebois en comprimant sa douleur, plus Emmanuel est malheureux, plus je dois songer à lui. Regnaud, pourriez-vous trouver sa retraite et l'amener ici sans vous tromper?

Il l'assura; mais un quart d'heure s'était à peine écoulé qu'il reparut pâle et ému.

—Venez, dit-il à M. de Villebois, en essayant de se contenir, venez, je voudrais vous dire un mot.

— Il est arrivé quelque malheur à mon Emmanuel, s'écria Louise! et elle courut avec égarement.

M. de Villebois et Regnaud la rejoignirent, et la trouvèrent à genoux près d'Emmanuel : elle poussait d'amers sanglots; M. de Villebois la conjura de se taire, et, aidé de Regnaud, il rapporta son malheureux neveu, dans le salon de M. de Verneuil.

— Grand dieu! il est blessé, s'écria Louise.

— Hélas! il est mort, dit Regnaud, en ouvrant le gilet du malheureux jeune homme, d'où tomba un poignard.

— Grand Dieu! est-ce que lui-même s'est ôté la vie? s'écria M. de Verneuil.

— Non, balbutia Regnaud; au bas du grand escalier un homme l'a frappé; je l'ai vu fuir, sans pouvoir ni l'arrêter, ni le reconnaître; puis j'ai entendu un gémissement d'Emmanuel.

Regnaud se tut; de déchirans sanglots de Louise troublèrent seuls alors le silence de cette scène. M. de Verneuil, dont elle brisait le cœur, voulut se lever pour arracher sa fille à son désespoir; mais il retomba sur son siége en appelant son enfant.

— Louise, dit le vieillard, veux-tu rendre ma mort moins amère? me jurer. . . .

Elle leva la main vers le ciel; M. de Verneuil saisit cette main, l'unit à celle du comte, ne prononça plus que le nom d'Elisma, et expira.

La police n'a jamais su comment Emmanuel de Ternan s'était évadé de la Conciergerie; on fit courir le bruit qu'il était venu se donner la mort aux pieds de Louise, et on le crut avec d'autant plus de raison, que le poignard, tombé de sa blessure, était celui, ou du moins semblable à celui dont il s'était servi dans les trois jours de juillet. On ignora toujours le nom de l'assassin.

M. de Chavagnac retint sa place au cimetière, le jour où il y conduisit son vieil ami, et moins d'un mois après, il vint l'y rejoindre.

Le comte n'osait rappeler à Louise sa promesse ; mais elle lui dit la première qu'elle voulait obéir à son père. Ils viennent de s'embarquer pour les États-Unis; et Regnaud, en les accompagnant jusqu'au port, leur a dit :

— J'irai sans doute vous rejoindre; mais pas encore, car le *Drame du château des Tuileries* n'est pas fini.

FIN DU SECOND ET DERNIER VOLUME.

TABLE DES CHAPITRES

CONTENUS

DANS LE SECOND VOLUME.

FIN.

www.ingramcontent.com/pod-product-compliance
Lightning Source LLC
LaVergne TN
LVHW020556110826
845149LV00002B/284

* 9 7 8 2 0 1 9 6 0 8 3 8 5 *